弱鸟先飞录

福建省炎黄文化研究会 编

海峡出版发行集团 | 海峡文艺出版社

图书在版编目(CIP)数据

弱鸟先飞录/福建省炎黄文化研究会编. 一福州:海峡文艺出版社,2021.6(2021.9 重印)
ISBN 978-7-5550-2659-4

Ⅰ.①弱… Ⅱ.①福… Ⅲ.①散文集-中国-当代 Ⅳ.①I267

中国版本图书馆 CIP 数据核字(2021)第 098625 号

弱鸟先飞录

福建省炎黄文化研究会　编
责任编辑　何　莉
出版发行　海峡文艺出版社
经　销　福建新华发行(集团)有限责任公司
社　址　福州市东水路 76 号 14 层
发 行 部　0591-87536797
印　刷　福建新华联合印务集团有限公司
厂　址　福州市晋安区后屿路 6 号
开　本　720 毫米×1020 毫米　1/16
字　数　200 千字
印　张　12.5
版　次　2021 年 6 月第 1 版
印　次　2021 年 9 月第 2 次印刷
书　号　ISBN 978-7-5550-2659-4
定　价　38.00 元

如发现印装质量问题,请寄承印厂调换

前　言

天地风霜尽，乾坤气象和。

2020 年是极不平凡的一年。这一年，我们夺取了疫情防控和经济社会发展双胜利，决战脱贫攻坚取得决定性胜利，全面建成小康社会取得历史性成就，携手打拼迎来了春暖花开。

跟当今中国正在向世界述说最成功的脱贫故事一样，八闽大地也在书写着山与海的变迁——

福鼎赤溪曾经是全国有名的贫困村，精准扶贫把它变成了"全国乡村旅游模范村"。

下党乡是福建的"西伯利亚"，曾经的特困乡。当年，时任宁德地委书记习近平，带领一班人，头戴草帽、肩搭毛巾、手拄木棍，汗水湿透衣裳，在曲曲折折的山间小道上艰难地行走，奔赴下党乡访贫问苦，现场办公……此后，在党和政府的关怀帮助下，下党人按照"科学扶贫，精准扶贫"的要求，弘扬"滴水穿石"的闽东精神，凝心聚力，奋力拼搏，抓好扶贫开发，使下党乡发生巨变……

一滴水能折射太阳的光芒。全省上下不断攻克贫困堡垒的拼搏历程，折射的是我们党不忘初心、牢记使命的责任担当，映衬的是全省干部群众在脱贫攻坚征途上探索创新、攻城拔寨的生动实践。"弱鸟先飞""滴水穿石""扶贫先扶志""因地制宜、精准施策""坚持科学的方法论"等重要思想，成为鼓舞福建人民齐奔全面小康、决战脱贫攻坚的不竭精神动力。

如今，贫困村已"华丽转身"，八闽大地《春风杨柳》，兰花盛开，百果飘香，《丰收的大地上》，正在《振村庄之神，兴乡土之魂》，人们万众一心奔跑在小康路上……

本书所选"脱贫""振兴"之篇目，大部分是从福建省炎黄文化研究会与福建省作家协会十几年来组织作家"走进八闽"采风所写就的八十多卷本纪实文学丛书和《炎黄纵横》杂志上发表的文章中选编而成,以此献给我们这个伟大的时代。

编者

2021 年 3 月 8 日

目 录

老省长应该笑了

张克辉

一

安溪县过去是福建省有名的"贫困县"。临新中国成立的一段日子，我同安溪人民一起度过黎明前的黑暗，故我对自己曾经生活、战斗过的土地，感情很深，一直关心安溪的变化。20多年前，一位老战友告诉我，时任省长到安溪山区农村调查时，走进了门窗不全、破烂不堪的村部办公室，了解上年度农民人均收入，反复计算只有"74.5元"。访问附近农民家时，看到一家人一顿午饭每人只有一小两米，省长深感内疚和自责。他又来到已成危房的小学校，见站在自己面前的小孩，在寒气开始袭人的深秋，仍光着脚，穿着单薄破烂得无法再补的衣服。控制不住感情的省长，眼泪一串串掉下来了……老战友的话，给我很大的刺激，心里十分难过。难道在游击战争、围剿土匪的年代，不顾自己生死以及一家人的安危支持我们的农民同志，在新中国成立30多年的今天还这样贫穷吗？

老战友还告诉我，一些农民对政府不满，批评的矛头指向直接领导。省长马上发话，安溪部分农民的贫困是历史造成的，但是主要责任应由他负责，他自我批评说：调查研究不够，特别对山区农村不知情，对农村、农业、农民采取措施不得力，没有抓好落实。这些话使我看到希望。我这位老朋友省长把责任主动承担起来，把下面的干部从责任圈里解脱出来，使大家放下包袱，总结经验教训继续前进。安溪的贫困情况在省级机关里、在全省都先后传开了。在之后几次召开的会议上，省长讲到安溪都十分动情，讲得激动时甚至泣不成声。但是，感情代替不了一切，需要正确决策，而不能被困难吓倒。当时福建的主要领导正是这样带领省委班子，解放思想，沉着应对。

此后，我很想去看看这些曾经支持过解放战争的贫穷落后乡村，了解当地农民的生产、生活有没有改善，进步了多少。我虽多次路过安溪，但因时间不允许没有机会访问让老省长流泪的那个村落，只请已经为数不多的老朋友集中起来叙叙旧、聊聊天，就离开了安溪。

终于我有机会走进这座叫人不能不为之叹息的山村。蜿蜒曲折、越岭盘山的公路，长50多公里，一半多是水泥路，近一半是柏油路。翻过第二座山，再转上山顶，往下俯视，那座村庄就在眼前的深坳里。全村260多户，有140多户盖起砖瓦楼房。陪同人员告诉我最好的楼房是小学校和村部办公室；其余的房子也已装修，老祖先留下的土墙旧屋已荡然无存了。进村走在水泥路上，山区村庄的路高高低低，修路不那么容易。村主任说："水泥是乡政府提供的，农民投工投劳，政府的工作人员与我们是一家人。"接着，我进了几家农户，他们都在制茶。茶园面积从1984年的"无茶村"，发展到2007年的560亩，产值200万元。正值暮春时节，新茶登场，处处飘着铁观音茶香。制茶还要一道晾青工序，晾青房里安装了两台空调。这家主人是当地制茶大户，他说技术水平提高了，但还跟不上人家，还要改善。乡干部说："一业兴，百业旺。这个村与安溪一样，靠茶产业壮大经济。"茶业还带动了山村手工业。令人难以置信的是，这个山村还有皮鞋加工点20多个，年产值200多万元。还有藤铁加工，就地转化村里的富余劳动力。当年无衣鞋可穿的小孩已长大成为山村生产的主力。村委会还组织引导富余劳动力外出务工，基本上每家都有人到沿海发达地区谋求就业，学习新知识，增加收入。离开这山村前，我同几位村干部以及年轻人座谈。他们对政府的领导、村子的进步、生活的改善表示高兴，说家家户户开通了电话及闭路电视，用上自来水，每户都有摩托车和手机。但是，他们又担心社会在进步，外地生产水平在提高，怕自己赶不上时代的发展。村干部说，他们村还有困难户10多户，相比邻近发达村仍属经济后发展村。上车回县城时，我再一次问及最关心的"农民收入"问题，村主任认真地告诉我："农民人均收入，从1984年的74.5元，提高到2007年的4750元，增加63倍。村财政收入从1985年的84元上升到2007年的5万元。"我满意地笑了，他更高兴地哈哈大笑。他给我的一份"村工作情况介绍"里写道："今后将继续围绕社会主义新农村建设这条主线，强化造血功能，抓好茶叶生产，皮鞋、藤铁业加工，劳务输出等重点工作，立足村情求发展，多种经营奔小康。"

三

1987年时任省长被调到北京，留下一句谦虚的话："我没有改造贫穷，就告别了福建。"两年后我也到北京走上新的工作岗位。

时光如箭，我们先后从单位领导岗位上退下来。省长，不，应称他为老省长，他离而不休，经常到外地调查研究，我们叙旧的机会更多了。我们聊天的内容，自然难离福建和安溪的变化。我们肯定近几届的领导班子做出的成绩。福建的经济更发展，社会更安定、更和谐，人民生活水平更提高了。我们祝福福建，一年比一年进步。特别是党的十七大提出支持海西发展，福建迎来前所未有的机遇。我们相信，在海西春风的吹拂下，福建一定会成为祖国一颗璀璨的海峡明珠。

四

这几年去安溪的机会多了，不断听到令人振奋的好消息。1996年，安溪甩掉了"贫困县"的帽子，并从当年起连年进入福建省经济发展十佳县行列，2007年财政总收入突破15亿元，成为全国县域经济基本竞争力百强县，福建省的两个"双优县"之一。曾经的贫困县安溪已经发生历史巨变，洋溢着浓厚的现代城市气息，经济发展，社会进步，环境优美，人心和谐。安溪的发展，离不开改革开放给予茶乡的一个难得机遇。我觉得更重要的还在于安溪人民自己，海内外安溪人团结一心，弘扬"靠自己的骨头长肉"的精神，自强不息，开拓进取，依靠双手建设家园，创造一个又一个奇迹：步入了小康，迈上了现代山水茶乡的征途，实现从山区县到沿海县的跨越……

茶业对安溪的发展功不可没，安溪县的领导说得好："离开茶业，安溪就会走回老路——贫困。"安溪90万农民的钱袋子已鼓起来了，2007年农民人均纯收入高达6435元。安溪铁观音荣获"中国驰名商标"称号，填补了全国茶叶类驰名商标的空白，全国第一。

老省长，曾为安溪山区农民的贫穷而流泪的老省长，你应当高兴地笑了。让我们以茶代酒，干一杯"安溪铁观音"。

2008年5月

弱鸟可望先飞

——来自"中国扶贫第一村"的报告

林思翔

初夏的闽东大地，草木葱茏，生机勃发，笔者来到福鼎市赤溪村。

下车时，细雨蒙蒙，给村庄披上了一层轻纱。细雨下，那方写着"中国扶贫第一村——赤溪"字样的石碑显得格外醒目。

往前走，是一条笔直的大道，白墙黛瓦，楼房座座相挨。高高的马头墙，在朦胧雨帘的遮掩下，犹如奋起的高头大马，立于绿树葱郁的山脚下。随之，我们走进商铺林立的"长安街"。茶叶店、饮食店、杂货店、畲家风味店……林林总总，应有尽有。前店后居，整齐排列，住着400多户人家，人气旺、生意也旺。新街是20世纪90年代建的，住着原来分布在山沟深谷10个自然村的村民。取名"长安"，意即在此长住久安。它像一颗璀璨明珠落在山野间，闪射出耀眼的光辉。

一

30多年前，住在这片深山老林里的农户十分贫穷，其中一个叫下山溪的自然村曾是全国闻名的特困村。

下山溪位于赤溪行政村西面8公里的山腰里，村子挂在陡壁上，全村18户畲族同胞分散在7个山旮旯里。由于土瘦地瘠，只能种些番薯，产量很低。农民整年吃的是一半番薯一半野菜的混合饭，只有过年才能吃上一顿白米饭。农民住的是茅草房，遇到下雨，就无处躲身；穿的更是补了又补的褴褛衣衫，小孩子几乎都光着屁股、打着赤脚，甚至还有两个人合穿一条裤子，谁出门谁穿。

今年74岁的李先如老人，回忆当年穷困生活连连叹气。他说，当年我们唯一的收入就是靠砍柴扛竹到山外的集市出售，半天砍竹，半天扛运，一整天下来才卖块把钱。我就是靠卖这点苦力收入攒了点积蓄，娶了媳妇。可好景不长，妻子在分娩时大出血，由于远离村镇，没医没药，儿子生下了，她却不幸离去。说起这段辛酸往事，老人眼眶湿润了。

时任福鼎县委办公室副主任兼新闻科长的王绍据，听说下山溪村特困情况后，出于职业责任感，决心进村一探究竟。那是1984年初夏的一天。王绍据从县城坐车到磻溪公社，再从公社徒步沿着布满荆棘、怪石嶙峋的崎岖山路，走了28公里才到了下山溪村。他挨家挨户地看过去，看到村民们食不果腹、衣难遮体的困境，震撼不已。这个村是畲族同胞聚居地，也是革命老区基点村，新中国成立前，曾经为革命胜利做过贡献。想到这些，他心里感到十分不安。

回到县城已是深夜，王绍据躺在床上辗转反侧，难以入眠，连夜写了一篇题为《穷山村希望实行特殊政策治穷致富》的信件，如实反映了下山溪村的贫困情况并提出三方面建议。信件直接寄给了《人民日报》，让他没料到的是，《人民日报》编辑部收到信后，先以内参形式报送中央，中央领导做了批示。1984年6月24日，《人民日报》在第一版刊登了这封来信，并配发了题为《关怀贫困地区》的评论员文章。

文章指出："少数贫困地区存在的问题，整体来说属于支流问题。但我们不能因此而忽视它……让我们在抓好主流，促进农村大部分地区经济继续繁荣兴旺的同时，下决心到那些贫困落后的地区去走一走，实地调查一下那里究竟是什么样子？有哪些困难？应当采取哪些特殊政策和措施？跟那里的干部、群众坐在一起，共同研究治穷致富的门路。"

紧接着，1984年8月29日，中共中央、国务院发出《关于帮助贫困地区尽快改变面貌的通知》（中发[1984]19号）。通知指出："各级党委和政府必须高度重视，采取十分积极的态度和切实可行的措施，帮助这些地方人民首先摆脱贫困，进而改变生产条件，提高生产能力，发展商品生产，赶上全国经济发展的步伐。"

中央的声音，犹如和煦的春风吹遍神州大地，全国性的扶贫活动拉开帷幕。

穷山沟的下山溪村首先受益，许多地方给这里寄来了粮票、布票，甚至现金。当地政府给予免交征购粮，还给了一些补助救济钱款，甚至无偿提供种苗让村民种养。经过"输血"后，村民的生活虽然有了改善，但穷根没有拔掉，日子还是过得艰难。

二

1988 年 6 月，习近平同志到宁德任地委书记。上任伊始，他冒着酷暑花了一个多月时间，深入闽东 9 个县进行调查研究，一路上，他与有关领导一起探讨，在"海阔任鱼跃，天高任鸟飞"的发展商品生产经济的态势下，闽东这只弱鸟可否先飞，如何先飞？在广泛调研，听取各方面意见后，习近平同志提出：弱鸟可望先飞，至贫可能先富，但能否实现"先飞""先富"，首先要看我们头脑里有无这种意识。所以我认为，当务之急，是我们的党员、我们的干部、我们的群众都要来一个思想解放，观念更新，四面八方去讲一讲"弱鸟可望先飞，至贫可能先富"的辩证法。

这些切中要害的话，传到了下山溪。镇村干部与村民一起分析，并找到了问题的症结：下山溪这只"弱鸟"，之所以飞不起来，关键是这方水土难养这方人，要使它飞起来，就得解放思想，挪窝、搬迁，整村下山去。当镇村干部提出这一设想时，村民们有的支持，有的忧心忡忡，说："山下的天不是我们的天，地不是我们的地，死后往哪里埋啊！""命里有富自然富，命里属穷就得受。我们过惯了山里生活，哪里都不想去！"

看来，挪窝必须先挪思想，扶贫先要扶志。镇村干部反复做工作，说明"弱鸟可望先飞"的道理。还请李先如现身说法，李先如说："山里人在山里混，山中鸟吃山中虫，这话没错。但要看在什么山，我们这个山旮旯就不适宜人生活。当年我老婆分娩大出血，要是在山下就不会死。如果不搬迁出去，别说大家生活过不好，还会有第二个、第三个女人像我老婆一样悲惨离去。"他的一番痛彻心扉的话语，打动了许多村民，让大家思想开了窍。

然而，一个分散在六七个地方的自然村要集中搬迁到 8 公里外重建家园可不是一件容易的事，宅基地、资金、就业、孩子们就读等一系列问题都要解决。

于是，一场由地区、县、镇、村、自然村五级干部参加的现场办公会召开了。地区领导将穷困村整体搬迁之举称为"造福工程"，要大家一起为百姓造福。地区民政局局长表态，从全区"造福工程"基金中拨款支持；福鼎县委也从财政挤出一部分资金帮助；磻溪镇发动干部、职工集资；赤溪行政村除提供一片宅基地外，还划出 40 亩沙滩地，让搬迁户种粮食，种茶树。同时帮助开辟生产门路，让搬迁户就业。连一条腿有残疾的李先育也安排到村里搞卫生，有了固定收入。

各级领导如此关心，搬迁户非常感动，他们出工出力，还从山上抬来木头，供建房使用。经过上下一心，半年时间的努力，两幢22榴砖木结构的新房齐刷刷地拔地而起。李先如老人一家五口住着200多平方米的宽敞住房，逢人便说："共产党好，党的扶贫政策好！"

当时，因尚未实行义务教育，村里小孩上学的学费没着落。一直关注下山溪村的王绍据知道了这件事，立即把刚获得中国新闻奖的6000元奖金悉数拿出来交给学校，为搬迁户18个适龄儿童一次性缴交了一年级至六年级的全部学费。后来他又拿出6000元退休金奖励赤溪小学品学兼优的20名学生。

榜样的力量无穷。下山溪村成功的整体搬迁，让周围其他自然村的村民心也热了起来，他们要求"挪贫窝""拔穷根"的愿望也越来越迫切。于是分散在山沟里居住的其余9个自然村也纷纷仿效，搬迁到赤溪村，建起了统一规划、布局合理、亦街亦居的新村庄。畲汉同胞居住在同一个新村里，和谐相处，欣欣向荣。

三

习近平同志在宁德任地委书记期间，重视山林保护和水力资源综合开发，在他的推动下，赤溪村上游建起了装机容量达3.75万千瓦的桑园水电站。通向电站的公路，连起了赤溪等沿线村庄。从此，赤溪村有了一条通向外部世界的大道。

"要致富，先修路。有了路，怎么富？"村"两委"提出：发挥山水优势发展旅游。他们是这样分析的：赤溪东依太姥山，西接桑园水库，利用地理优势，把赤溪融入太姥山山水旅游圈，把客人引过来；再利用北靠九鲤溪和南通杨家溪的赤溪河，开发水上游，把客人留下来。这一引一留就不愁没人气，有人气就不怕没收入。于是，村里确定以旅游为主打产业，生态立村、旅游兴村、农业强村，推动脱贫致富。

此时，在邻县工作的乡亲吴敬禧闻讯引来了万博华旅游公司。公司老总庄庆彬毅然决定把"第一桶金"投到这里，帮助赤溪村开发第一个旅游项目——九鲤溪竹筏漂流。村支书黄国来第一个撑篙上筏，许多年轻小伙子也跟着当起撑筏工，驾着竹筏，在青山绿水间悠然漂行。来回一趟，收入100元，旅游旺季时一天能撑三四趟。"在家门口就能挣到钱啦！"这些年轻人别提有多高兴！

村里还与万博华公司合作在九鲤溪景区兴建蝴蝶生态园等项目，让一些中老年辅助劳力派上用场，月收入有两三千元。手巧的妇女还在河滩上拣来鹅卵石，加以彩绘，制作各种彩蛋，很受游客欢迎。

万博华旅游公司在赤溪的成功运营，使吴敬禧看到了赤溪发展旅游的可喜前景。他组建了"耕乐源"专业合作社，采取民间股份制形式集资，与村民合作建起大茶坊客栈，具有110个床位的木屋别墅成了溪边的一道风景线，推动了旅游业的开展，年游客达到20多万人次。

旅游业的发展带起了村里的餐饮和民宿业。村民在长安街上接二连三地办起了小卖部、小食店、小客栈、小超市、白茶店、特产坊……商铺林立，鳞次栉比，红红火火的生意，使许多家庭增加了收入。

村民杜家立、杜春蓉夫妇，利用8万元妇女创业专项低息贷款，在村里办起第一家餐饮兼住宿的"农家乐"，夫妻俩热情待客，经营有方，年收入达到15万元。

种茶、制茶也是村里脱贫的一个支柱产业。赤溪村有茶园1500多亩，因山高雾多，茶叶品质好，制出的"福鼎白茶"味纯香高，很受欢迎。过去因村里没加工厂，只好卖青叶，价格很低。水库电站建成后，村里有了电，办起加工厂制茶，价值翻了一番。村里青年杜赢在广西上大学毕业后，带回广西同学一起创业。夫妻俩利用创业基金和贴息贷款办起茶叶加工厂，平时一个在家制茶，一个外出跑销售，信息灵通，生意红火，近几年每年净收入都达二三十万元，成了村里的富裕户。

依靠旅游业和茶产业，赤溪人钱袋子逐渐鼓了起来。2014年全村农民人均收入11674元，村集体经济收入24.9万元。

四

2015年1月29日，习近平总书记在国家民委《民族简报》上看到赤溪村的变化，极为高兴，当即做了批示：30年来，在党的扶贫政策支持下，宁德赤溪畲族村干部群众艰苦奋斗、顽强拼搏、滴水穿石、久久为功，把一个远近闻名的贫困村建成了小康村。他指出，全面实现小康，少数民族一个都不能少，一个都不能掉队。总书记的批示给了赤溪村民以巨大的鼓舞，也是莫大的鞭策。

2016 年 2 月 19 日，农历猴年伊始，当人们还沉浸在春节喜庆氛围中时，赤溪村迎来了载入史册的日子。这天上午，习近平总书记在北京与赤溪村民进行视频连线。党支书杜家住和王绍据作了简短汇报后，习近平总书记亲切地说："……我在宁德讲过'滴水穿石''久久为功''弱鸟先飞'，你们做到了……希望赤溪村再接再厉，在现有取得很好成绩的基础上，自强不息，继续努力。""赤溪村今年给我写了信，我看了也感觉到很亲切。它的历程是我们全国扶贫的一个历程，我们要很好地总结，而且要不断地向全面建成小康继续努力。"

"全面建成小康"，这是总书记对赤溪村也是向全国发出的伟大号召，寄托着总书记的殷切期望，让乡亲们迸发"内生动力"。他们总结经验，并找差距，寻短板，集思广益，议定新的奋斗目标，并采取切实措施。旅游业蓬勃发展。村里与多家旅游公司合作，融入宁德市"旅游产业圈"。青山绿水游、生态农业观光游、竹筏漂流游、畲族风情游……每年吸引着 20 多万人次的游客。满街的福鼎白茶以及乌米饭、鼠菊粿、香鱼干等畲家美食深受游客青睐。全村有特产店、农家乐等 80 多家，村劳动力 50% 以上从事旅游业和相关经营活动，其收入占农民人均纯收入 40% 多。

通过"企业＋农户＋基地"方式，全村流转 1070 亩耕地，建起了有机茶、名优果蔬、珍稀苗木等 7 类休闲农业基地。村民在收取土地流转费的同时，通过入股、务工等，收入稳步增长。

设立"赤溪村农民产业扶贫基金"，建立贫困户因灾致贫救助、子女就学帮扶、大病补助等差别化保障制度，防止因病返贫。组建了一支"大手牵小手帮扶特困户"的志愿者队伍，常态化地开展活动。

赤溪小学经过改扩建，成为全镇校舍最好的一所小学，适龄儿童全部入学。

2018 年，赤溪全村贫困户 29 户 39 人，年人均纯收入全部达到 7560 元的最低生活保障线以上，其中建档立卡贫困户 2 户 7 人全部脱贫。人均住房面积 38.5 平方米，村财收入 100 万元。

2019 年，赤溪村人均可支配收入 22698 元，是 1984 年开展扶贫前的 100 多倍。

赤溪村，这只闽东山沟里的"弱鸟"终于先飞了。

2020 年 5 月

下党新变

——来自寿宁县下党乡的报告

邱树添

寿宁县城西去 45 公里，有个号称"西伯利亚"的特困乡，名叫下党。近年来声名鹊起，引人瞩目——承载期望唱"山歌"，"滴水穿石"谋跨越，下党旧貌换新颜。乡亲们说："如今哪，路通了，房新了，游客多了，钱多了，小日子越过越幸福！"

走进下党，道路干净整洁，一边是清澈奔流的修竹溪，另一边是掩映在青山绿树之间、古色古香的新整修的楼房；山上茶树青翠葱茏，脐橙、锥栗、毛竹漫山遍野，定制茶园"下乡的味道"……成为村民增收致富之道。人们脸上挂满幸福、自信的笑容。

下党曾是闽东 4 个省定特困乡之一，为今已摆脱了"无公路、无自来水、无照明电、无财政收入、无政府办公场所"的"五无"尴尬局面。2017 年人均纯收入达到 12500 元，是 1988 年的 67 倍。村财收入从负债 7.6 万元到去年增收 23.3 万元，带动全村 31 户建档立卡贫困户全部脱贫。下党乡走出了一条从"输血"到"造血"的脱贫新路子。

三进下党

1989 年 7 月 19 日，是个大晴天。

一大早，时任宁德地委书记习近平便带着有关同志 20 多人乘坐中巴车从寿宁县城出发，在崎岖山路上颠簸了 2 个多小时到达平溪乡上屏峰村。然后，他们再徒步艰难跋涉前往 7.5 公里外的下党乡现场办公。

地僻人罕至，山高云易生。明代大文豪冯梦龙在寿宁当知县时写道。他从家乡苏州到寿宁上任足足走了半年，足见行路之难、所在之偏。

下党地处闽浙两省交界处，是寿宁最边远的山乡，1988年初才建乡，因为没有公路，所在地通往四个毗邻乡镇，都得翻山越岭10多公里，做小买卖的东西只能靠肩挑背驮。建乡时，人均年收入还不足200元。

这是一次"履约践诺之行"。

一个多月前，下党乡党委书记杨奕周在地委工作会议上站起来哀怨地放了一"炮"：对贫困地区，上级要关心、要扶贫！

老杨的话"辣味十足"，一下子引起了习近平同志的注意。他在详细询问了解下党乡的情况后，当场就约定，要去下党一趟！

烈日炎炎，挥汗如雨。习近平一行冒着酷暑，沿着荆棘丛生的山脊小道，一路跋涉，费时两个多小时才到达下党。

"'地府'来了！""'地府'来了！"

一路上，老百姓奔走相告，异常惊喜。

下党村老党员王光朝至今依然清晰地记得，一群人顶着烈日，头戴草帽，手拄木棍，风尘仆仆地，从文昌阁边上曲曲折折的石径上走下来。走在最前面戴着草帽、肩搭毛巾、汗水湿透衣服的高个子，正是习近平同志。

"当地百姓管地委书记叫'地府'，因为当地方言'知府'与'地府'同音。"20多年前的这一幕，时任下党乡党委副书记刘明华至今还历历在目。

沿途，群众端着一碗碗凉茶、草药、绿豆汤递给远道而来的客人，说："喝吧，路上辛苦了！"

这一幕让习近平深为感动，久久难忘。

一到下党，习近平顾不上休息，马上开展调研活动，并召开现场办公会，地点就在鸾峰桥边上简陋的小学校教室里。土夯的墙面凹凸不平，连门都没有！习近平仔细听取了乡党委、政府的工作汇报，这里的艰苦程度出乎了人们的意料，71岁的老党员王光朝回忆说，平日挑公粮到毗邻的平溪去，来回要花去一天半时间。没有电，村民买不起油灯，只能靠点火篾照明。山路难行，小贩们不敢挑液体货进山，怕一不留神摔倒了就血本无归。因此，村里70%的人没有尝过醋，50%的人没吃过酱油。100%的人不知味精为何物！村民还担心家里的猪养得太大卖不掉。因为乡里杀一头猪，往往从鲜肉卖到咸肉……

下党的穷困令人震撼！因此，习近平在现场办公会上表态要优先考虑下党的建设发展，在政策上予以倾斜，在资金上给予大力支持，解决实际困难。他拍板决定支持下党乡建设资金72万元，用于乡里水电、通乡公路建设等当地群众生产生活中急需解决的难题。对于一个年财政收入仅 1.5 亿多元、连吃饭都困难的地区来说，这笔从牙缝里挤出来的"饭菜钱"，数目可不小。这也是习近平下乡调研给钱最多的一次。

掌声，在大山深处轰然雷动！

时过正午，习近平一行就到鸾峰桥上用餐，坐上临时找来的凳子，端上简陋饭桌的是几碟小笋、田螺、青菜等，习近平却吃得津津有味。这也大大出乎下党干群的意料了！

"在我们这个偏僻的地方，头一回见到这么大的官，大家以为他会很讲究，没想到他亲切随和，一点架子都没有。穿一件白衬衫，很朴素，与大家同坐同吃！"刘明华感叹地回忆道。

鸾峰桥见证了这一难忘的时刻！

简单用完午饭，习近平在廊桥上小憩后，继续深入烈士后代、党员代表和特困户三户农户访贫问苦。

下午 3 时许，习近平一行告别下党，走的是另一条出山的路。虽然路险坡陡、荆棘丛生，但因为这条路顺着河穿过去，还稍微近些。于是，乡党委书记老杨带人用柴刀将挡住路面的荆棘、苇秆劈除。遇到悬崖小道或溪水湍急处，乡干部又往前一步挽扶他们过河。老区人民的淳朴与热情给习近平留下了深刻印象。他们走羊肠小道、过独木桥、攀峭壁岩石，一路跋涉 10 多公里，历时近 3 个小时才到达芹洋乡溪源村，然后再乘车，回到寿宁县城已是晚上 7 时许。参加调研的时任寿宁县委常委、常务副县长连德仁在这一天的日记里写道："……乘车 5 个小时，步行 4 个半小时，开会座谈访贫 2 个小时，一路风尘，大汗淋漓，辛苦程度不言而喻……回到县城招待所，许多干部才发现脚底、脚趾都磨出了血泡。"

"异常艰苦，异常难忘！"这是留在习近平记忆中的印象。但未曾料到，仅仅过了一周时间，他又一次赶赴下党乡。这回是因为 7 月 21 日晚，下党乡屏峰村发生了百年不遇的洪水灾害，30 多座民房被毁，土墙倒塌，5 个村民遇难，62 户 332 人受灾。

出差在外的习近平接报后当即指示分管领导和县里先行做好抗灾救灾工作。7 月 26 日，他陪同省领导二进下党，亲临现场察看灾情，慰问灾民，部署灾后重建工作，协调资金帮助修复被冲毁的道路以及防洪堤坝、学校修建等问题。

在闽工作期间习近平还去了一次，帮助下党乡协调解决100多万元修路造桥、生产项目补助资金，同时还积极协调建设通往浙江庆元的出省公路等。

习近平同志到下党解民忧，特别关怀留下了一段永不褪色的记忆，也留下了心中永远的牵挂。他将坚实的脚印留在下党乡的土地上，也将殷切关怀和优良作风，深深烙在下党人的心坎上。那亲民、爱民、便民和务实的作风更像一组动人的旋律久久回荡在闽东人民的心间上……

此后，习近平同志多次在不同的场合深情地回忆到下党乡现场办公的往事，表达了他心中深深的牵挂。2014年11月2日，习近平来福建视察期间，在听取省委、省政府工作汇报时，向参会的宁德同志了解下党乡发展情况，并委托他代为问候下党乡亲们好。

习近平同志做了表率，省、市、县领导也多次深入下党现场办公，帮助解决乡卫生院仪器设备、乡街道下水道改造等群众生产生活急需解决的难题，再次燃起下党人激情跨越的热情。他们纷纷表示，要以习总书记的关心、关切为动力，紧密联系下党实际，按照"科学扶贫、精准扶贫"的新要求，弘扬"滴水穿石"的闽东精神，凝心聚力、奋勇拼搏，抓好扶贫开发，实现下党乡又好又快发展。

品牌之光

"来，请喝茶！"百口食堂老板王明寿热情地招呼道。他在短短的三个月里利用旧祠堂办起了这家颇具创意的饭店，每天前来就餐的客人不少，他高兴得逢人就乐滋滋地笑。前厅摆起茶具，一见来客就热情地招呼端茶。

2017年元旦我再次访下党。夜里，我独自徜徉在村头巷尾。

路上遇到了省委组织部下派干部曾守福。三年来，在他的组织策划下，下党村首创全国第一个扶贫定制茶园，建立可视化系统，覆盖300多亩茶园。山青水绿，下党具有良好的高山茶生长环境，有茶园600多亩。但此前高质量茶叶找不到销路，一直是村子的老大难问题。

现在茶叶销路有保证了，茶青每斤价格增加到10元，让当地茶园每亩收入从原来2400多元升至6000多元，每年每亩可增收4000元左右，直接带动64户贫困户和12户建档立卡贫困户脱贫。他们还积极探索"互联网+TV"的党媒精准扶贫模式，实现茶农增收。此外，村里还成立福山水茶园专业合作社，要求所有入社农户都不能擅自给茶叶打药、施肥，全部用村里统一购置并免费发放的有机肥。村里还注册了茶叶品牌"下乡的味道"——因中央媒体报道而催生的这个品牌，正为下党群众带来越来越多的收入。把"叶子"变成了票子，把绿水青山变成金山银山，下党群众各项增收力度在加大。2016年人均收入已突破万元，村集体收入从三年前负债7.6万元到年收入21万元。说起这些，年轻的曾守福兴奋之情溢于言表。

如何发挥下党优势，实现快速发展？寿宁县委、县政府抓住机遇，趁势而上交出了一份新答卷——结合"两学一做"活动，着力打造"中国红色旅游新地标"的发展定位，以建设党的作风建设的展示基地、群众路线的教育基地、摆脱贫困的实践基地为目标，开展"五个一"（走一段路、重温一段历史、上一堂党课、举办一场仪式、开展一次夜谈）活动，发展下党红色旅游。进古村、走巷道、逛廊桥、住民宿，成为下党的新招牌。前来旅游观光的不少游客在这儿住了下来，尽情享受迷人的乡村风景、浓郁的田园气息和可口的农家饭菜。

与此同时，省、市、县委党校将下党乡确定为党性教育基地，从理论上、实践上持续深入挖掘习近平总书记走进下党群众路线的深刻内涵，将重点班次有计划地搬到下党，让领导干部与当地群众同吃同住、同劳动，深入学习习近平总书记系列重要讲话精神，加深对贯彻党的群众路线常态化认识，通过基地建设，助推寿宁县经济社会发展。省委宣传部、省社科联，市委宣传部、市社科联分别将下党列为省、市社科普及基地。一拨又一拨党员干部来这里受教育，开展重走习近平同志当年走过的路等活动。据悉，目前已接待培训班次200多批，学员近万。寿宁县主要领导表示，将以此为契机，着力讲好"下党故事"，大力传承弘扬好总书记留下的好思想好传统好作风，持续提升下党党性教育教学基地的层次和内涵，逐步打响"清新福建、难忘下党"品牌，助推寿宁加快发展绿色崛起。

品牌之光辉映小康路，下党由此发生新变。

我从村口"下乡的味道"开始，沿街漫步，左边依次排开：党川客栈、绿豆汤、青草药、铺米糕店、粮油店、荣玉食杂、幸福茶馆、梦龙书吧、下党人家、万兴什锦、百口食堂等商铺……不到半年时间，下党古村竟然开起了十几家食杂店，卖的是当地的土特产品。右边的红灯笼上写的"清新福建，难忘下党"红字格外显眼，在舒缓的水声里别具风味。正绘就一幅"机制活、产业优、百姓富、生态美"新画卷。

"哈，你在这里，让我好找！"且行且走沉思间，一位中年汉子迎面走了过来。原来是"85民宿"的老板，也是去年新当选的村主任王菊弟。他领着我踩着村巷的青石板路往他新开的民宿走去，一路上灯火明亮。"一间一个晚上房费100多元，已接待了200多人。"尝到甜头的王菊弟非常满足，信心满满。他说，边坡上有两位老人，过去一到晚上因为太寂静有点害怕，早早就关门。现在因为他的民宿开张，晚上很热闹，老人再也不感到孤寂、害怕了。现在全村已开起了10多家民宿。

随着基础设施的改善，旅游业的兴起和知名度的提升，下党变得更美更热闹了，新的游客服务中心也在兴建。"现在下党天天都像过节一样！"这是下党人发自肺腑的心声，他们脸上的笑容呈现出前所未有的灿烂。

山更绿，水更清，灯更红，笑更甜。今日下党人站在新的起点上，牢记习近平总书记的殷切期望，发扬滴水穿石的闽东精神，以弱鸟先飞的赶超意识和奋斗者姿态奔走在脱贫奔小康的路上。致富的强音正在山水之间回荡，加快发展的步伐越发铿锵有力。因此，下党的夜晚看似平静而柔和，但地底下无疑奔涌着一股热流。他们的誓言和梦想正逐步变成现实。

下党的明天一定更美好！

2018年6月

扶贫开发之"宁德模式"

王绍据

2015 年 12 月 7 日，我国东部地区扶贫工作座谈会在福建省宁德市召开。中共中央政治局委员、国务院副总理汪洋在会上做了重要讲话。他说："这次大家在宁德看了现场，听了介绍，做了交流。这个会议选择在宁德召开，主要是——宁德曾是习近平总书记早期开展扶贫实践的地方。"

汪洋指出，总书记在这里系统地提出了"以改革创新引领扶贫方向、以开放意识推动扶贫工作"的原则及"弱鸟先飞"意识、"滴水穿石"精神和"四下基层"作风等一系列重要思想。27 年来，宁德历届党委政府坚持这些思想，始终把"加快发展、摆脱贫困"作为工作主线，一任接着一任干，团结带领广大群众不懈努力，艰苦奋斗，取得了显著成效。

汪洋强调说，昔日的宁德"老、少、边、贫"，习近平同志在《摆脱贫困》第一篇文章中对宁德当时现状作了概括，农村贫困发生率达三分之一，9 个县中就有 6 个是国家级贫困县。这次大家来了，应该看到，今天的面貌焕然一新：农民人均纯收入已经超过万元，脱贫率达到 96%。"宁德模式"成为习近平总书记扶贫开发战略思想的成功实践，也成为中国特色扶贫开发道路的一个典范。

"弱鸟先飞"别穷窝

宁德，俗称闽东，地处福建东北部，与浙南毗邻。这里依山近海，陆地面积 1.34 万平方公里，海域面积 4.46 万平方公里，海岸线长 1046 公里。这里既是革命老区，又是少数民族聚居区。

由于历史、地理和海防前线等诸多原因，宁德交通阻塞，基础薄弱，经济滞后，曾是全国 18 个集中连片特困地区之一，被称为福州与温州之间"中国黄金海岸线上的'经济断裂带'"。据资料表明：1985 年，全地区农民人均纯收入仅为 330 元,为全国水平的 83%,其中人均纯收入在 160 元以下,徘徊在温饱线的农村贫困人口达 77.5 万,占当时当地农村总人口的三分之一。

1984 年 6 月 24 日,《人民日报》头版显著位置刊发了一封《穷山村希望实行特殊政策治穷致富》的读者来信,披露了福建省福鼎县赤溪村下山溪畲族自然村群众穷困窘迫的状况,并为之配发了一篇题为《关怀贫困地区》的评论员文章。同年 9 月,中共中央、国务院颁发了《关于帮助贫困地区尽快改变面貌的通知》,从而推动了扶贫开发活动在全国各地的开展。

时隔 4 年的 1988 年初夏,习近平同志任宁德地委书记。面对这里严峻的贫困现实,他深入基层,走村入户,调查研究,问计于民。经过几个月的考察,他意识到,当时闽东的区情、区力不具备跨越式发展或大规模开发,唯有把解决群众吃饭、穿衣、住房作为"摆脱贫困"的重中之重,才能唤起他们的脱贫意识,主动投入反贫困的事业中去,改变自己的命运。

"闽东这只'弱鸟'可否先飞,如何先飞?"习近平在闽东 9 个县及毗邻的浙南温州、苍南、乐清等地调研后,提出了这个问题。他认为,"弱鸟"可望先飞,至贫可能先富,但能否实现"先飞""先富",首先要看头脑里有无这种意识。"地方贫困,观念不能'贫困'。'安贫乐道''穷自在''等、靠、要',怨天尤人,等等,这些观念全应在扫荡之列。"

如何让"弱鸟先飞"?福鼎县和磻溪镇坚持 10 年为赤溪村下山溪畲族自然村送钱、送物、送种苗,进行"输血"式帮扶。因为收效甚微,改变不了面貌,于是提出了"一方水土难养一方人,'弱鸟'必须挪窝断穷根"的思路。经过多方集资,同时进行过细的思想动员工作,下山溪村 22 户 88 口人于 1995 年春搬迁到 6 公里外的赤溪行政村所在地。此举得到时任宁德地委书记陈增光、行署专员汤金华的赞成与支持。陈增光还从一户灾民重建的对联上悟出"造福"两字。此副对联的上联是"造就一番新天地",下联是"福到百姓感党恩"。他把整村搬迁工程命名为"造福工程"。这一"告别穷窝,刨断穷根"的举措不仅在宁德地区轰轰烈烈开展,而且在全省各地推而广之。

自 20 世纪 90 年代以来,宁德历届领导都把"造福工程"作为摆脱贫困的基础工作实施。昔日无法在山旮旯生存的村民们搬迁出来了;祖祖辈辈在海上漂泊过日子的连家船民上岸了;经不起风吹雨打的茅草房彻底改造了;许多易发地质灾害的危险点也完全迁移了……20 多年来,全市(地区)累计建成造福工程新村(社区)达 600 多处(个),完成搬迁人口 33 万,其中"以船为家、居无定所"的连家船民 2.5 万人全部上岸定居。

"要使弱鸟先飞，飞得快，飞得高，必须探讨一条因地制宜发展经济的路子。"习近平当年的话语一直响在宁德各级干部的耳郭。这些年来，闽东人上下齐心遵循这一理念，立足当地，借势山海，在农业上大念"山海田经"，在工业上大兴支柱产业，在扶贫上多方协作，以"人一我十"的拼搏干劲和攻坚拔寨姿态向贫困宣战。

滴水穿石寻富路

闽东贫困的形成是历史的、地理的，也是文化的。摆脱贫困，走向富裕，是个浩大、艰巨而繁杂的工程。要想在短时间内改变贫穷状况，既不可能，也不现实。

习近平同志在《摆脱贫困》一书的《从政杂谈》一文中明确指出："闽东的落后状况是历史形成的，改变闽东的落后面貌不能靠一朝一夕之功，而需要有一股韧劲。没有锲而不舍的毅力，不愿付出艰辛于他人数倍的努力，不靠一点一滴量的积累，涓滴成流，聚沙成塔，是不能做成事业的。"

二十多年来，宁德人民弘扬这种矢志不移、锲而不舍的滴水穿石精神，日复一日，年复一年，"咬定青山不放松"，同贫穷作顽强的斗争。

要致富，先修路。路在哪里？逢山开辟，遇壑架桥。闽东人学"愚公"每天挖山不止，以蚂蚁啃骨头的耐力，修通了一条条出山路、老区路、致富路、希望路。柘荣县宅中乡蔡山村地处崇山峻岭，坡陡壑深，十分偏僻。村里党员带头扛起"愚公锄"，带领 200 多名青壮年村民，13 年如一日，挖山、炸石、运土、填壑，修通了 14 公里机耕路，并且实现路面拓宽硬化。蔡山村不仅告别了"无路村"的历史，而且打通了往宅中、富溪、黄柏 3 个乡镇所在地的 3 条通道，与县城城关的距离大为缩短，走上了健康的发展道路。寿宁县的溪乾村、福安市的大坪里村、周宁县的后溪村、福鼎市的茗洋村、霞浦县的水门村、屏南县的高安村、蕉城区的八斗村、古田县的大甲乡等，内生动力，自发修路，得到了国家交通运输部门的重视与支持，得到了社会各界的助力与帮扶。全市农村公路里程由 1988 年的总长 1702 公里增加到 2014 年的 9438 公里。124 个乡镇、2135 个行政村全面实现通乡通村公路，为农村群众脱贫致富夯实了物质基础。

以福鼎市磻溪镇赤溪村为例，这个自1984年开始扶贫，曾被誉为"中国扶贫第一村"，从"输血"到"换血"（搬迁）再到"造血"的30多年历程，印证了滴水穿石的艰辛。该村人均纯收入从180元增加到2015年的13600元，显示了交通便捷带来的经济发展成效。昔日，这里虽是山清水秀，然而藏在深山无人所识。自从修通3条盘山（穿山）公路后，旅游业成了新兴产业。尤其是赤溪至杨家溪专线公路的修通，使山门洞开，连接高速，隐匿在深山沟里的美丽乡村成了人们向往的去处，年游客量从数千人剧增至20多万人（次）。赤溪村党支部、村委会抓住机遇，实施"生态立村，旅游富民"的"1+n"工程，以一个旅游业为龙头带动相关诸多产业，让村民家家户户参与，增加经济收入，彻底告别贫困。如今，宁德市已完成1680个贫困村的环境整治，创建了市级以上生态村1765个，涌现出一批省级、国家级旅游美丽乡村。仅以2015年统计，全市乡村旅游接待466万人（次），收入逾33亿元。

寿宁县的下党乡地处闽浙两省三县交界处，曾经是无公路、无自来水、无电照明、无政府办公场所、无财政收入的"五无乡"。1989年7月19日，时任宁德地委书记习近平带着领导班子成员，乘车5个小时，步行4个半小时来到下党现场办公。尔后，习近平又两次深入这个特困乡。在他的因地制宜思路和倡导的滴水穿石精神引领下，该乡干部群众经过20多年的艰难拼搏，终于摘掉了"特困帽"。下党乡农民人均纯收入从1988年的146元，增加到2015年的8275元。如今的下党成了"路网纵横交错，林茶满山争翠，新房比比皆是，村民喜笑颜开"的脱贫乡。

同下党乡一样戴上省定"特困帽"的福安范坑乡、霞浦北壁乡、蕉城洪口乡，也在滴水穿石的艰辛磨砺中寻找到致富的门路。全市贫困面大幅度下降，20世纪80年代贫困人口为77.5万，2014年低收入人口为14.5万，2015年为11.3万。

精准施策筑小康

2015年1月29日，习近平总书记在日理万机的繁忙中，看到案头上的《民族工作简报》，甚为欣喜，当即挥笔批示，30年来，在党的扶贫政策支持下，宁德赤溪畲族村干部群众艰苦奋斗，顽强拼搏，滴水穿石，久久为功，把一个远近闻名的贫困村建成小康村。全面实现小康，少数民族一个都不能少，一个都不能掉队。要以时不我待的担当精神，创新工作思路，加大扶持力度，因地制宜，精准发力，确保如期啃下少数民族脱贫这块硬骨头，确保各族群众如期实现全面小康。

习近平总书记的批示，既是对"中国扶贫第一村"的充分肯定，亦是再次向全国吹响了扶贫攻坚的"集结号"。

如何做到"一个都不能少，一个都不能掉队""确保各族群众如期实现全面小康"？宁德市委、市政府认真回顾总结，站在新的起点上提出：从过去主要以解决温饱为基本任务，转到主要以脱贫致富奔小康为工作主线，再转到主要以全面建成小康社会为奋斗目标，要着重抓好"三个五"。

在精准扶贫精准脱贫方面着力提高"五个精准度"。一是在扶贫目标上提高精准度。2020年之前，分年度、分区域，确保6个省级扶贫重点县全面建成小康社会，14万农村低收入人口确保稳定脱贫，所有边远偏僻、条件恶劣的自然村实施全部搬迁安置。二是在建档立卡上提高精准度。对尚未脱贫的所有对象进行深入细致的调研，做到逐户建立档案，逐村进行检测，逐县挂图显示。三是在载体抓手上提高精准度。县域突出"增内力、强基础、促后劲"；乡村突出"扶产业、惠民生、改面貌"；农户突出"促增收、提能力、强保障"，增强发展内生动力。四是在措施方法上提高精准度。深入实施扶持生产和就业发展、移民搬迁、保障兜底、医疗救助"四个一批"精准到户工程，项目资金、基础设施、集体经济、龙头企业"四个带动"精准扶贫到村工程，对口联系、产业联动、教育医疗、交通设施"四个推进"精准扶贫到县工程，"靶向"定位，"滴灌帮扶"。五是在脱贫验收上提高精准度。把稳定脱贫、持续发展作为脱贫验收、销号"退出"的考核原则，立足县级公共财力、村级集体经济、群众家庭收入等主要指标，突出脱贫率、控制返贫率、政策落实率量化指标，进行全面考核验收。

在加强领导方面着力完善"五项机制"。一是完善领导责任机制。严格落实党政一把手"第一责任人"的扶贫开发工作责任制，形成"市统筹、县抓总、乡落实、工作到村、帮扶到户"的长效机制；二是完善财政扶持机制。坚持政府投入的主体和主导作用，加大金融扶贫力度，吸引社会资金参与扶贫开发，走多元化资金统筹路子；三是完善试点推进机制。着力抓好"整村搬迁、集镇安置"示范点，培育"村企共建""精准扶贫合作社"示范点，开展"分级诊疗、乡村服务"医疗扶贫示范点，以点带面、整体推进；四是完善社会协同机制。充分发挥群团社团组织作用，努力形成专项扶贫、行业扶贫、社会扶贫等多方力量、多种举措有机结合和互为支撑的"三位一体"大扶贫格局；五是完善考核激励机制。健全精准扶贫责任目标管理和考核机制，建立工作成效与工作过程并重的考核指标体系，加大精准扶贫精准脱贫考核权重，强化对因村选派第一书记管理考核力度。

在注重成效方面着力实现"五个提升"。一是生产发展有新提升。因地制宜发挥贫困乡村资源优势，力争全市村级集体经济收入达到村均 10 万元以上，形成"一村一特色、一户一增收"的产业发展、增收脱贫格局；二是生活质量有新提升。加大对"老、少、边、岛、贫"地区倾斜投入，补齐民生短板，兜起社保底线，确保低收入群体年增幅不低于所在县（市、区）平均水平；三是乡风文明有新提升。持续开展农村精神文明创建活动，引导农村群众移风易俗、破除陋习，培育一批富有现代文明气息的脱贫致富新农村；四是宜居环境有新提升。加快完善贫困乡村交通、水利、通讯、垃圾处理、安全饮水等基础设施，让更多的贫困村成为生态村、美丽村；五是基层建设有新提升。持续选派"扶贫工作队"与选任年轻干部、退伍军人、高校毕业生等优秀人才相结合，使他们成为美丽乡村的建设者、农村现代化的带领者、农村精神文明的传播者，使基层党组织真正成为带领群众脱贫致富的坚强战斗堡垒。

三十多个春秋的顽强拼搏，一万多个日夜的滴水穿石，宁德人脱贫攻坚硕果累累，小康村如雨后春笋般冒了出来。2016 年春节期间，习近平总书记在北京通过视频连线同赤溪村干部群众亲切对话。他指着村史展示馆里的横幅说："你们那标头是'中国扶贫第一村'，这个评价是很高的，但也确实凝聚着宁德人民群众、赤溪村的心血和汗水。""我在宁德说过'弱鸟先飞''滴水穿石''久久为功'，你们做到了，而且实践也印证了我们现在的方针，就是扶贫工作要因地制宜，精准发力。""希望赤溪村再接再厉，在现有取得很好成绩的基础上，自强不息，继续努力！"

习近平总书记热情的肯定与勉励，不仅是对赤溪村，而且是给宁德市广大干部群众莫大的鼓舞与鞭策。可以相信，他们将不辜负党中央的关怀，再鼓实劲，再下苦功，让宁德这块新时期扶贫开发战略思想的重要"策源地"和"试验田"，提供更多更有价值的实践经验。

2020 年 10 月

从番薯县到百强县

——惠安在改革开放中崛起

黄种生

一

惠安，提起这个县名，人们很自然就会联想到打石头和吃番薯这两件事。

番薯，传说是一位旅居菲律宾的长乐籍侨胞引进的。因而在薯的前面加一个"番"字。它具有繁殖快、产量高、适应力强的特点，很适合在惠安山多石巨、地多沙质、水源缺乏这种地方生长。因而，深明"适者生存"之理的惠安人便选择开采石头，广植番薯以求生存、求发展之道。长期以来，当地百姓以番薯为主食。"日头'焰扑扑'，石头'硬酷酷'，番薯糊'架辘辘'……"这首"顺口溜"，形容昔日惠安地瘠人贫、生活艰苦最为传神。太阳是如此炎热，石头是如此坚硬，番薯糊又是如此稀稀拉拉，然而，惠安人也像番薯有着很强适应能力那样，生性乐观，蓬勃繁衍。他们对吃番薯不以为苦，反以为乐，自嘲道："番薯肠，番薯肚，吃番薯，最对路。"于是，"番薯县"的戏称广为流传。

然而，在改革开放浩荡春风的吹拂下，惠安县发生了翻天覆地的变化。这个县长期是个财政赤字县，直到1994年，才摘掉"赤字县"的帽子，实现财政收支平衡，而且从此稳步攀升，至2007年，全县完成地区生产总值26952亿元，财政总收入达到20亿元，县域经济综合实力连续7年跻身于全国最发达"百强县"的先进行列位居第30位，"番薯县""脱壳"腾飞了！特别是近几年来，基础设施建设的突飞猛进，重点项目的大批落户，经济开发区的连片建成，惠安跨上了"直逼晋江"的新台阶。最近，我们走访惠安，展现在面前的是一幅生机勃勃、繁忙紧张的建设图景。

二

惠安发生的历史性变化，仍然要从人们最熟悉的吃番薯和打石头谈起。

众所周知，惠安已有数百年种番薯、吃番薯的历史。过去，不少人三餐常常以番薯糊充饥，能放上几片番薯干就感到满足与幸运。尽管说"吃番薯，最对路"，毕竟难忍那饥肠辘辘。改革开放之后，米饭、面食才变成惠安人的主粮，番薯在不知不觉中退居"二线"，成为酿酒原料和牲畜饲料。令人感到意外的是，近几年来番薯忽然又在人们的记忆中复苏、清晰起来，市场上出现了番薯比米贵的奇特景象！吃番薯成了一种调口味、求保健的新时尚，一件对客人夸耀的新鲜事。与惠安的朋友在一起，常常会听到他们眉飞色舞、如数家珍地讲述番薯的诸多好处，讲述番薯粉团、炸番薯片、炒番薯叶等菜肴如何进入宾馆、宴席，吃早茶时番薯粥如何备受客人青睐的佳话。

更可贵的是，吃番薯的惠安人不仅品出了番薯的好滋味，还从与番薯同宗异祖的兄弟马铃薯身上，看到了大商机。

这次，我们走访中国名牌企业达利集团，参观集团的产品展馆。在那里，我特别注意那种老少咸宜、人见人爱的可比克薯片。它由马铃薯经过科学加工而成，是一种令人越吃越放不下的休闲食品。一上市，就以它的优良品质与独特的竞争力，让同行们刮目相看。它与达利园蛋黄派、"好吃点"饼干，成为达利集团的主打产品。

集团决策者高瞻远瞩——

他们明智地实施从贵族食品向平民化的战略转换；

他们建起别墅群，礼聘一批科技人才搞产品研发；

他们请明星大腕做广告，使产品深入人心；

他们把触角伸向祖国大江南北30个省市，有经销商800多名，销售网点一万多个，还有远在大西北的生产基地。同时，把产品推向韩国、菲律宾、马来西亚等国家和地区。

集团总裁是一位吃番薯长大的惠安土生土长的农家子弟，这位拥有几十亿资产的企业家，朴素得像一块普普通通的番薯。但是，他却从"薯"中吃出了好滋味，做出了大文章，创造了5年之间资产从6亿元到36亿元神奇跃进的"吃"的事业，这无疑是惠安巨变的一个缩影。

三

惠安的石雕石材，可谓历史悠久，成果辉煌。据介绍，石雕最早可追溯到1600多年前的晋代闽林始祖林禄墓前的文武仲翁和虎、羊圆雕。自晋以下，每一个年代留下的震撼世人的标志性作品史不绝书。诸如北宋初期兴建的惠安历史上规模最大的石雕工程——堪称跨海建桥史上创举的洛阳万安桥；明代洪武年间建造的国内仅存最为完整的丁字形结构的崇武古城。清末民初，惠安石雕名扬四海，新中国建立后，惠安艺匠的不朽之作遍布祖国，称雄海外。人民大会堂、人民英雄纪念碑、毛泽东主席纪念堂、周恩来总理纪念馆、陈嘉庚先生的鳌园，寄托着惠安艺匠对伟大领袖和杰出人士的无限崇敬之情；而全国目前最大的镂空石刻圆球泉州"鲤鱼化龙"、被授予"上海吉尼斯世界纪录"的深圳"九龙柱"、堪称环球之最的台湾嘉义玉虚宫200多平方米的九龙壁和九龙池……无不展现了惠安艺匠无比高超的石雕技艺。

改革开放春风化雨，这里的石雕加工厂犹如雨后春笋蓬勃发展，出现了几个重要的转化——

石雕从手工操作向机械化生产转化；产品从单一向多样转化；质量从低档向中高档转化。

石雕品种多达数百个，大至重达几吨的巨型石狮，小至置于指上浮于水面的微型小品。

目前，全县拥有石雕、石材、石材机械等1600多个厂家，年产值90亿元，出口日本、东南亚、欧美和港台等30多个国家和地区，成为我国最大的石雕产品出口基地之一。惠安石雕石材的发展，无疑也是惠安经济迅速崛起的重要标志。

四

如果说石雕石材、食品饮料、鞋服包袋、五金机械是惠安经济的四大传统主导产业，那么，石油化工、船舶机电、光电信息和旅游业则是把惠安推上一个更高更新层面的新兴主导产业，呈现出极为强劲的后发优势。

斗尾港，水深浪静。望着蔚蓝色的大海，高耸入云的吊车，宽广厚实的码头、船坞，惠安县领导豪情满怀地为我们描绘了一幅壮丽的图画：

县委、县政府充分利用斗尾深水良港优势和良好发展空间，做好做足重头项目的文章，一批国家、省市级的重大建设项目取得突破性进展。外走马埭围垦工程、泉州30万吨修船项目、青兰山30万吨原油码头和100万立方油库区、福建联合炼化500万吨重油深加工项目、秀涂5万吨级码头，正在动工兴建。

特别是泉州30万吨造船项目，已列入《国家"十一五"船舶工业发展规划》并获国家发改委核准批复，泉惠石化园区纳入福建省湄洲湾石化基地，标志着惠安打造国家级船舶修造基地和石油化工基地迈出了关键性的步伐。

曾经担任晋江市委书记、现任泉州市委副书记、市长朱明，要求惠安县要"直逼晋江"。惠安县的领导同志自豪地说，朱明同志提出的"直逼晋江"绝非空洞口号，以上重大项目的落地投建和陆续投产，将直接形成500亿以上的产值，并带动一批相关产业链的发展，惠安"直逼晋江"，成为经济发展的重要增长极，指日可待！

五

随着经济的发展，惠安的文化、社会，人民群众的生活水平也蒸蒸日上。不仅吃的变了，住的、行的，都发生了深刻的变化。

有位县领导说，昔日的城关破旧、肮脏、拥挤。有的小巷两个人经过，互相避让都十分困难。如今，城区高楼林立，道路宽敞，广植花木，绿荫蔽天，被评为全省唯一的适宜人居的国家级园林县城。在县城北端新形成的螺苑新村里，写字楼、宿舍楼等建筑群鳞次栉比，其间一片中西合璧、构筑新颖的广益苑别墅群更是引人注目。购置别墅的有七成是这个县的乡下人，他们购买别墅，大都是为了让念书的孩子有个较好的学习环境。

吃番薯长大的贫困县百姓住别墅已经不是新鲜事，倒是20世纪六七十年代居住的低矮、危险的石头房成了陈年故事。在仅有6万多人口的崇武镇，几年来新建住宅7525座，其中二层的有2846座，三层以上的有677座，新增总面积103万平方米，人均增加15.83平方米，形成10个洋溢着现代气息的新村。百崎乡与黄塘镇，曾经是全县最边远的穷困乡，有的干部把那里视为畏途。古时有一副对联："白崎（民间称'百崎'为'白崎'）白鸡啼白昼，黄塘黄犬吠黄昏"，道尽当年的落寞与苍凉。现在，百崎乡有九成的村民盖了新房，其中八成住上了楼房。车子行驶在黄塘溪流域的绿色生态观光带，进入聚龙养生园，果然如进入养生仙境，世外桃源。

六

当漫步于惠安经济开发区惠南园区和城南园区、惠东工业区和泉惠石化工业园区、台商创业基地和绿谷台商高科技基地；

当流连于文化馆、科技馆、博物馆、图书馆、体育馆；

当驰骋于84公里沿海大通道惠安段、32公里的惠崇惠黄景观大道、青山湾至崇武滨海大道；

当徜徉于科山公园、中新公园、溪滨公园；

当优游于半月湾沙滩、青山湾沙滩、聚龙养生园……

人们不禁会在心平气静中沉思，在感情激越中奋起。

人们仿佛感受到当年曾经在全县开展的一场解放思想大讨论的强烈氛围。那一次大讨论，确立了实事求是的思想路线，打破了封闭保守的思想观念，把这个出了名的"告状县"的注意力引导到经济建设上来。实事求是地面对复杂问题、处理存在问题，实事求是地规划发展蓝图，实施发展步骤，这正是惠安发展的坚实基石。

人们仿佛感受到惠女吃苦耐劳精神大发扬的强烈氛围。20世纪50年代，惠女集体修筑一座大型水库名震八闽；60年代，8名惠女跨海开发大竹岛名传天下。改革开放这些年，成千上万的惠女跟随丈夫闯荡深圳、珠海等地，放开手脚创业。机关干部、成功企业家、文学艺术创作者、能工巧匠，各行各业的佼佼者中，都有惠女矫健美丽的身影。以惠女为代表的甘于吃苦、勇于创新的精神，正是促使惠安发展的无限源泉。

人们仿佛感受到县领导班子团结拼搏力量的集聚。惠安县的领导同志，从前几任书记刘佳景、郑栋梁、廖小军、黄源水，到现任书记李转生、县长林万明，他们像接力跑的运动员一样带领全县人民向前冲刺，一任接一任都在以最快的速度向下一任传递接力棒。他们有的来自省城，有的来自晋江、石狮、南安等得改革开放风气之先的县市，展现了胸怀全局、勇于改革、敢于负责、团结拼搏、大胆创新的精神风貌。

在短暂的接触中，书记李转生给人留下的印象，既有诗人的浪漫，更有历经坎坷养成的勇于决断与行动的果敢。走访途中听说：在惠崇路拓宽改造中，拆迁工作遇到了重重阻力，时任县长的李转生知难而进，决不妥协，历尽艰辛，终于圆满地办成了这件利民之事。有人说，这条路是被他"骂"出来的。这仅仅是一件小事，但也从一个侧面反映了他刚毅的执行力与驾驭全局的能力。

县长林万明则显得沉稳扎实。他在惠安工作时间较长，对这里的情况了如指掌，与书记共事多年，配合默契。一个地方、一个部门、一个单位，党政领导的团结拼搏，必然凝聚起民心士气，集聚起战无不胜的冲击力。

李转生津津乐道他们派7位干部、携20元万启动资金，花5年时间创建10平方公里惠南工业园区的故事。7位同志肩负重任、团结一心、艰辛磨砺、联动上下、群策群力，靠市场资本运作，用滚动经营方略，5年开发7平方公里，总资产超5亿元，缴财税达4亿元，创下了惠安县开发建设中投入少、效益高、速度快的奇迹，的确值得称道。

陪同走访的领导是一位在惠安本地成长起来的干部，亲历惠安发展变化的过程。她欣慰地说，惠安的发展，得益于改革开放的大环境、得益于几任领导的团结合作、得益于全县上下同心同德艰苦奋斗。这就像一部开足马力的火车头，带动着满载全县人民发展的渴望、必胜的决心和果敢的行动这样一列火车，正朝着小康的理想目标快速前进。

2007 年 5 月

中国梦里的河田

张　惟

1940 年 11 月，中国最早的水土保持机构福建省研究院土壤保肥实验区在长汀河田设立。据青年学者邹文清查考，担任长汀河田土壤保肥实验区主任的张木匋，湖南醴陵人，1908 年生，曾就读法国著名综合性公立大学图卢兹大学，这是建于 1229 年的世界上最早的大学之一。张木匋学成归国，他深知福建长汀是与陕西长安、甘肃天水并列的全国三大水土流失严重地区，毅然携眷投身抗战中的后方山村长汀河田。从他 1942 年写的《一年来河田土壤保肥实验工作》的叙述中，给我们留下了触目惊心的状况：

"河田乡在长汀左岸，距长汀县城二十二公里，为朋（口）瑞（金）公路必经之处……镇中原有居民七千，几年来因天灾人祸不断地发生，一部分辗转沟壑，一部分迁徙流亡，现在只剩得四千余人了……四周山岭尽是一片红色，闪耀着可怕的血光……密布的切沟穿透到每一个角落，把整个的山面支离破碎，有些地方竟至半山崩缺……在那儿，不闻虫声，不见鼠迹，不投栖息的飞鸟……数十年后，溪岸沙丘将无限地扩展，河田镇恐怕也将随着楼兰而变成了废墟。昔时万株垂柳，遍地翠竹的胜地（河田昔名'柳村'，又称'竹子垄'），只有在黄沙落日中一供行人凭吊了。"

但这份报告当时的福建省政府主席陈仪和继任的刘建绪不知是否看到或做何感想？

百年来中国的优秀知识分子总是忧国忧民，是追寻中国梦的先驱者。但在那个动乱的年代，"中国梦"是无法实现的。而上文所说到的数十年后，也即是今天，河田真要随着楼兰而变成废墟了吗？

1950 年，我当时是部队文工团的创作员，全团在长汀活动忽然接到命令奉调南京三野总部整编，我们路经河田，见到是一片光秃秃的赤土，未见片柳。由于流沙淤积河道，最高处河床比田高出 1.5 至 2 米，水从头上过。30 年后，我回到龙岩地区主持文化工作，特地去河田考察古老的祠堂一条街，在唐代汀州府这里是很大的村庄群落和通车驿道，曾是自中原南迁的客家人中转站，聚集起百家祠堂。1971 年台湾出版的《乐安孙氏族谱》，有孙中山先生之子孙科的《先世述略》，其中说道："孙俐五传至孙承事，迁居福建长汀的河田。"明永乐年间其裔孙讳友松者才由闽迁粤融入广府民系。而先祖孙俐则为唐中书舍人兼两浙节度使孙拙之子，以军功封东平侯，屯于虔州（今赣州）为南迁始祖。历经千年沧桑，此时所见唯有断墙颓垣，极目四望仍是一片赤土，只有略似汉唐关中咸阳人坝上送别亲友常见的几丛柳。新中国成立以来河田保留了水土保持实验机构，也分配来了一茬茬的大学生，进行了艰苦的努力，种植了黑荆树和技子、蓉草、五节芒等灌草，为大地涂抹一些绿色，无奈难阻那每年每平方公里平均流失 8580 吨的河沙。而那些林业人如李春林、傅锡成、刘永良、康绍松等等奋战的英姿以及留下的一行行深深的脚印，我们是不能忘记的。

"圣人出，黄河清"。如果说以前对河田水土流失的治理主要还在专业机构和基层干部群众的努力，那么在中国改革开放之后，项南主政八闽，他作为省委书记，于 1983 年 4 月 2 日亲赴河田考察，总结出了《水土保持三字经》："责任制，最重要；严封山，要做到。多种树，密植好；薪炭林，乔灌草。防为主，治抓早；讲法制，不可少。搞工程，讲实效；小水电，建设好。办沼气，电饭煲；省柴灶，推广好。穷变富，水土保；三字经，要记牢。"这是一篇贴近群众生活的美文，既有思维的战略高度，又有省政府文件的措施保证。如从 1983 年起 5 年内，由龙岩行署每年安排一万吨煤供应河田作为群众生活燃料，而由省水保办每年提供 30 万元作为煤炭供应补贴，以及省林业厅每年拨出育林基金 20 万元用于培育苗木和造林补贴等等，就使得政府与群众上下一条心，黄土变成金了。

改革开放的先驱战士总是披坚执锐勇往前行的。1985 年项南因故离开省委书记岗位坦然回到北京。他仍然念念不忘河田的水土治理，第二年的 5 月 11 日，他重返河田查看了罗地果场，所见八十里河小流域治理，风流岭稀土生产矿点，他欣然题词："八十里河今胜昔，风流岭上土变金"。1991 年 4 月，身任中国扶贫基金会会长的项南，特地率领上海、江苏的一批高级专家学者，进一步全面考察河田，看到水土流失区已治理 35 万亩，占流失总面积的 1/3，他夜不成寐，披衣而起，又编了一个《四字经》："马不停蹄，长短结合；自力更生，劳力投入；食草动物，紧紧抓住；自我发展，良性循环；争取外援，工贸结合。"

1992 年，福建省的领导，察看了贯彻项南指示的河田水土流失的治理初见成效，决定继续对长汀的煤炭补贴，从河田及刚从河田分出的三洲两个镇扩大到新桥、策武、南山、涂坊、濯田和宣成乡的福跃片，贴补专款从每年 30 万元增加到 80 万元。

项南于 1994 年 9 月 26 日又来到了他日思夜梦的河田，看到满山遍野一片绿洲，断流多年的小河又淌碧波，野兔、山鸡、水鸟又回来栖息了，他欣然道："100 多年来，河田镇周围水土流失日甚一日，不长草木的面积达 107 万亩，经过 10 年整治，近半变作绿洲，今后 7 年全部治理好，进一步把治理与开发相结合，治理与经济效益相挂钩，在荒地上搞好水土农业综合开发，使河田由穷变富，是一项有深远意义的巨大工程。"

他对河田大地和人民的深情，使天地动容。然而，他没能等到 7 年，只在 3 年之后，项南同志突因心脏病猝发病逝北京。正是"治水未捷身先死，常为斯人泪满襟"。

1999 年 11 月 27 日，习近平来到河田，他缓步走到当地民众自发建立的项公纪念园前，这是新时期共产党人与人民群众血肉相连鱼水相亲的生动体现。他久久伫立。2000 年 1 月 8 日，他批示"同意将长汀县百万亩水土流失综合治理列入省政府为民办实事项目"，他还专程托人送来 1000 元在河田世纪生态园捐种一棵樟树。2001 年 10 月 13 日，他又以全国人大代表身份，来到河田世纪生态园为他捐种的樟树培土浇水，也留下了他对河田人民眷念的一颗心。

习近平与项南同志一样，始终念念不忘长汀河田的水土流失治理，在 2011 年 12 月 10 日和次年 1 月 8 日，两次做了批示，强调"进则全胜，不进则退"，给河田和全省人民很大的鼓舞。时任和现任福建省委书记的孙春兰、尤权以及龙岩市委、市政府及时有力地予以贯彻。并涌现了全国劳动模范赖木生、全国三八红旗手沈腾香和水土流失治理先进个人马雪梅、范小明、黄金养、赖春沐等。

像当年毛泽东、朱德、陈毅率领红四军在上杭古田召开了一个会议而使一个山村彪炳中国革命史册一样，闽西何幸，现为中共中央总书记、国家主席、中央军委主席的习近平，曾在河田世纪生态园手植的樟树，成了弘扬长汀经验推进全国水土流失治理工作的进军号角，也是激励国人奋起建设"美丽中国"的正能量动力。

我也是随着慕名的人群的脚步走进分出三洲镇后仍有 8 万人口的大镇河田，

以及毗邻连片的中国南方最大的银杏林基地策武镇南坑村等，极目所见，是各有特色的杨梅村、马尾松村、杏银树村、柰果村。在习近平总书记手植的樟树旁徘徊流连，园区一排排的树木已长大成林。我健步登上佛峰寺，放眼望去，如洗的湛蓝天空，几朵白云之下，四周起伏的山峦当年飞机撒播种子而成长的森林苍郁葱葱，踏进露湖村的鲜切花基地，红玫瑰和郁金香正盛开一片。以河田之名为标志的水土治理，实际上涵盖了三洲、策武、南山、新桥、涂坊、濯田和杨成武将军的家乡宣成乡，绿了南天一片。而在逐渐恢复了清清流水的朱溪河畔，晋江（河田）工业园区已拔地而起，将建成高端纺织产业、生物与新医药产业、农副产品加工产业，是科技含量高、功能齐全的生态区。当年项南提倡的大念山海经，现在已融入"人一我十，滴水穿石"的长汀山区精神，并与"敢为人先，爱拼会赢"的沿海晋江经验相结合，正是千年前同属中原南迁人的客家文化和闽南文化的交融汇合必然迸发出新特质的精神光芒。

如果在当年这样贫瘠的荒山野岭能建成优美的绿色家园，在我们中华民族生息凝聚的神州大地上，有什么地方不能一齐同圆"中国梦"！

2013 年 9 月

春风杨柳
——朱子文化助力扶贫散记

马照南

"闽学村"

明溪县有个闻名遐迩的扶贫"闽学村"。这个村距离县城 69 公里，隐匿在森林密布的高山顶上。这天，我们一早从明溪县城出发，驱车疾行。在通往夏阳乡道边，转入崎岖弯曲的山间小道盘旋上行。车窗外两山逼仄，古树森森，绵延绿色。遥望高高的悬崖，半空垂下瀑布，路边是清清涧水欢快地流淌。

"闽学村"原名紫云台、紫云村，有 300 多户 1500 多人。该村君子峰海拔1000 多米，是革命老区基点村，也是扶贫村。站立在紫云山村，举目望去，山峦起伏，云雾茫茫，重山叠岭，紫气彩云。

"闽学村"有着深厚的闽学渊源。因古代驿道缘故，许多著名学者经过这里。两宋时期，周敦颐、程颐程颢、张载、朱熹的学说，被称为"濂洛关闽"。其中关学张载、闽学杨时、罗从彦三位理学（闽学）家的后裔，迁居于此，繁衍生息。后裔们居住张坊、杨坊、罗坊 3 个的自然村落，如三颗宝珠，镶嵌在玉盘中。杨时曾多次经过紫云台，其孙杨彦最早迁居紫云台。罗从彦后裔据说是在元代迁入紫云，至今 700 年。也有人猜测，罗从彦所称"筑室山中"便是此地。更有意思的是，还有远在陕西的张载后裔，在闽赣为官。经过此地时决定子孙定居此处，其后人果然搬家到此定居。三个著名贤达之士的后裔，齐聚紫云，世代在此传承闽学，耕读传家。

明代进士、南京户部尚书林泮《归化县乡贤名宦祠记》载："延平学于豫章，晦庵学于延平，尝往返此地，又为讲道之乡也"，说的是朱熹赴任同安县主簿前，在翠云书院"居数月"，尝往返紫云访友讲学。紫云村一座山名为"朱山",据说就是纪念朱熹的。

村中有一条保存至今的古驿道。"闽学四贤"杨时、罗从彦、李侗、朱熹都曾走过。在紫云古驿道和三坊行走,一些老房子被夹杂在新盖的房屋中。最醒目的是古代遗留下来的功名旗杆底座。这些石底座,大多保存完整,上面有模模糊糊刻写的进士、举人等名号。还有"三贤阁""立雪斋书院""启秀堂书院""四知堂书院""翔鸾祠""崇善祠""励志碑"等。紫云祭祖民俗的演变,也彰显了闽学文化的传承。紫云三坊的祭祖原来单独进行,后来大家商量,紫云三坊文脉一以贯之。杨时的学问受到张横渠(张载)的启发,罗豫章(罗从彦)又是杨龟山的弟子。祭祖时三坊同时进行,更隆重和热闹。三位著名文化学者的后裔,秉承好学上进的良好家风,代有贤人出。在紫云村部,有一幅宋朝以来村里的功名榜,宋、元、明、清朝,紫云出过13名进士、5名举人、21名贡生,曾有"一朝七进士,一门双武举"的佳话。

为根本改变紫云贫困面貌,省里派出驻村扶贫干部,共同选定闽学这一项目。他们明白,潜藏于这些名门后代心底的朱子文化基因一旦被激活,就会长久地发挥作用。他们首先申报了罗从彦"豫章家学"为非遗项目;其次,利用原村部礼堂,建起了"闽学馆",采用木构装修,环境古色古香。闽学馆生动展示周敦颐、张载、程颐、程颢、杨时、罗从彦、李侗、朱熹的事迹与思想;第三是激活传统文化旅游资源,办起闽学研修班,成为闽学文化旅游活动的新亮点。

朱子理学复兴,极大提高闽学村知名度,也增强了村民文化自信。驻村扶贫干部经过深入调研,与县村一道制定了"紫云闽学文化新景观的规划",计划建设"三坊一道十八景",包括五龙望鼎,山湖养生,紫云台殿,天瀑含青,闽学广场,从彦故居,饶公奉茶,颐寿天池,均峰古刹,望佛云台,杨坊古街,仁人静揖,罗坊新村,张坊里巷,古树迎宾,幽峡探秘,重山鸟语,四叠瀑布。以闽学文化的历史演变时间为轴,让人体会到闽学的传承脉络和文化内涵。

罗志明,这位"70后"20世纪90年代到沿海惠安打工,学习石雕创业有成后,立志回乡传承闽学文化,扶贫开发,建设"闽学园"。闽学园依山傍水,景色优美。我们来到建设工地,看到张挂着从罗氏族谱拍来的罗从彦故居图。上面标注着故居图景。有灌缨亭、颜乐亭、永和亭等古迹。初具规模的闽学广场,四贤石雕像,穆然静立。高高的山上一道天然瀑布,飘然而下。水花飞溅的山体,形似一支大毛笔,罗志明喻之为闽学文化的点睛之笔。闽学园还有一口清澈的永和泉。瀑布清泉,给闽学园增添了一股不竭灵气。

如今，一条从三明市区到紫云 27 公里的公路，正在加快建设中。这个高山绿海中的避暑胜地、美丽的闽学村，将打造为三明市区后花园，成为传承朱子闽学文化新的"打卡点"。

"烧茶桥"

松溪渭田镇曾是远近闻名的贫困乡。20 世纪 80 年代，笔者曾来此调研，写成《松溪渭田镇百户贫困户调查》这里群峰连绵，山高路远。在交通不便的古代，人们或从事农业生产，或到集镇赶集，或游览名胜，近者十余里，远则上百里。许多肩挑背扛的进城回乡，总要翻山越岭，长途跋涉。尤其在暑夏，烈日炎炎，大汗淋漓，口干舌燥，此时，最期盼的是茶水和阴凉。为使路人在途中有个乘凉、避雨的歇脚点，渭田人在山路沿途的建立一座座廊桥。许多乐善好施者又在廊桥上或路边为路人施茶。最典型的是项溪村的"烧茶桥"。

项溪村的"烧茶桥"，始建于明洪武三年（1370 年）。古溪桥为曲尺廊桥结构，长 16 米，宽 4 米，是横跨于县道通往项溪村和白马山村道上的一坐小桥。这里是南来北往的路人和耕樵农人的主要道路交汇处。既是通往省级自然保护区、著名风景胜地白马山的必经之路，又是项溪村主要农作物产区。桥的周围是大片的稻田和山坡茶叶等作物，沿着道路向遥远的山谷延伸。

每年从农历四月至十月，不分晴雨，村民都会自觉逐户轮流自带柴薪、茶叶，到桥上烧水泡茶。轮到烧茶的农户，家庭妇女会主动到这里烧茶。她们先挑水洗刷烧开水的铁锅、装茶水的木桶和喝茶用的竹勺，然后挑满一大锅水，生火烧柴。待水滚后，把茶叶平分在旁边的两个大木桶中，并冲泡上滚水。茶的种类有茶叶、端午茶、山苍柴、茵陈等，茶叶来自当地的田坎茶，菜园茶和荒山野茶，这些茶虽然粗糙，但显示野山茶真味。"烧茶桥"上有大板凳，可围坐 50 多人。另有一口大铁锅、两个大木楻，附近下蓬、潘源、溪边三个自然村的 240 多户人家。烧茶农户这天要挑 50 多公斤柴火和 0.5 公斤茶叶，到这里烧六锅开水，一般要烧半天，阴雨天和农忙亦不中断。就是遇上夏收大忙，轮到烧茶的农户劳力再紧张，也要挤出一二个人来这里烧茶，且不取分文报酬。

两桶茶水烧好也已到中午了，当在田间耕作的农民或过路的人们进入凉亭，随即豪饮几滚（筒），歇息片刻，顿觉一身凉爽与轻松，有时还会要一两种诸如炒花生、炒大豆之类的大众化茶点。离开时向施者说声"多谢茶"！

村书记说起这事，满满的是骄傲和责任。他们告诉我，村里还有"茶票"。所谓"茶票"，就是村民们自发的一种登记本，细细长长的，里面记录着每家每户烧茶的日子。程书记说，最令人敬重的是程芳福老人，他20多岁起，就主动承担起管理烧茶桥的任务，主持"烧茶桥"达30多年，直到离世。过去每到春天，程芳福就开始搬石修灶垒灶，那时还是木廊桥，烧茶的灶要经常维修，还有大茶桶也要清洗。每家每户烧茶时间也是他安排协调。到了初冬，他又把大茶桶挑回来。三十多年，年年如此。说到这里，程书记的眼睛有些湿润了。

烧茶桥，一锅茶竟烧了600多年。为什么能延续下来？

项溪村现有200多户，1700多人，常住不过几百人。村里以程姓、陈姓为主，也有朱姓、游姓等。程姓是程颐程颢的后代，南宋时迁徙来到。游姓则是程颐程颢的学生、"程门立雪"的游酢后裔。我翻看程氏家谱，序文写道，"家之有谱犹如国之有史。如无史无谱则善恶不分。"家谱收入到朱子为二程家谱题写赞辞。有意思的是，书中的"程子家训"与"朱子家训"竟有许多相似之处。"见老者敬之；见幼者爱之。有德者，年虽下于我，我必尊之；不肖者，年虽高于我，我必远之。""勿以善小而不为，勿以恶小而为之。"项溪村民烧茶由自发内化为自觉；由个别行为转为集体行为；由零星举动转为村庄习俗；由行小善而成大善，行时善而成久善。有学者认为，他们的烧茶习俗具备了非物质文化遗产的特征。由于有了程子朱子的家训，村民明是非、知善恶，有信仰有教养有修养。有了好家风好村风，党的精准扶贫政策，村民实干肯干苦干，村庄脱贫就是顺理成章的事了。

项溪村民烧茶习俗，不是孤立的。作为朱子"过化之地"，烧茶桥习俗在松溪及闽北各地也有。如松溪游墩"都石桥"、渭田"五福桥"和"十八亭"、株林"马登桥"、潘墩"桥岭头"、角歧"大仙桥"、竹贤"回头殿"、溪东"八角桥"、西边"西边亭"等。同时，烧茶习俗也入城了。夏天，松溪县城许多商店在门口置放茶桶，免费供应茶水。老年志愿者每年夏天在县城"七一桥"头义务烧防暑茶，用金银花、夏枯草、甘草等十多味中草药煮成的茶水，免费供过路行人饮用。这一善举，成为松溪精神文明创建美丽的风景线。

谟武文苑

顺昌谟武古村，紧邻美丽宽阔的金溪，街景旧巷，依然流动着醇浓的历史文化气息。这个有着 1700 多年历史的古村落，有着丰富的朱子文化资源。在脱贫致富中，村庄焕发出勃勃生机。

史书记载，绍兴年间（1158 年）、绍熙元年（1190 年）朱熹两度来谟武讲学。他的得意门生廖德明、余大雅是谟武人。朱子课讲得好，很受听众欢迎。每逢朱子到来，闻讯而来的四面八方学子把学堂都挤满。朱子知道贫苦孩子读书难，他邀请乡贤和富商相聚座谈，提议创办"书斋"。他诚意建议村中大姓人家拨出部分田地，作为"蒙田"和"书田"，资质贫困学生。村中大姓见朱子提议在理，纷纷出资出力，"书斋"在大家努力下建立起来，并命名为"晦庵书斋"。

800 多年来，谟武学子牢记朱子教诲，崇德向善，见贤思齐，刻苦读书学习。村里考中进士举人不断增多。仅明清两朝，谟武村获取功名的就有 200 多人，其中举人 12 人、进士 14 人、七品以上的官员 66 人。村民怀念朱熹，建立"朱子祠"祀之。

"谟武文苑"是一座清代同治年间的大宅，为清朝中宪大夫廖品斋的故居。三进庭院，有后花园，面积约 1200 多平方米。旧宅保持古香古色的清代建筑风格，装饰精美，门窗雕刻神鹿、灵猴等图案。20 世纪 80 年代，演变为文化场所。设有立雪堂、二贤堂、立雪亭、晦翁书斋和廖刚文化研究会。值得提到的是，文苑保存着我省第一部《民间文学谟武村卷》《民间文学谟武村卷续集》，这是谟武村在 20 世纪 90 年代由乡贤们编撰的。2016 年，又编写出版《谟武村志》。

谟武文苑，最有创造性的是"四榜"：功德榜、成才榜、能人榜、好样榜。

功德榜上列有朱熹、杨时、游酢、廖刚、廖德明、叶宗远、余良弼功绩。上榜者是各个年代对国家、对人民、对谟武家乡做过卓越贡献的名人，道德高尚，助人为乐、热心公益者

成才榜十分红火。一个 2000 多人的村庄，每年产生 10 几位大学生，清华大学、北京大学的都有。开始是考上大、中专的学子可以登榜，后来提升标准，只有上大学本科的登榜。至今有四百多位及其家长的姓名登榜。有父子、兄妹 3 人、四人同榜者。村民李遇春儿子的李杰文考上清华大学，上了榜。妹妹说，"我也要考上大学，争取上榜。"结果第二年，她考取成都电子科技大学，也上了榜。成才榜营造了全村尊师重教、好学上进的好风气，激励青少年努力学习科学文化知识，成为对国家对社会有用的人才。

能人榜重在宣传依靠科技，勤劳、守法致富的典型。板上有北京商会副会

长，陕西省闽北商会副会长，他们生意越做越大、越做越好。"民企能人"肖小文、杨绪茂在村办企业，已有百万资产，日进斗金。在他们带动下，几十户村民组建工程队和企业。还有几位"流通大户""种植能手""养殖大户""诚信重德"等能人典型。

好样板是十二类先进典型。为"好党员、好团员、好青年、好教师、好学生、好父母、好儿子、好妯娌、好婆婆、好媳妇，好丈夫、好夫妻"等。这些好样板，有准确的定位和要求，突出爱国爱乡、遵纪守法、家庭和睦、尊老爱幼、勤俭持家、文明礼让、邻里团结，体现中华民族传统美德和新型人际关系。如近期榜上的"好老翁"廖应培，年过八旬，四世同堂，享受天伦之乐。但他仍然辛勤劳作，种菜卖，自食其力。"好婆婆"吴求姬，年过八旬，依然忙碌家务，二十多年如一日，协助小儿媳照料残疾孙儿。村民见贤思齐，促进社会新风尚的养成。

改革开放初期，谟武村在道德文化建设方面也曾走过弯路，一度小赌博、盗木等歪风盛行。镇村领导、老人、乡贤忧心忡忡。1986年，由村里饶文英、朱家传、余绪和、廖成远等几位文化乡贤发起，建成文苑，后又形成"四榜"。文苑"四榜"的形式，源于谟武的古习俗"贺喜"。村里成立了"四榜"评议小组，一年一评。首是成立由村里德高望重的老年人、老党员、老村干、村"两委"、县乡人大代表等组成的"四榜"评议会，每年对群众民主推荐的先进典型进行认真评议。初评，公示，定评。然后组织贺喜队敲锣打鼓、燃放鞭炮到上榜者家中贺喜，整个评议过程体现民主、简朴、认真、庄重、喜庆、热烈。

"四榜"的效果超出了预想。村民范招福悉心照顾多病的婆婆，连续5年上"好样榜"，她的举动影响了与婆婆有矛盾的另一位邻家媳妇，大家争着学好。上榜也产生无形的约束。一位上了"好样榜"的养牛大户，放牛群经过村头水源处，让牛吃了水源周围青草，过路村民立刻提出批评。珍惜荣誉的养牛大户红了脸，马上主动检讨，改正错误。这些年，村里正气上升，形成了积极健康的村风民风，人人争相上榜。有趣的是，村里一度增设的派出所也自然撤销了。

谟武的创新创造，受到各级党委政府的指导和支持。福建宣传文化界老领导何少川、许怀中、徐崇杰等同志，多次到现场调研指导。《人民日报》《光明日报》都在头版头条刊登谟武文苑"四榜"的好做法。谟武"四榜"经验文章收入中宣部的《思想政治工作新方法100例》和中央文明办的《精神文明创建新方法 100 例》，向全国推广。令谟武人特别自豪的是，1999 年 3 月习近平同志考察谟武文苑，称赞有加。

近年来，为适应脱贫致富，谟武文苑与时俱进，进一步充实内容。村党支部吴书记这几年带领大家在完善文苑方面做了许多努力，他说，谟武文苑是村民心中的精神家园，是指引谟武儿女向上向善，建设美丽乡村的精神力量。

2021 年 2 月

一个贫困村的华丽转身

——宁化县淮土镇团结村脱贫记

吴俊慰　赖全平　廖秀英

福建省宁化县淮土镇团结村地处宁化西部，距县城 30 多公里，是一个比较偏远的山区。全村辖 4 个村民小组，7 个自然村，168 户 700 余人，其中党员 21 名。耕地面积 563 亩，林地面积 3652 亩。这个不算大的村庄，却有着张、黄、杨、丁等多个姓氏和六七座宗祠。20 世纪 60 年代，这个小山村命名为"团结大队"。

走近团结村，迎面是一座硕大的石牌坊。一户户农家院落鳞次栉比、错落有致，一条条村庄道路宽敞平坦，一些老人三三两两坐在荷花公园的椅子上，饶有兴趣地看着几个孩子在公园里戏闹。夏季，这里数不尽的荷叶铺天盖地、频频摇曳，数不清的荷花亭亭玉立、婀娜多姿，配之弯曲的观景栈道，一幅美丽的田园风光画，倾倒了慕名而来的游客和摄影爱好者。

然而早些时候，这个村道路狭窄，杂草丛生，民房各搭各建，门前屋后乱堆乱放；牛栏猪舍东倒西歪，不仅破旧不堪，而且污水横流、蝇虫飞绕……村里的青壮年基本外出务工，留下一些老弱、妇女及儿童，加上村里没有产业，造血功能差，团结村成为贫困村。人均年收入仅六千来元，村财为零。

2015 年，团结村成为福建省扶贫基金会、福建省扶贫开发协会（以下简称省扶贫"两会"）的联系村和三明市扶贫开发协会、宁化县扶贫开发协会的挂钩村。几年来，省扶贫"两会"和市、县扶贫协会的领导每年都要到团结村调研、指导工作。在他们的帮助下，团结村发展了台湾小黄瓜和白莲种植及初加工产业，不仅实现了村民脱贫致富、村财增收，也使这里成为远近闻名的"先进村""示范村"和乡村旅游的好去处。

产业发展，摆脱贫困的主要抓手

宁化县是我省第二大严重水土流失区，尤其是团结村所在的西部，山地水土流失严重，很多田块都是旱地，只能种些花生、地瓜等旱作物，农业种植结构单一，这也是其"零村财"、百姓穷的根本原因之一。

几年来，省、市、县扶贫协会的同志认真贯彻党中央和各级党委关于坚决打赢脱贫攻坚战的指示，协助团结村以"党支部＋公司＋基地＋农户"的方式，因地制宜，在旱地里积极发展台湾小黄瓜，在水田里认真种植白莲，安排专项资金组织免费培训种植技术，引导贫困户参与小黄瓜和白莲的生产，精心培育特色产业。同时，努力推进"家门口就业"工程，吸引资本和能人回乡创业，团结村先后注册成立宁化县家家果蔬有限公司、泰源果蔬专业合作社、薏米合作社，带动本村及周边群众种植台湾小黄瓜1800多亩，让800多名村民（其中贫困户112名）实现家门口就业增收。村委会则通过资金入股，土地流转，厂房出租等方式，实现了村财增收，走出了一条贫困山区精准脱贫的路子。

贫困户罗发妹，几年前，丈夫患重病花光了家里所有积蓄。2016年，市扶贫协会帮扶她种植台湾小黄瓜3.5亩，收入1.7万元，村里还安排她到家家果蔬公司从事小黄瓜的初加工，当年就实现脱贫。几年来，三明市扶贫协会每年挂钩的5户贫困户，大都也在当年脱贫。通过几年来脱贫攻坚，团结村摆脱贫困，走上富裕路。党支部书记张运勤表示，今后将拓展特色产品的精深加工，并以美丽乡村建设助推旅游产业发展，进一步打造"家门口就业"工程，团结百姓凝心聚力发展生产，不断提高团结村村民的幸福指数。

环境整治，"美丽乡村"的关键之举

如何改善村庄基础设施，整治环境，改变村庄落后面貌，一直是村"两委"干部的一块心病。他们积极联系上级住建等部门，争取"美丽乡村"的项目和资金，将扶贫工作与美丽乡村建设相结合，对团结村进行整体规划，引导群众按照规划布局，统一修建房屋，拆建危旧破败的牛栏猪舍等附属房，对排污水渠、沟壑进行整治疏通，全面整治"脏""乱""差"。前期规划不容易，实施起来更是阻力重重。尤其涉及村民各家的房屋和附属房改造时，更加难办。面对困难，团结村党支部书记张运勤下决心带领村"两委"干部们登门入户，苦口婆心地逐户与群众谈心，两个月后，统一规划的新附属房建起来了。

经过"美丽乡村"建设，村"两委"在村民心中的地位提高了，大家的集体意识也潜移默化地增强了。几年前的一次大洪灾中，团结村楮树塘、桥边桥两座桥梁损毁，当村"两委"向乡亲们募款重建时，村民们一改往常的小家子气，家家户户热烈响应、踊跃捐款，危桥得以快速重建，恢复通行。

再往后，团结村的环境整治越干越顺。村里先后建成了文化活动中心、荷花休闲公园，修复村前 1200 米水渠，完成大洪灾后自来水管网及渠道的修复，铺设硬化 4.5 公里出村路，扩宽村内水泥路 2.9 公里，村民出行更加便利。前两年，团结村又对村口节点进行景观建设，进一步改善村民的生产生活条件，村容村貌发生翻天覆地变化。

2018 年 6 月 23 日，淮土镇第二届荷花节在这里盛大开幕，华丽转身后的团结村，给人留下深刻的印象。

支部引领，华丽转身的根本保证

说起团结村的变化，村民们异口同声地赞扬党支部书记张运勤。1984 年，时年 21 岁的张运勤被推选为团结村村主任。1987 年当选为村支部书记。

张运勤还时常把村里的困难群众记挂在心里。2015 年，村里有个贫困户，家徒四壁，却嗜好赌博，张运勤看在眼里，急在心里，一面劝导教育，一面想办法帮他们找活做，引导他走正道。当年，三明市扶贫协会挂钩团结村，张运勤随即将这个贫困户介绍给市协会帮扶，自己也手把手教。当年，这户就收入 3 万多元，脱掉了贫困帽。

"村看村，户看户，群众看的是干部"，在党支部引领下，经过 4 年多的努力，团结村精准脱贫工作取得了较大的成效，至 2018 年底，全村贫困户已全部实现脱贫，村民人均纯收入达到 1.3 万元，比 2013 年翻了一番，村财收入近 15 万元，踏上小康之路。张运勤先后获评三明市优秀村主干、市劳动模范等荣誉称号，团结村获评"省级美丽乡村示范村"。

2017 年 4 月，时任省长于伟国书记在三明市尤溪县半山村调研时做出重要指示："要借鉴联合党支部经验，以半山村为基地，带动周边村"。2018 年，宁化县委把淮土镇作为宁化县"跨村联建"的试点区域，以团结村为跨村联建党总支示范村，建立联村党总支，张运勤任党总支书记，整合信息、技术、人才、土地、项目、资金等资源，将凤山村、罗坑村、青平村与团结村"联"成整体，共谋发展。张运勤说，我们把特色种养、农特产品、红色生态观光旅游等产业确定为"联村"三大重点发展产业，将联村"联"成一片，推进区域整体发展。正如我们的村名，团结就是力量，跨村联建就是树立"一盘棋"的理念，促进区域协调发展，团结大家一起奔小康。

2019 年 5 月

空谷幽兰香自远

黄　燕　黄征辉

幽兰在山谷，本自无人识。只为馨香重，求者满山隅。

——陈毅

曾经，我们为烽火岁月而来。在这红色战地，在历史的深处，我们感受当年的炮火硝烟，寻找革命者坚贞不屈的理想信念。

如今，我们翻山越岭，寻香而往，是为"芳名誉四海，落户到万家"的兰。

这里是闽西，这里是连城，这里是朋口。

这里是"中国兰花名镇""中国兰花文化之乡""世界兰花之乡"。

那群兰一样的女子

在"2020 中国连城寒兰节"的会场，在朋口这个兰香飘荡的镇子里，我们认识了一群忙忙碌碌、笑容可掬、满身淡香的"兰女"。

"大家帮了我，我也要帮大家"

——恬静温婉的杨先金

真看不出，一身中式裙衫，斯斯文文的杨先金，竟然是个幼时就被送进大山人家的童养媳！她告诉我们，20 世纪 80 年代初，村里人为脱贫兴起了种花热，他们夫妻俩也学着种。为种兰，她把家里的两头猪卖了，还倒贴几百元的积蓄。没想到，辛辛苦苦培植了几年的兰花，却在一夜之间被盗贼扫荡精光。屋漏又遇连夜雨，丈夫偏偏在这时患上重病。杨先金的心跌入谷底。

但是，不屈的杨先金，擦干泪，站立起，在亲友们的支持帮助下，筹集资金，再度养兰。

杨先金说，那时养兰，一切都得靠自己积累经验，摸索前行。这大棚，当初是自己上山砍来杉木松枝搭盖，大大小小高高低低，光线不好，也不大能遮挡风雨，不像现在，玻璃钢架，自动喷淋，温度可控，兰种可买，政府请来农科院的专家指导，还有专业的书刊和网络可查。几十年前，为了寻找野生兰花珍稀品种，她和村里的几个兰友一道，背干粮，住草寮，踏山梁，穿峡谷，披荆斩棘，走遍梅花山麓，最终还是把辛辛苦苦挖回来的兰花种死了……

兰花没了，丈夫的病又一天比一天重，留给她四个年幼的孩子和一个窘困的家，撒手而去。

说起那时的苦痛，杨先金摇了摇头，叹出了三个字："太难了！"

"心若兰兮终不移"。悲痛欲绝的杨先金并没有倒下。她咬着牙，重新挺起了腰杆。她把风雨飘摇的家一肩挑起。含辛茹苦，终得满园兰香。

她还清了丈夫治病欠下的大笔债务，培养出四个大学生子女，还渐渐有了盈余。她在镇里盖起楼房，把家从几十里外的大山里搬迁出来。

在第五届中国兰花大会上，她培育的兰花，获得了特金奖和金奖。

她参加多届的兰花博览会，获得金、银、铜奖 60 多次。

"杨大姐"的名气在兰界不断传播开去……

她是全省"双学双比女能手"，她是市"劳动模范"，她是县里连续两届的政协委员，她的家，是省评的"最美家庭"……她说："我当初是为了生存种兰，有了兰才有了我现在的一切，我感恩兰！""没有众人的搭帮关爱，自己纵有天大的本事，也难以走出困境。""大家帮了我，我也要帮大家！"

她用朴素的话语鼓励镇上的姐妹们："我们养好兰花，兰花也会养好我们的。"

她把多年来掌握的植兰技术和盘托出，毫无保留地传授给她们，希望大家都能走上养兰脱贫致富的道路。

她热心参与兰花协会的事务，联络协调，交流探讨，筹办活动。当一场大洪水无情地卷走了她价值上千万元的兰花时，她首先想到的却是他人，尽可能帮助同样受灾的兰友们，一起开展生产自救，再次奋起。

她把大学毕业已在厦门工作的儿子叫回家乡，成立"圣兰花卉合作社"，热情地为兰农们做着服务工作。

……

她将兰视为自己的娇女，悉心养育，呵护备至，难舍难分送出阁，牵肠挂肚再三叮咛。在杨先金充满诗情画意的"朋兴兰圃"里，听她轻声细语地说兰，惊诧于一个未曾进过校门的农妇，竟有如此精深的兰艺；跟着她走进一家又一家兰圃，听她跟兰友们推心置腹地交谈，我们感受到了一颗兰花般温暖馨香的心。

"我所有的努力都始于当初那颗急切想要脱贫的心"

——打不倒压不垮的张松妹

同样从大山里走出来的张松妹，也是一路坎坷，屡遭磨难：前夫背叛、投资失败、儿子叛逆、重病、车祸、洪灾。桩桩件件，要么让她如雷轰顶，要么令她一无所有。但是，劫难并没有把这个坚强的女人打垮。

因为，还有兰。

20世纪90年代初，松妹在镇上开了家服装店，一干多年。后来，镇里的服装店越开越多，生意不好做，她就创办了以制作香芯为主的竹艺加工厂，每年有三五万元的盈利。

2005年，她看准了兰花产业的发展前景，关闭了竹艺厂，拿出多年的积蓄，在镇里的支持下贷款10万元，搭建兰苑，收购种苗，全身心地投入到兰花种植中。

但是，刚开始，没有掌握好兰花大棚的温度、湿度，花费心血培育的兰花陆续病死，损失惨重。心急如焚的她到处求师问道。报名参加了由政府和兰花协会组织的兰花培训班，还买了不少书自学花卉栽培技术，并向杨先金等先行者学习。在当地政府和兰花协会的带领下，她到北京、上海、武汉、深圳等地参加兰花展、花博会，开阔眼界，请教专家。

终于，她培育的"松子""金荷""玉女素"获奖了！

可还没高兴多久，她就被查出患上了脊髓炎，治病花去十几万元。那年，走在去北京求医的路上，她心灰意冷。紧接着，投资理财的一大笔资金又打了水漂，恍恍惚惚的她，遭遇严重车祸，左腿截肢。接连的不幸，使她欠下了几十万元债务。

正当她走投无路之际，援手及时伸来：当地工会、妇联、人社部门……

有人送来慰问金，有人帮她申办了贴息贷款，有人指导她自制兰肥，节省开支……

装好假肢的她，又一头扎进了兰苑。

次年，她的兰花种植纯利润 30 多万元，成为响当当的致富能手。

接着，她扩大种兰规模，投入数十万元，建成 1000 多平方米的智能温控大棚，种植兰花 5 万多株。踌躇满志的张松妹，怎么也想不到，2015 年夏天那场百年不遇的特大洪灾，冲毁了她的智能温控大棚，冲走了她的全部兰花……"这一次，又是在政府的帮助下，向银行贷款 50 万元，重建大棚、种植新兰，仅用了短短两个多月的时间，温控大棚内就恢复了生机。还成了'福建省重点巾帼示范基地'。"张松妹开心地笑了。

"我所有的努力都始于当初那颗急切想要脱贫的心，当我克服种种困难摘下贫困帽子时，我应该帮着那些跟我一样陷于穷困的人，一起有尊严地脱贫。"松妹这样说，也这样做了。

早在 2013 年，张松妹就邀请了 106 个村民成立了"连城县绿金花卉种植专业合作社"，通过"合作社 + 农户"运作模式，为农户拓宽资金渠道，进行技术指导，提供销售信息，带动村民和周边的农民种植发展。2017 年，该社获评"市级示范农民专业合作社"。

莒溪镇詹坑村妇女刘清招，靠种水稻为生，生活拮据，10 年前，她找松妹说，想要种兰花。张松妹二话不说，为她免费提供兰花种苗和技术，并介绍兰花销售商给她。当年，刘清招种植了 3 亩多兰花，销售纯收入 10 多万元。

采访中，张松妹数度哽咽，但泪水却冲淡不了她脸上发自内心的喜悦，那两颗深深的酒窝，盛满了甜甜的欢笑

"守在家里就能赚钱，何必离乡别亲去外地打工呢？"

——闯荡北京的返乡妹

杨春妹虽是个"80 后"，但也历尽艰辛，说起自己的故事，却能脸带微笑，兰一般从容淡定。

2005 年，25 岁的春妹刚订完婚，就和未婚夫到北京去闯荡了。他们用借来的钱，在五环外的花卉市场租了一爿店面，卖起了兰花。

"是家乡的兰花品质和众人的支持给了我们底气！"

她指了指正在一旁做网络直播销售的丈夫："当初，'我这个人'在帮人家开挖土机，很辛苦，也赚不到什么钱。我姑姑和兰花公司的老总都鼓励我们去

创业。'我这个人'就问我：是继续开挖机呢，还是去卖兰花？我说，当然是你自己开店当老板自在啊！"

春妹称丈夫为"我这个人"，她嘴里的"姑姑"，就是杨先金。

春妹说：那时，全国各地的花卉市场大都有了家乡的兰花销售点，北京少，姑姑就鼓励我，北京是首都，天地广阔。"刚去的时候，真的好穷啊，一年一万多元的店租都交不起。"

慢慢地，两口子靠着客家人那股子吃苦耐劳的韧劲，终于站稳了脚跟。用春妹的话来说是：生意不好不坏，但一天比一天好。

哪知，结婚不久，她的'我这个人'就被查出了脑瘤。春妹挺着怀孕八个月的大肚子，一边照顾店里的生意，一边护理在医院放化疗的丈夫。每天从北京的这头到那头，举目无亲的春妹没有流过一滴眼泪。但是，丈夫受不了，他心疼妻子，他怨恨命运，他消沉颓废。

春妹这时哭了，生气了，她冲着"我这个人"大声发泄："有我在，你就在！有你在，家就在！有家在，希望就在！"

她霸气十足，丈夫感动万分。十几年来，丈夫在心底里珍藏着妻子这句温暖的话。

在外面打拼的春妹累了，倦了。两年前，她和"我这个人"带着孩子，从北京回到了家乡。在政府的大力支持下，搭棚养兰，前店后圃，两口子精心侍兰，日子过得安稳富足，自由自在。

春妹告诉我，这几年，镇里外出的人都陆陆续续地回来了，投入兰花产业。"守在家里就能赚钱，何必离乡别亲去外地打工呢？"

这些在外闯荡、见过世面的人，都有着对现代美好生活的向往和追求，他们乐于接受新思想、新知识，新技术。今年暴发疫情，按理势必影响兰花销售，然而，他们纷纷启动了"网上直播销售"。一株株俊逸的兰苗，风姿娉婷地在网上与爱兰者直面相对，而后，一批批的兰花就通过快递送达四面八方。

"还是吃兰花饭，清香妥帖！"

——豪爽直率的黄毅芬

开朗的毅芬绝对是个当家的女人。先金和松妹打趣说：你是县城人，我们是山里来的人，不一样。没承想，一开口，这个朋口媳妇就潸然泪下：一样的！为脱贫，为养家，她们吃过的苦我也吃过，生活中，"跌停"的事也经历过。

20多年前，敢打敢拼的毅芬承包了一个小土矿，自己当起了矿长，没想到刚开工就发生了一起矿难。人命关天啊！可想而知当时毅芬身上的麻烦和内心的崩溃……

毅芬把不到10岁的女儿寄养在大姑子家，把7岁的儿子托付给自家堂姐，这个每天汗一身泥一身的女汉子，吃住都在山上。晚上，寂寞的毅芬常常到山脚下的兰花圃去喝茶。兰花圃的主人叫杨先金，听张松妹说过："杨大姐种兰花可有钱赚了，来店里买衣服从不讲价，我说多少她就给多少。"

毅芬不信。后来，她在花圃看到了：一盆兰花能卖三五百元甚至更高！"天哪！我一吨矿才卖一百元，还得提心吊胆，累死累活！我不干了！我也要去种兰花！"

但是，毅芬入行不逢时，她开始养兰不久，高企多年的兰价跌下神坛，成千上万元一株的兰花，跌到几十几百元。种兰不仅赚不到钱，还亏本。

不甘心的毅芬，就另谋出路，做香料，售红酒，卖保险……

毅芬说，辛苦奔波转了一圈，还是回来认认真真、安安心心种兰花。用她的话来说就是："吃兰花饭，清香妥帖！"

在她的冠奇花卉公司，毅芬乐呵呵地带我们看她的兰："想听听我的故事吗？"

当然想听啦！省三八红旗手、省科普带头人、县十佳女能人的获得者，故事哪能不精彩！

只是，在这里，我们不忍再去叙述她的贫穷、苦难、艰辛和坎坷，就想听听她爽利的言语、爽朗的笑声，还有，她和她那些姐妹、那些乡亲肩依着肩、手搭着手，苦尽甘来的脱贫欢歌……

采访中，我们听到这样一个故事：话说有位叫张金娥的兰女，多年来与丈夫一起侍弄着一座兰花圃，辛勤劳作，告别了贫困。夫妻俩抚养两个儿子，小日子过得有滋有味。读书时就喜欢涂涂画画的金娥，天天看着清幽摇曳的兰花，心里涌动着诗情画意，她拿起了画笔，画眼前的兰花，画不远处的青山丽水，越画越有劲头。前些年，金娥跟丈夫说，她想去美术院校进修研习。丈夫支持她，到北京画院进修了两个学期，还参加了东北师大美术系四年的函授学习。而今，金娥笔下的兰，已是今非昔比，那简洁素朴、境界清淳、初显自家风格的画作，受到人们的真心喜欢。养兰之家，成了艺术之家。

诗曰：唯幽兰之芳草，禀天地之纯精。抱青紫之奇色，拒龙虎之嘉名。不起林而独秀，必固本而丛生……如今，养兰、售兰的兰女们，爱兰、赏兰，融入了幸福的新时代。

愈挫愈勇的客家硬汉

在朋口镇"与兰共舞"的人群中，他无疑是这一方兰界的"龙头老大"。有人说，他这些年坎坎坷坷，愈挫愈勇，是个典型的客家硬汉。人们心里有一个共识：没有饶春荣当年为寻求摆脱贫穷的路子冲出深山，闯出一方天地，就没有今日朋口的"兰花王国"。

他，就是杨先金们嘴里常常蹦出来的"大哥""叔叔""老总"，被埃菲勒斯世界之最国际评审机构授予"世界兰花培育之星"荣誉称号的饶春荣。

2015年7月22日，那一天早上还是平平常常的。上午9时许，饶春荣坐在宽敞明亮的会客厅里，与来访的客人边品茗边聊着公司的发展。大雨下个不停。不一会，透过宽大的落地窗，眼见兰花基地边上那条河流浊浪滔天，河水一点点漫上来，饶春荣内心漫过一丝不祥的预感，开始有了焦虑。

雨暴烈地下着，愈来愈猛。突然间，电闪雷鸣，天地之间陷入黑暗。

停电了。就在短暂的瞬间，一切陷入混乱，一切处于瘫痪。很快，他甚至只能眼睁睁看着控制大棚的亲人被洪水卷走。

顷刻间，几千万株的缤纷清兰，香消玉殒，数十年的心血，被滔天洪水席卷而去，损失达6亿元。

满目疮痍，一片狼藉。

男儿有泪不轻弹，但此时此刻，饶春荣这个客家汉子，也不禁泪如雨下……

但是，饶春荣是个不会在挫折面前低头屈服的客家汉子，在经历锥心蚀骨之痛后，很快调整心态。他说，就当经历了一场噩梦，一切可以从头再来！

"老天不帮政府帮"，政府很快支持了3000万元的贷款基金。当时的省领导来到兰花公司看望慰问饶春荣，紧紧握着他的手，称赞他的坚强。

饶春荣说，他的心境一天比一天好起来。因为，不断地有来自上层的关怀，有来自政府各方面的扶持，还有源源不断地去而复返的员工……"我一定要东山再起！当初自己一无所有都可以打出一片江山，更何况现在，人在，品牌在，核心技术在。我要加快重建脚步，相信可以发展得比原来更好。"

1978 年，18 岁的饶春荣，风华正茂，高中毕业回到家乡朋口镇桂花村。摆在面前有两条路。一条如父亲所愿去当一名乡村教师，另一条路，充满未知与挑战。饶春荣选择了后一条路——去山里收购山货，然后卖到镇上，从中赚取差价，有时也到山上采割松脂。如此下来，一年能挣上几千元，收入不菲。与此同时，他还和同村的几个小伙伴合办起一个苗圃。

到了 1984 年，饶春荣靠卖山货和树苗，成为远近闻名的"万元户"。在一张发黄的照片上，饶春荣站在苗圃里，摆一个当年流行的酷酷的姿势，神采飞扬，踌躇满志。

当时交通不便，苗木的销售不是很理想。饶春荣琢磨了很久，终于把目光锁定在从小就熟悉的兰花上。

梅花山里有许多野生兰花，朋口镇上，几乎家家户户都养兰花。

他们处理掉苗圃，开始大量收购兰花。饶春荣拿出全部积蓄，收购了几千盆兰花，在自己门前承包了几亩山地，搭起两个大棚，开始培育兰花。

村里人不解，认为这几个年轻人不务正业。连牛都不吃的草值这么多钱？疯了吧。

饶春荣却有自己的坚持。他在《每周文摘》上登了一则卖花广告，想通过邮局，将兰花卖到全国各地。果真，广告打开了他事业的局面。很快，他收到了几十封信，还有人亲自从厦门、广东跑来桂花村看他的兰园。

他每天都要向全国邮寄许多兰花苗，辛苦并快乐着。

然而，1991 年冬天，一场罕见的大雪，将饶春荣简易大棚里的兰花毁于一旦。看着被大雪压垮的大棚，看着辛辛苦苦培育出来的几万盆兰花被冻死，饶春荣的心情低落到极点。

大雪过后没几天，饶春荣就开始筹建新的基地和大棚。他拿出全部积蓄，还向亲戚朋友借了几十万元，将兰花基地搬出桂花村，搬到朋口镇上。不到半年时间，他的兰花基地又恢复了生气，发展得比原先更好。

在扩大基地规模的过程中，饶春荣深感自己的专业知识已经无法跟上发展的步伐，他一边自学兰花的栽培知识，一边还邀请中国农业大学的花卉专家前来指导。

为了扩大眼界，他还不断出去交流学习。

1994 年，饶春荣到韩国参加一个花卉博览会。韩国之行让他受益匪浅。看到人家先进的钢架大棚，而自己还是原始的竹木结构，深感自己与别人的差距。从韩国回来后，他重新设计大棚，每个大棚都装配上最先进的设备。同时在专业人才的引进上，饶春荣也下了不少功夫，每年他都要到各地的农学院招收花卉专业的毕业生。

到了 1999 年，他的兰花基地已经有十几个大棚、几十万盆兰花了。就在那一年，饶春荣带着自己培育的一盆兰花，参加在云南昆明举办的世博会，那次经历让他在中国兰花界名声大振。那盆兰花叫"鱼魷大贡"，中国国兰的第一本书《金漳兰谱》有记载。

连城人喜欢养兰花，许多人也靠养兰花来增加收入。饶春荣培育出大量高品质兰花的事迹传开来，县里及市里很快做出决定，扶持兰花产业，以龙头企业带动农户，加快产业化发展。

2000 年，连城兰花有限公司成立，2011 年整体变更为福建连城兰花股份有限公司，注册资本 1.5 亿元人民币，饶春荣任董事长。

公司秉承"追求卓越、持续创新、客户至上"的经营理念，以"引领国兰文化、推动行业发展"为使命，致力于向世界传播国香神韵、让国兰走进千家万户，打造世界一流的花卉企业，成为国兰产业化的推动者、领导者和整合者。

从 2000 年开始，饶春荣的事业不断发展壮大，建成了中国最大的兰花培育基地，在利用传统技术培育兰花的同时，饶春荣还引进先进的生物技术，聘请福建农科院的技术专家，在基地建了一个组培工作室，利用生物技术选育优质兰花。

在实现梦想的同时，饶春荣没忘记家乡的父老乡亲，没有忘记领导的殷殷嘱咐。2006 年，他成立了连城县朋口镇兰花协会，采取农民培育兰花、协会统一销售的方式，鼓励周边的农民种植兰花，还把自己多年的经验免费传授给花农……

饶春荣说，当年养兰花是求生存，并没有想到一旦踏上了，会走得那么坎坷，走得那么远。

饶春荣不会忘记，首任中国扶贫基金会会长项南那年回到故乡朋口，在他搭建在当地供销社四楼平台的兰棚里对他和县、镇领导说："兰花是很好的东西，值得大力发展。"项南说，这是一个非常好的扶贫项目，他要求当地政府要很好地扶持花农种植发展，并鼓励饶春荣要将这块产业"蛋糕"做好做大，带动更多的乡亲脱贫致富。

饶春荣更不会忘记，1997年7月26日，时任福建省委副书记习近平率省直机关部门负责人来到连城朋口兰花基地调研。在对基地事业充分肯定的同时，鼓励发展农业产业化及现代农业，他对基地领头人饶春荣殷殷嘱咐，今后在把兰花种好的同时，要加大科技方面的投入，以及市场和营销网络的建设，也要保持农业生态平衡、保证自然资源的永续利用，更要做大做强兰花产业，带动当地更多农民脱贫致富奔小康。

他们做到了！

而今，连城兰花股份有限公司拥有花卉基地3400多亩，品种1100多个约470万株，是集生产、培育、营销、研发、服务于一体的综合型花木行业龙头企业。在发展过程中，公司牢记习近平总书记"加快推动扶贫攻坚奔小康步伐，发展现代农业推进农村新一轮发展"的要求，积极响应国家"精准扶贫"政策的号召，"公司＋基地＋合作社＋农户"的产业模式，由朋口镇政府组织协调，以公司为平台，与择优上岗的贫困户签订用工协议，定期对贫困户进行技术指导培训，采取集中培训与个别指导相结合，以保证兰花种植的效益，公司帮扶带动建档立卡贫困户359户1101人，人均年增收5000元。近年，在公司的带动下，连城县有农民合作社20多个及42000多户农户加大兰花种植投入，2019年全县兰花产业链产值超13亿元。

我们徜徉在兰花基地、兰花博览园、兰花一条街，浸淫馨馨兰香。朋口镇领导高兴地介绍，全镇560户贫困户已全部实现脱贫！其中大部分家庭摘去贫困帽子，就是倚仗了兰花种植这个扶贫产业。

采访中，我们知道了，在这个扶贫产业中，朋口镇在宣传、金融、科技、规划、建设等等层面，做了大量的工作，对接相关部门，鼎力支持兰农发展壮大。这不，眼下镇里正在帮助兰农们培训百名主播，发展电商销售，让"网播"使空谷幽兰"香远益清，芬芳万里"。

2020年12月

南安精准扶贫纪略

吴建华

全民脱贫，是中华民族向世界传播的时代最强音。习近平总书记发出精准扶贫的动员令：在扶贫的路上，不能落下一个贫困家庭，不能丢下一个贫困群众。统一战线有能力有责任继续发挥重要法宝作用。

按照习近平总书记的指示精神，南安市委、市政府在努力发展经济的同时，把脱贫攻坚作为第一民生工程，致力于全面全民的发展，着力让 160 万南安人民共建共享幸福的生活。去年，发出"万贤扶千户""百会帮百村"的倡议，号召广大商会、协会助力家乡，打赢脱贫攻坚战。

南安商品经济发达、实力雄健。目前全市共组建 71 个异地商会、24 个行业协会、22 个乡镇商会、7 个市域内异地商会，会员 3 万多名。南安市委、市政府发出倡议之后，全市 101 家商会、协会热烈响应，深入全市各贫困村播撒爱心、献智献力，点燃了扶贫济困、崇德向善的熊熊火炬。南安在"百会帮百村"精准扶贫取得特色成效的基础上，提出"万贤扶千户"的活动计划，全面发动社会各界参与。同时，组织全市 130 多个单位和 3000 多名干部职工挂户帮扶，进行精准滴灌、春风化雨，或宣传扶贫政策，或参与光伏扶贫，或投身智力支持，或助力就医资助，或奉献造福工程等举措。举全市之力，让幸福南安的阳光，照遍全面小康的"最后一公里"。

一个贫困乡的嬗变

向阳乡原属省定贫困乡，是南安地势最高、经济最困难、人口最少的乡镇，也是泉州市 30 个重点扶贫乡镇之一。近几年，向阳乡通过探索并践行"一三六"三农互联网＋精准帮扶，增强扶贫工作的可持续性，脱贫工作取得可喜的成效。

向阳乡，又称"八都"，位于南安市北部，全乡土地面积 69 平方公里，平均海拔 800 米，森林覆盖率达 76.7%，以南安市北部天然"绿肺"著称。现有耕地总面积 11800 亩，林地面积 65932 亩。下辖 7 个行政村，人口 1.6 万人左右，与南安市区、泉州市区毗邻。境内闽南名胜五台乐山，是第一代海神通远王的发祥地。

近年来，向阳乡实施生态农业支撑生态旅游的战略，以"一路、二业、三地、四团、五客"的发展思路为抓手，深入推进"三三三"工程建设、推动三农互联网＋"一三六"精准扶贫工作、立足乡情、村情、探索三农互联网＋精准扶贫的生态经济发展模式，打造区域特色，努力建设海西慢生活示范基地。目前已建成福建省妇联首个乡村巾帼创客空间，福建省农村产业融合试点示范乡镇。"大学生回归创业"农业电商扶贫工作项目，被评为 2015 年度南安市创新奖，南安市向阳乡"福万通"金融扶贫开发示范点，荣获 2017 年福建省"青春扶贫"项目与计划大赛第一名。

在向阳乡建档立卡贫困户情况分析图上，我们欣喜地看到精准扶贫阶段的累累硕果。2014 年，向阳乡贫困户 530 户，人数 1315 人；2015 年，贫困户 302 户，人数 697 人；2016 年，贫困户 161 户，人数 375 人；2017 年，贫困户下降至 94 户，人数 210 人。

向阳乡是如何做到逐年减少贫困户和贫困人数的？带着这个疑问，我采访了乡干部，解开了其中的迷津。面对扶贫开发的严峻形势，向阳乡创新机制，转变思路，精准扶贫。"互联网＋扶贫"，成为扶贫开发的新方式、新方法之一。实施"一三六"工程，探索三农"互联网＋精准扶贫"之路。"一"是瞄准提升乡村两级干部带领群众脱贫的水平这一目标，全面提升服务能力，特别是互联网营销能力。"三"是针对三类对象，实施精准帮扶，即"造血式"帮扶、"献血式"帮扶、"输血式"帮扶。"六"是实施生态农业支撑生态旅游战略，让百姓真正能赚到钱的"六个环节"。第一个环节是，拉网式资源普查，将资源转化为电商语言；第二个环节是，全覆盖宣传发动，将观念引导到网络思维；第三个环节是，重点促土地流转，将土地转化为创客空间；第四个环节是，造血式抱团创业，将农民培育为电商团队；第五个环节是，致力于引资借力，将团队整合为平台；第六个环节是，聚焦于对接市场，将平台嫁接到全国。

通过实施"一三六"三农互联网加精准扶贫，向阳乡实现精准扶贫、精准脱贫，力争打赢脱贫攻坚战。攻坚战的三部曲，首先是摸清底数，其次是精准施策，第三是试点示范。精准扶贫的攻坚行动，确保如期完成脱贫任务，实现2017年底前完成脱贫任务，实现2017年底前完成94户、210人贫困人口与全市一道同步奔小康。

脱贫攻坚的强大力量

为进一步凝聚打赢脱贫攻坚战的强大力量，2016年4月，南安市委、市政府整合统一战线的资源，发出了"百会帮百村"精准扶贫行动的倡议。组织全市101家商会、协会与103个相对贫困村开展结对帮扶活动，构建了一个以点带面、以面促点、多点结合、全社会共同参与的大扶贫开发格局。

因势而动。2015年底，在中央扶贫开发工作会议上，习近平总书记向全党全国发出了脱贫攻坚的动员令，全国上下迅速掀起扶贫开发的热潮。南安市委、市政府高度重视扶贫工作，提出在2017年实现现行标准线下的贫困人口全面脱贫。采取一系列措施，全力推进脱贫攻坚工作，全市上下形成了打赢脱贫攻坚战的强烈共识和行动自觉。

因情而动。南安八个民主党派齐全，拥有海外侨胞、港澳台同胞350万人，工商界人士50多万。近年来，南安充分挖掘统战资源，坚持"成熟一个、组建一个"的原则，持续加大商会、协会和同乡会的组建力度。2017年，南安实现了全国各省（市、自治区）异地商会全覆盖，构建了全国覆盖最广、数量最多的县级市商会网络平台。同时，广大海内外南安籍企业家，素来有乐善好施、扶贫济困的优良传统，热心并积极参与家乡建设，全市创下侨捐公益事业连续24年超亿元的全国纪录，实现国内南安籍企业家捐资慈善公益事业连续8年超亿元的骄人业绩。构建了全国最大的县级市组织网络平台，加上海内外600万南安乡亲怀着的爱国爱乡的赤子之心，为组织发动海内外南安乡亲参与家乡扶贫事业搭建了桥梁和纽带。

因时而异。2016年，南安打响了脱贫攻坚战，开展结对帮扶活动。活动开展一年来，共落实精准扶贫资金1000多万元，对1600多户困难家庭制定"一对一"帮扶项目，取得了可喜的成效。2017年6月，南安脱贫攻坚进入啃硬骨头、攻坚拔寨的最后冲刺阶段，年内要确保2580户贫困户实现脱贫，以及420户脱贫帮扶措施较为单一的贫困户实现稳定脱贫。

因地而宜。市委统战部和镇、村干部，带领商会、协会和各界贤达通过逐一走访、座谈交流、现场察看等形式，进村入户开展调研工作，探索出 5 种帮扶模式，即产业扶贫、商贸扶贫、就业扶贫、智力扶贫、慈善扶贫。产业扶贫，就是一户一法，资助贫困户因地制宜发展种养业、手工业、农产品加工业、服务业和电子商务等项目，支持贫困户成立或加入家庭农场、专业大户、农民合作社等农业产业化经营组织，力争做到每个有劳动能力的贫困户，都有一个以上增收脱贫项目。比如，上海南安商会出资 10 万元，用于眉山乡三凌村、外寨村光伏发电项目建设，投资产生的利润，用于帮助两村贫困户发展生产。商贸扶贫，就是发挥渠道和信息优势，通过消费、采购、代销、委托加工等形式，帮助贫困村、贫困户对接外部市场。比如，成都南安商会，每年为贫困户发放生猪仔和养殖费，第二年高价回收生猪，帮助贫困户实现脱贫。就业扶贫，就是通过为结对村提供就业岗位，加大就业培训力度，增强劳动力的可持续就业能力。比如，美林商会积极帮助美林街道松岭村，争取有关部门支持设立电商创业服务中心，免费为困难家庭开展电商培训，鼓励村民发展电商。智力扶贫，就是引导商会、协会借助人才优势开展智力帮扶，帮助结对村户把脉问诊、出谋献策。比如，成都南安商会组织专家，对农业大户、贫困户进行种养殖技术培训。慈善扶贫，就是通过捐款捐物，参与助学、助老、助残、助医等，帮助解决贫困村户解决实际困难。比如，天津南安商会筹措 13.3 万元扶助 16 户贫困家庭发展生产，尔后再投入 30 万元，用于帮助成竹村建设标准化幼儿园教学楼。

万贤扶千户的硕果

南安市委、市政府，搭建社会力量参与扶贫攻坚的新平台。广泛动员社会各方面力量，组织万人以上的各界贤达，参与挂钩帮扶千户以上的贫困户，实现社会力量对贫困户帮扶全覆盖。助推 2017 年经精准识别的现行市定扶贫标准线下的所有贫困人口全部脱贫，稳定实现农村贫困人口不愁吃、不愁穿、义务教育、基本医疗和住房安全有保障。同时，通过活动，最大限度地把党员干部的先锋模范作用发挥出来，把社会各界贤达的人才智力凝聚起来，经济实力动员起来，创造活力激发出来。

2016 年，南安市委、市政府发出"百会帮百村"的倡议，尔后前往各贫困村考察调研，采用产业、消费、就业、商贸、智力、慈善公益等方式，因地施策、因户施策推进脱贫攻坚。2017年，南安市委、市政府发起"万贤扶千户"活动倡议，又出台了《"万贤扶千户"助推全面脱贫行动实施方案》，全面发动社会各界参与。同时，组织南安130多个单位和3000多名干部职工挂户帮扶。

自开展"百会帮百村""万贤扶千户"活动以来，海内外南安社团以及各民主党派、工商界人士、民族宗教界人士等海内外南安贤达积极参与，主动作为。已累计筹集扶贫资金3700多万元，帮扶困难群众1万多人，在全社会营造了扶贫济困，互帮互助、奉献社会的良好风尚。

截至目前，"万贤扶千户"活动，南安市干部职工共开展进村入户2876人次，累计投入帮扶资金361.4万元；市委统战部牵头发动民主党派、工商界人士、海内外南安乡贤、民族宗教界人士等社会各界贤达，共筹集扶贫资金2700多万元。

扶贫攻坚，南安市统一战线披星戴月，一直在路上，不是结束，而是开始。

2018年12月

扶贫攻坚一个不漏

——华安县精准扶贫走笔

吴建华

华安是一块钟灵毓秀的宝地，以物华天宝著称于世；也是一处自然生态的秘境，以山清水秀、清爽华安闻名。绿水青山是其弥足珍贵的资源和财富，全县森林覆盖率高达72.72%，林木蓄积量295.86万立方米，是福建省重点林业县。

过去，由于生产力低下，劳动手段落后，呈现捧着金饭碗讨饭吃的现象，不少农户还戴着贫困帽。经过多年的努力，紧紧围绕脱贫、摘帽、增收的主要目标，科学制定脱贫规划，瞄准贫困村和贫困户，因村因户施策，整合资源要素，靶向治疗，取得了阶段性的可喜成果。

一幅华安县脱贫攻坚作战图

在华安县脱贫办公室的墙上，悬挂着一幅华安县脱贫攻坚作战图，赫然在目。看到这幅作战图，不禁使我联想起硝烟弥漫的战争岁月。骁勇善战的指挥员，不辞艰险、不怕牺牲，战斗在第一线。

为了打好脱贫攻坚仗，县里成立了脱贫攻坚指挥部，由县委书记朱百里，县委副书记、县长陈东海任总指挥长；由县委常委、组织部部长肖扬权，副县长陈石金任副指挥长。下辖丰山片区、沙建片区、新圩片区、华丰片区、仙都片区、湖林片区、高丰片区、高安片区、马坑片区等九个片区。抽调各部门的主官，成立坚强有力的领导小组，提出总体要求。其一，是牢记四个切实：切实落实领导责任，切实做到精准扶贫，切实强化社会合力，切实加强基层组织；其二，是实施五个一批：通过扶持生产和就业发展一批，通过社会保障兜底一批，通过教育阻断一批，通过生态补偿一批；其三，是建立七项机制：建立精准扶贫机制，完善资金投入机制，建立部门联动机制，建立驻村帮扶机制，创新社会参与机制，建立脱贫考核机制，建立脱贫激励机制；其四，是落实七项行动：片区集中攻坚行动，基础设施会战行动，产业提质增收行动，民生工程改善行动，社会事业推进行动，培训就业促进行动，生态恢复保护行动；其五，是做到八个精准：扶贫对象精准，扶贫目标精准，扶贫任务精准，扶贫措施精准，扶贫责任精准，驻村帮扶精准，资金投入精准，考核评价精准；其六，是贫困户实现"八有"：有一套安全适用住房，有安全卫生饮用水，有基本农田，有稳定增收产业，有一项专业技能（技术），有基本社会保障，家里有余粮，手头有余钱；其七，是贫困村实现"九有"：有硬化的通村公路（含自然村道路），有特色稳定的增收产业，有良好的生产生活条件和基本公共服务，有广播电视宽带信号覆盖，有农民专业合作组织（致富带头人），有稳定的村集体经济收入，有合格的办公活动场所，有良好的生态环境和优美整洁的村容村貌，有一条民主管村的好制度。

华安县对七条总体要求进行分解，逐条细化，落实到各个乡村。如同军队签订军令状，军令如山，奖罚分明，优者奖掖，劣者处罚，军中无戏言。

一颗百香果脱贫的故事

立冬时节，凉风吹来阵阵的寒意。在华安县扶贫办副主任李文强、沙建镇党委副书记黄永灶的带领下，我们造访了沙建镇宝山村的百香果园。但见，一粒粒百香果仿佛是一盏盏可爱的小圆灯，在寒风中摇曳。

眺望百香果园，一派丰收在望的喜人情景。种植大户郭东鲲正在指导村民采收果实。"合作社里种植最多的品种是'紫香一号'，每天采摘量都在2000公斤左右。"郭东鲲喜形于色，"这几年，还尝试引进一些新品种，如黄金果、满天星等，这些品种大约试种了20多亩，价格比'紫香一号'高，经济效益会更好。"

2016年百香果每公斤价格在10元以上，宝山村民尝到了实实在在的甜头。2017年初，合作社又吸收了33户贫困户加入其中，探索建立"合作社＋农户＋市场"的发展模式，助力贫困户脱贫致富。村里有户贫困户邹英义，整理出两亩土地，在郭东鲲的指导下，种了100多株的百香果幼苗，得到3000元的专项资金补助。如今长势良好，新鲜的百香果，合作社都以每公斤不低于7元的保护价予以收购。

为缓解贫困户前期投入的压力，合作社还为贫困户低价供应幼苗和有机肥，待百香果收成后再结算支付。每隔一段时间，郭东鲲都要到贫困户种植的园地里现场辅导，提供技术支持，为贫困户保驾护航，确保百香果的健康生长。

为了使贫困户更加有效地脱贫，郭东鲲和盘托出心中的打算："目前销售主要是通过批发商这一渠道，下一步我们计划与专业的电商团队合作，让销售更有保证，价格更加稳定，贫困户的脱贫致富就更有保障。"

华安县农业局技术人员赵其忠表示，利用百香果的种植，让贫困群众走上脱贫致富的道路。合作社 2017 年将扩大种植规模，力争形成千亩规模的百香果产业核心园区，同时辐射附近五个村，种植百香果规模达 2000 亩以上。

一户一档资料见真情

精准扶贫，档案资料的收集、整理，是不可或缺的。华安县重视扶贫工作档案资料的收集、整理、保存、归档，围绕"六个到位"，将扶贫档案管理工作，作为打赢精准扶贫攻坚战的基础工作来抓。

首先，成立工作领导小组是关键。要做到组织领导到位，明确工作职责，县扶贫办负责扶贫档案收集、整理组织工作。同时，印发《关于规范建立华安县建档立卡贫困户档案资料的通知》，对全县相关档案材料，按要求进行整理。要求帮扶干部积极履行职责，认真及时做好扶贫档案的收集整理工作，确保全县扶贫档案收集齐全、资料翔实、整理规范。

业务培训到位是根本，根据扶贫档案管理的要求，明确全县扶贫工作文件材料归档范围，整理出综合性档案目录和贫困户一户一档资料清单，统一各类表册，统一文本材料。确保整个工作流程和每个工作环节，所产生的材料及时、完整进行归档。

人员落实到位是保证。归档资料，明确到人，层层负责，层层抓落实。乡镇指定党委书记亲自抓，分管领导具体落实，专人参与县扶贫办业务培训，并指导乡镇的档案、资料的整理、归档。为推动扶贫各项工作的整理推进，明确各驻村工作队队长为扶贫档案工作专职档案员，系第一责任人，专门负责挂点驻村的档案资料，指导完成贫困村、"一户一档"的档案资料。

服务指导到位是基础。加强对各乡镇扶贫档案整理工作的指导，要求各乡镇结合建档立卡"一户一档"材料，在原有档案基础上，开展再复核工作。特别是对涉及贫困户的信息采集及结对帮扶（每户脱贫方案）、收入核实、退出认定等各类表格等资料进行复核。华丰镇有一户贫困户，一家四口人，户主杨进华，没有固定的职业。妻子小时候患小儿麻痹症，导致残疾，只能在家里料理家务，照顾两个幼小的孩子，家庭生活十分困难。通过对杨进华"一户一档"材料的复核，核实其收入，确定作为重点的帮扶对象，并制定具体的帮扶方案。如帮助他养鱼，介绍到城建项目当泥水匠，增加了收入，还盖了新居。杨进华一家，从此有了欢欣的笑容。

设备配置到位是硬件。县、乡镇统一购置了档案柜、档案盒、封皮条等办公用品，对"一户一档"档案资料，实行专室、专柜、专人保管，做到贫困户档案资料整齐划一、一目了然。设备配置的到位，实现档案管理的科学化、规范化。

督促检查到位是重点。由县委、县政府主要领导、分管领导，对各乡镇、村扶贫档案进行检查。县扶贫办、效能办，对督查存在的问题立即提出整改，将扶贫档案列入2017年终扶贫工作考核的内容，确保全县扶贫档案收集齐全、资料真实、整理规范、帮扶人员帮扶责任到位。

一人不落齐奔脱贫路

改善民生福祉，合力攻坚克难。华安按照中央、省委"精准扶贫，不落一人"总要求和市委、市政府确定的该县2017年全面脱贫要求，以精准扶贫为重点。紧紧围绕脱贫、摘帽、增收"三个主要目标"，科学制定脱贫规划，瞄准贫困村和贫困户，因村因户施策，整合资源要素，取得了可喜的成果。

对照县委年初制定的任务，多措并举，抓紧补缺补漏。从土地增减、乡村旅游、招商引资方面，制定详细的扶贫政策，加大贫困村扶贫力度，有招坑村、上樟村、大坑村、建美村、半岭亭村、岩坪村、福田村、前坑村、西洋村等十个村通过招商、结对形式，享受税收分成；有建美村、上樟村、大坑村、福田村、前坑村、半岭村、西洋村、半山村、岩坪村等12个贫困村安装光伏已并网发电；实施土地复垦受益有五岳村、前坑村、银和村、绵良村、良浦村等13个村；乡村旅游受益有银和村、湖底村、三洋村等3个村。县财政局整合资金505万元建立资产收益长效机制，为村集体收入最薄弱的10个村入股国有水电站，每年稳定分成收益。

造福工程扶贫搬迁力度加大，2016年度完成投资35160万元，占任务数的111%。竣工入住5860人，其中国定贫困户搬迁115户423人，省定贫困户搬迁动工73户256人。集中安置区建设进度加快，全县省级集中安置区5个，省级百户点新圩青良山2016年开始动建，动工104户，已建一层以上45户。省级百户点丰山镇潭口新村属于续建点，经过三年建设，完成安置122户，基础配套设施已基本完成；贫困无房户安居工程建设喜人，全县市级无房户建设27户，县级无房户25户，已全部完成入住危房户全部妥善安置，2016年核实危房户203户，已修缮168户，新建16尸，安置幸福园7户，12户无修缮价值已搬离，与亲属共同居住。扶贫小额信贷及时发放到户，共发放200户921.3万元，其中用于种植业537.3万元，养殖业271万元，商业及运输业51万元，加工业及其他62万元。贫困户产生季度利息18.8万元，已及时补助到户。

为了做到一人不落齐奔脱贫路，华安县采取强化扶贫开发领导力量、量化脱贫攻坚年度目标、实施脱贫攻坚挂图作业、建立精准脱贫政策体系四轮驱动的策略，先后制定了《关于进一步做好科学扶贫精准扶贫工作的若干意见》《中共华安县委、华安县人民政府关于推进精准扶贫打赢脱贫攻坚战三年行动的实施意见》等14项扶贫政策措施，统筹政策、整合资源、齐抓共管、共同发力。同时，精准抓细，问题导向精准发力，在五个精准抓细上下功夫，即精准抓细脱贫对象，拉网式对贫困人口进行核查识别，做到底数清、问题清、对策清、任务清、责任清；精准抓细动态管理，科学确定贫困类别，细化完善基础台账，做到"户有册、村有簿、乡有档、全县一张网"；精准抓细脱贫项目，认真对照贫困户"建八有"、贫困村"解九难"标准，统筹打捆项目资金，对23个贫困村的项目建设情况，进行实地摸底核查，按脱贫时限分类分年度建立项目台账，做实扶贫项目，做细资金安排；精准抓细脱贫措施，选派2批26名科级干部驻村任职扶贫工作队长，选派2批24名驻村任职第一书记；精准抓细三级帮扶，建立县领导挂钩乡镇、县级部门包村、机关干部包户的三级精准帮扶机制，通过结对帮扶等形式，全县有1675名干部职工全覆盖结对帮扶371户贫困户。

此外，持续抓常，促进可持续扶贫脱贫。持续推进精神扶贫、基础设施扶贫、产业扶贫、社会保障扶贫，促进贫困户当期能脱贫、远期能致富、未来可持续。从改陋习、建基础、提产业、学技能、建新房、整环境入手，摒弃"等靠要懒"，摆脱精神贫困。加快农村公路建设，已完成投资3750万元；建设贫困行政村农网升级改造 7 个，实现了贫困行政村农业生产动力电 100% 覆盖。坚持"生态立县、旅游活县、兴茶富农"的农业产业发展思路，发展以茶叶、坪山柚、果蔬为主的扶贫产业。全面开展农村环境整治，推进道路硬化、庭院净化、环境绿化、村容美化，整洁生产生活环境，有效解决了贫困户居住环境差的现实问题。帮扶抓牢，借力借智合力攻坚。在中央和省级补助 3508 万元扶贫资金的基础上，县级各部门整合扶贫资金 1678.49 万元，有效解决贫困村路水电等问题。同时，做到社会保障到位、强化社会帮扶以及对扶贫工作不力的有关责任人，严肃问责处理。真抓实干，工作推进求实效，建立高位推动机制、定期研究机制、分工协作机制、督导督查机制、专项考核机制等五大机制，确保脱贫攻坚"硬碰硬、实打实"。

新的一年迈着矫健的步履，来到我们的面前。华安县委、县政府提前谋划 2018 年的脱贫攻坚工作，严格按照工作标准和工作程序，做好 2017 年贫困户脱贫退出和 2018 年新增贫困户数据的采集等工作，对已退出的贫困村和已脱贫的贫困户，保持扶贫政策的延续性，巩固脱贫成果，为新一年的脱贫攻坚打好坚实的基础。

2018 年 5 月

八字桥乡脱贫致富记

林 盛

　　"山区的农民靠山吃山，想脱贫致富就到山上找新路。"这是福建省尤溪县八字桥乡农民脱贫致富奔小康的实践体会。

　　地处"海西"闽中腹地偏远山区的八字桥乡，境内山高林密，森林覆盖率达 81.1%。2013 年被列为三明市级的重点帮扶贫困乡镇，全乡年人均纯收入在 3300 元以下贫困户有 128 户 460 人。守着这片山这片林，八字桥乡多年来没有走出贫困路。如今又怎么走上脱贫富裕路呢？

　　2013 年，曾在新加坡、上海创业的福清人王而荣来到八字桥乡，他觉得这里地处高海拔山区，生态环境很适合种植太子参，于是租地试种，结果收益不错。当时，种植 1 亩太子参可收获干品 90 公斤，每公斤干品价格 270 元。在王而荣看来，改变生产模式，与农业增收至关重要，于是当年 5 月带头组建了尤溪县山峰太子参专业合作社，先后投资 1700 多万元，建成 2200 多亩的中药材种植基地。在合作社带动下，全乡种植太子参 1200 亩。此外 70 多个农户，以土地入股的方式加入合作社，也可获得利润分红和租金收益。致富新路找到了，山还是那片山，人还是那群人，可是有了创业能人带头，有了生产合作社，就能打开一片新天地？

　　发展林下经济，这是八字桥乡农民脱贫致富的新创造。以往，村民们张开眼睛看到的是山上毛竹、杉树、红豆杉、无花果、水蜜桃等林木资源，根本没有在意林下那一大片闲置的土地资源。王而荣却把目光聚焦到林下土地开发利用上。他在山上种植 3.5 万株红豆杉、2.76 万株银杏等 6 个珍稀名贵树种，以及百香果、无花果、水蜜桃等 18 种水果树，而后将太子参、半夏、黄精、七叶一枝花等中药材就套种在这些林木下面，充分利用土地资源，形成生物的多样性、生态多样化的"林下经济"生产模式。这不仅有益于中药材等植物生长，还生产出绿色无污染的水果等。八字桥乡农民见状立即纷起效仿，林下经济遍地开花,为尤溪农民增收致富起到了示范带动作用。以农户叶珍文为例,他在自家的竹林里套种黄精。黄精,又名爪子参、老虎姜,是一种滋补药材,喜欢阴湿气候条件,具有喜阴、耐寒、怕干旱的特性,很适合在毛竹林里生长。除了块茎可以获得收入,还会自我繁殖,进一步提高竹林的综合效益,可谓一举多得。这样,毛竹林每年每亩收益 500 元左右,而利用竹林下的土地与空间种植黄精,每年每亩又可以增收 300 元。

目前,该乡利用竹林生态资源优势,大力发展中药材种植产业,通过指导种植户采用套种技术,有了太子参种植专业合作社与林下中药材种植专业合作社。洪田、洪牌、龙湖、彭新、后曲、村头、下畲等村村民,已发展各类中药材种植 4200 多亩。在销售上,与一家有实力的药业公司合作,通过其经销网络,解决销售问题。今年,该乡中药材年产值可望突破 1000 多万元的大关,农民工资收入 320 多万元,人均约 3.5 万元。林下种植中药材,已成为八字桥乡经济新增长点,成为贫困群众脱贫增收致富又一新路。

以"基地 + 合作社 + 农户(贫困户)"模式,进行农业转型升级,实现精准帮扶,带动群众脱贫致富。王而荣所在的八字桥乡成立了药材基地(公司)。这个基地农忙时,每天曾雇工 162 人,平常每天平均雇工 40 多人。这样,基地所在的彭新、洪牌等村村民就可以到基地打工挣钱,实现了家门口就业。村民陈德想说:"我每年的打工工资收入就有四五万元。"洪牌村民陈德炳的儿子患上帕金森综合征,医病需花钱,成了困难户。除领取太子参基地的土地入股分红外,乡里结对帮扶的干部还帮他介绍到药材基地打工。王而荣知道他家里困难情况后,每天给工资比其他工人多 10 元,约 130 元,最高时每天可达 170 元。到了 2015 年,陈德炳一家终于脱贫了。如今,到外地打工的农民大多返回故乡,在家门口打工。

八字桥乡的洪牌、洪村、洪田村"三洪"生产优质的"尤溪金柑"。果实呈圆形,冬季成熟,是柑橘类中之珍品,颇有盛名。八字桥乡以工业化的理念发展金柑产业,加强科技攻关,推行标准生产,走产供销、贸工农、农科教结合的路子。他们引导果农建立了乡镇级金柑高产栽培标准示范园,抓好中低产园改造,实施了金柑标准化栽培和产业化经营,着力示范推广改土培肥、树体整形修剪、果园道路整修等项目;他们成立了金柑销售协会,对当地生产的金柑实行包销到户、全程收购、统一管理、统一定价,规范市场,有力地促进了金柑销售。与此同时,这个乡依托科研院所,开发出金柑白酒、果汁、果醋、果脯等系列产品。比如，以金柑为原料酿制的干红、干白酒已投入到了国内南北市场。如今，小小的"尤溪金柑"，成了八字桥乡又一绿色产业，助推了农民走上致富之路。估计今年，可产"尤溪金柑"达 2.1 万多吨，产值可达 2 亿多元，农民直接从金柑行业中可获得近亿元的收入。目前，八字桥乡还有 66 户 230 人尚未彻底脱贫，乡党委有信心帮他们尽快走上共同富裕的道路，让全乡集体奔小康。

2016 年 12 月

从荒山秃岭到百果飘香

石华鹏

不知从何时起，周末乡村游成为城里人的一种生活风尚。朝九晚五地紧张工作5天后，借周末两天，或携妻带子，或呼朋唤友，到离城不远的乡村一游，看看山野美景，吃吃农家土菜，吸吸清新空气，既放松了心情，也饱了口眼之福。由此，无论大都市还是小县城周边，因周末乡村游市场的勃兴，而开发出许多乡村游、农家乐的项目来。

我的朋友阿春，是龙岩上杭县的一名公务员，平日工作繁忙，周末闲暇时刻，他最大的乐趣是游走乡村，感受农家乐。来到上杭，阿春向我首推的、也是他去过次数最多、在上杭名声最大的乡村休闲游之地——上杭县湖洋乡文光村观音井。阿春说："文光村观音井是离县城最近、人气最旺的乡村生态果园。"他用带有文学色彩的语言描述文光村观音井：山峦起伏，绿意盎然，空气清甜，宁静致远；春开百花，秋结硕果，夏有清风，冬有暖阳；形成了一年四季有果摘、一年四季有花赏的"采百果、赏百花、品蒸鸡、宰槐猪、垂钓养生、步行健身"的生态观光旅游区。

我被阿春的描述吸引，恨不得立刻变成一只鸟雀飞到湖洋文光村，尽情感受、体验一番。

赏百花，摘百果

仲夏时节一个晴朗的午后，我慕名前往文光村观音井。从县城上杭出发，汽车沿205国道行驶10多分钟便抵达湖洋乡。文光村是湖洋乡22个行政村之一，湖洋乡被称为"五临"乡镇，即"临城、临江、临路、临矿、临边"，"五临"优势为湖洋乡发展观光农业经济提供了得天独厚的条件。

进村水泥公路修得宽阔、平坦，从湖洋乡出发汽车再行驶不到10分钟就到文光村观音井了。观音井之地建有一座观音亭，站在亭中，举目四望，眼前所见所感的一切让我发现，上杭朋友阿春的描述毫不为过，毫不夸张。微风拂来，清爽宜人，远处的山峦，近处的山坡，栽种着一排排果树，春花已经谢了，满山遍野的绿色，如天赐的巨大绿被覆盖着这里的一切，山峦起伏到哪里，这绿色便铺展到哪里，养人的眼，怡人的心。离观音亭不远的山坡下，是一棵棵郁郁葱葱的梨树，小孩拳头般大小的梨正从树叶下探出头来，似乎调皮地跟我们打招呼，阵阵风吹来，纯净的空气里弥漫了梨果和绿叶的味道，再过一个多月，梨果的芳香和收获的喜悦将会填满这里的山山峦峦和沟沟壑壑。

陪同我来的上杭县湖洋乡副乡长陈仁河指着满山的果园对我说："眼下，绿色是这里的主题，你如果早些时候日来，可以看到满山遍野的桃花、枇杷花，那是另一番五颜六色的灿烂的景象；你如果再晚一些来，可以看到满山遍野果实累累的景象。"我说："我被眼前这绿色陶醉，我会在不同时节再来，把这观音井四时不同的美景收入眼中、留在心中的。"

这美景无疑令人憧憬。有一本"玩转上杭"的宣传小册子，这样介绍观音井百果园：这里因井得名，以果闻名。二月桃花别样红，五月枇杷惹人爱，六月杨梅酸甜鲜，七月葡萄甜如蜜，八月蜜梨压枝弯，九月桂花满园香，十月蜜柚遍山野，十一月脐橙采摘忙，十二月寒梅独自妍。

看来，"一年四季有花赏、一年四季有果摘"的说法名不虚传。10多年来，湖洋乡大力发动农户种植各种果树，文光村目前有脐橙600亩，蜜雪梨150亩，红心柚230亩，杭梅1300亩，枇杷50亩，桂花园110亩，杨梅30亩，还有其他果树若干亩。不仅如此，为了加快水果产业发展，上杭县在稳定当地优势特色果树品种的同时，还在文光村建立了果树新品种示范园，先后引进特早熟蜜柑、克里曼丁红橘、高糖脐橙、早熟桃、黑李、蓝莓等水果品种50多个，筛选推广台湾蜜雪梨、稻叶、丰福、台湾甜桃、夏田脐橙、春见杂柑等近10个适合当地种植的水果品种。

和我们一同坐在观音亭里聊百果园、聊乡村游的，还有吴老板——陈仁河副乡长喜欢这样称呼他，"吴老板"——这一亲切的称呼将一个吴姓果农大户与善于经营的老板巧妙地联系到一起。吴老板不时为我们斟满茶水。我饶有兴趣地倾听了吴老板的果园和生态农庄的故事。

吴老板名吴纪堂，这片山头几百亩果园的主人、绿然生态农庄的老板。他个子不高，脸庞黝黑偏瘦，看上去厚道而精明。吴老板在这片山峦上待了15

弱鸟先飞录

年，山坡上那整畦整畦翠绿欲滴的果林，是他一锄一锄挖坑、一畦一畦平土、一棵一棵种上去、一天一天照看而成长起来的。吴老板付出了艰辛，也收获了喜悦。他在这个山冈上建了漂亮的三层楼，成立了"绿然生态农庄"，接待络绎不绝的游客。这里的水果很受欢迎，因为它们是真正的生态水果。吴老板说种生态水果并不难，"少用化肥，尽量施用农家肥；少打农药，尽量依靠动植物间的相克相生，维持水土生态平衡"。吴老板的脐橙、柚子、青梅、枇杷等总是供不应求，一采摘下来，全家人就忙着清洗、分拣、包装，因为那些水果早已被福州、厦门和泉州的客商订购走了，要急着交货。

如今，在这片方圆万余亩的山冈、丘陵地上，吴纪堂带动了当地 18 户来开发果园，共开发了 4000 余亩，他们在山坡上种上了青梅、纽荷尔脐橙、加州黑李、台湾蜜雪梨、红心柚、早钟六号枇杷等一批水果，每到果实成熟季节，每天来客数百，采摘果品万斤。

近年来，湖洋乡党委、政府审时度势，在文光村调整农业产业结构，大力推广果树五新技术，优化种植，完善果园路网建设，新建农家餐馆五家、旅游接待中心一座、观音湖一个，铺设 12 米宽水泥大路 1.1 公里，各项基础设施日趋完善。2010 年，文光村被上级组织部门列为"新农村建设整村推进试点村"和"红土先锋党建示范村"。随着文光村观音井的山乡风景越来越美，田园休闲项目越来越丰富，文光村观音井百果园成为上杭县休闲农业、乡村旅游示范点。据统计，2010 年以来，观音井百果园共接待游客和采摘人员 15 万人次，旅游收入达到 300 多万元，每户果农平均纯收入达 12 万元。

密沟治理法

如果没有亲眼看见那几张陈旧的照片，我真不敢相信眼前绿意尽染的山上山下，过去尽是那般惨不忍睹：没有树木，没有植被，满山遍野的红土暴露于天地间，在白炽如火的烈日照耀下，山野上似血在奔流。崩沟纵横，崩岗兀立，一个个山头似一个个长满红疙瘩的癞痢头。不见一只飞鸟，不见一种虫兽，因为没有一片绿树和绿草供它们停留栖息，红土之上偶尔有几株衰草，和几棵半死不活永远长不大的老头松，孤独地在风中摇动——这里曾是一片不毛之地。

据副乡长陈仁河介绍，十几年前，这片土地十分贫瘠，处处是崩岗区，水土流失非常严重，可谓寸草不生。由于生态系统遭到破坏，村民们赖以生存的土地却种啥啥不长，一些村民只好背井离乡，外出打工谋生。指着那几张照片，陈仁河说："与过去对比，如今绿盖山坡，花果飘香，是当时的村民难以想象的。"

要让不毛之地变绿洲，红土地变绿土地，在治理上就得反其道而行之——将水土流失地变为保水、保土、保肥的"三保"生态地。其中关键的是最大限度地保水，只要能将全年所有降水全部转化为水土流失地的土壤水分和地下水，不仅能立即消除造成水土流失的水力侵蚀，保持水土，而且对改良土壤和改善生态发挥巨大基础性作用。由于全年降水量不均衡，实现保水的关键又在于，改变自然水循环方式，把特大暴雨条件下形成的所有降水都保留在山上。在此基础上，充分利用草本植物的生长优势，在沟内和沟埂播植多年生草本植物，不断施肥增效以快速形成紧密地贴地植被和积累土壤有机质及肥力，快速实现土壤改良和生态修复目标。土壤生态修复之后，马尾松可以在当年种植，阔叶树种可以在第二三年种植，这样年复一年，文光村观音井以及湖洋乡的水土流失治理就会取得成功。

陈仁河对我说："为此，我们独创了'密沟治理法'，即采取在强度水土流失区开挖品字形水平条沟，种草植树；在极强度水土流失崩岗区修筑谷坊，恢复植被。经过多年实践，证明这是一套行之有效的方法。"现在，他发明的这个方法受到省、市相关领导的高度肯定，国家有关部门已受理了他的专利申请。

全民动手、指导有方、坚持不懈，经过10多年的努力，作为上杭县水土流失较为严重的湖洋乡，如今，1095公顷的荒山坡地已经被改造为果园草地林区，沟渠道路纵横、草碧花香，水土流失治理初见成效。截至2011年，湖洋乡水土流失面积仍达14.90平方公里，流失率高达13.14%。2008年以来，乡党委、政府加快实施了岩头溪流域治理等一系列水土保持建设工程，在治理过程中坚持生态优先，山、水、田、林、路综合治理，其中2009年实施的岩头溪流域水土流失综合治理项目设计投资332.53万元，治理水土流失面积1095公顷，治理措施有封禁、推广沼气池等10多种，收效明显。

湖洋乡因地制宜，根据水土流失类型进行专项治理。对小流域上游轻、中度水土流失区，实行全面封山育草，严防人畜破坏和森林火灾，利用植物天然下种，实现退化生物群落自然恢复，增强流域上游山体水源涵养；对极强度水土流失的陡坡地，开挖水平沟，品字形布局，溶洼成库，高位节流，配套造林

弱鸟先飞录

种草 3.1 公顷，实现水不下山，水不乱流，使昔日光秃秃的不毛之地重披绿装。对水土流失严重的缓坡地实施"坡改梯"工程，配套道路、排水沟和蓄水池等水土保持防护工程，新开梯田种果 5.2 公顷，果园坡改梯工程 89.4 公顷，把昔日灾害性水土流失区变成生产性的坡耕地和高产优质果园，全乡建成高产优质果园 1200 余亩。同时对湖洋村三角塘地带众多崩岗群采取以推平作业为主的施工措施，化害为利，推平大小崩岗 38 个，形成平地达 600 亩，已落户龙湖织巾厂、塔牌混凝土等数家企业，工业集中区粗具雏形，发展势头强劲。此外，通过整治崩岗群形成的新村建设用地达到 1 万余平方米，较好地实现了崩岗群治理与经济、社会、生态效益的有机结合。

人文生态观音井

人们青睐文光村观音井，除了这里有美丽的山野风景和香甜的生态水果外，或许还因为这里有丰富独特的人文魅力。

此地为什么名"观音井"呢？因为有"观音"：从观音井北面的山头向西南方的状元峰望去，山形宛如观音卧像，其右侧山形又如观音圣手，当地人称之为五指山。也因为有"井"：湖洋乡是一个既无湖又无洋的缺水山乡，之所以取名"湖洋"，很大程度上寓意人们对水的渴望，但是在观音井之地地势平缓，水系纵横，水质甘甜清冽，与周边的陡峭山势和严重缺水状况形成鲜明对比，似真有神仙眷顾。在观音井两水交汇处有一泉眼，水质特别好，被当地人称为"观音井"，往来客商行人经过此地，都要歇歇脚，尝口泉水。

千百年来，围绕观音井，美丽的故事总是不断上演。

故事之一：曾经有一对年过半百未得子嗣的富商夫妇，长期在上杭紫金山采掘金矿，有一回路过"观音井"，在此喝水歇脚后不觉沉沉睡去，夫妇同时梦见观音送子，回家后富商夫人果然怀孕，生下一子聪明异常。富商大喜，从此专心事佛，并欣然出资修建了"观音井"和观音库。为了吸引众人前来朝拜观音，还在观音井附近放置了一对金砖，扬言"百步之内有金砖"，准备送给特别有福气的人，一时信众如云，观音庙香火鼎盛。不料方圆百里的女子慕名前来喝泉水、拜观音，梦想一夜暴富的人也悄悄前来反复踏勘，仔细搜查，自然一无所获。后来有一个广东商人路过，在井边趴着准备喝水时，因一块砖太滑，摔了一跤，恍然大悟，忙捡起砖块洗净，果然是一块金砖。原来客家话"百步"

与"趴步"同音，因此成就了一段古商道上的财富传奇，关于另一块金砖的存留去向，在民间至今众说纷纭。

故事之二：在观音庙门前，有一棵柳树和一棵桃树，日久成精，那修成男身的柳树精一心想与修成女身的桃花精结成夫妻，但桃花精就是不从，闹到观音庙。观音菩萨一面责备柳树精强人所难，一面看似同情地问柳树精："愿与桃花精结成对面夫妻还是侧面夫妻？"柳树精不假思索地说："当然是对面夫妻！""好！"观音佛手一指，柳树精在西，桃花精在东，一动不动，此后经年，虽然年年桃红柳绿，却始终是有名无实的"对面夫妻"。凡人从此称他俩为"柳树公公""花树婆婆"。

这两个故事所包含的三个内容——"送子观音""百步金砖""对面夫妻"，表达了客家传统宗族社会的价值观：香火传承、人丁兴旺；渴望富裕；两相情愿，百年好合。这一些传说，说明了观音井拥有丰富独特的人文底蕴。遗憾的是，"观音井"和观音庙在20世纪60年代"破四旧"运动中未能幸免于难，目前仅存遗址。然而，当地村民每年农历二月初八还保存着盛大的抬观音菩萨习俗，其隆重热烈甚于春节，让人深切感受到传统文化的力量。

如今的观音井成为绿意盎然，名副其实的百花园、百果园，这一切是否有来自观音的赐福呢？

离开观音井时，天色已向晚，我因急着要赶回县城的宾馆，一直陪同我的陈仁河副乡长对我说："你来观音井还有一个遗憾，就是没有尝尝地道的'湖洋蒸鸡'。"我说："留点遗憾，为下次再来留个念想吧。""湖洋蒸鸡"是湖洋特产，声名远播，我知道，有不少人不辞辛苦专程来湖洋，为的就是这锅"湖洋蒸鸡"。

让我没想到的是，当晚在上杭县城的晚餐里，上来的第一道菜便是"湖洋蒸鸡"，我夹一块放入嘴里，果然，香美无比，回味无穷，令人叫绝。

看来，我同很多来湖洋文光村观音井的游客一样，观美景、看果园、听传说、品蒸鸡，此行无憾矣。

2013年7月

精准扶贫在宁化

戎章榕

时值深秋，天空碧净，大地金黄。

在金秋收获的季节，对于22个原中央苏区县之一，23个省级扶贫开发工作重点县之一的宁化县，又多一分收获：实施不到一年的精准扶贫工作，创新"348"精准扶贫机制取得了实实在在的成效，得到了省市领导的充分肯定。

2014年11月12日，省委省政府在宁化县召开全省精准扶贫工作现场推进会。

与会代表实地察看了宁化县的精准扶贫示范点，不论是精准扶贫管理中心，还是客家小吃培训基地；不论是三明市级扶贫开发试点乡淮土乡，还是石壁现代农业观光园……都给大家留下了深刻的印象。

"加快转变扶贫开发方式，实行精准扶贫。"是习近平总书记提出的。李克强总理在2014年《政府工作报告》同时发出："我们要继续向贫困宣战，决不让贫困代代相传。"

斩钉截铁，掷地有声！

但是，"精准扶贫"到底怎么做？各地联系实践进行了许多有益的探索。宁化县创新的"348"扶贫机制确实让与会代表眼睛一亮，深受启发。

那么，宁化县是怎样对贫困户和贫困村做到精准识别、精准帮扶、精准管理和精准考核，引导各类扶贫资源优化配置，实现扶贫到村到户的呢？

2014年笔者两度走进宁化，都与扶贫有关。所见所闻所思，试图理清"宁化经验"。重访全省精准扶贫工作现场推进会的参观路线图走起，再度感受精准扶贫带来的变化……

一

与会代表首先来到了位于宁化县农业局大楼一层的精准扶贫管理中心。说

精准扶贫在宁化

是管理中心，实则是一块大屏幕和一间工作室。这是依托国家贫困农户信息管理系统和县"12316"农业服务设立的精准扶贫管理服务中心，这块大屏幕储存了丰富的有关扶贫的信息。

打开屏幕，呈现的是"宁化县三农服务综合平台"，点击进入是由四个方面的内容组成，其中之一是"精准扶贫管理服务中心"，上有三句话概括了该中心的功能：接受群众政策咨询，贫困人口动态跟踪，精准扶贫督查考核。再点击进入，有机构设置、目标任务等8个栏目。

在"目标任务"一栏中，明确标明：2015年，全县有三分之一以上贫困户脱贫；2017年，全县有三分之二以上贫困户脱贫；2020年，全县贫困户基本脱贫。贫困户实现"四有三保障"：有饭吃、有衣穿、有房住、有比较稳定的收入来源；义务教育有保障、基本医疗有保障、养老有保障。

在大屏幕前驻足良久，让笔者大为感慨的是，全县16个乡镇全面完成贫困户和贫困精准识别工作，结对帮扶工作100%完成落实责任人和制定工作计划，全县贫困户有7720户，结对帮扶的干部2150余名的信息——在册，一目了然。

将所有贫困村和贫困农户信息、致贫原因、帮扶措施和帮扶成效，按照"户有卡、村有册、乡有簿、县有管理中心"的要求，统计细分出来，这需要投入多少人力？想必是付出了极大的辛劳。面对我的提问，宁化县农办副主任罗光钟笑了笑说，这主要得益于县里今年3月开展党的群众路线教育实践活动，广大党员干部大力弘扬"马上就办""滴水穿石"和"钉钉子"精神，主动走进群众、了解群众、服务群众取得的成果。

精准扶贫重在扶真贫。县乡村均成立了精准扶贫工作领导小组，理清了工作思路，明确了工作目标，号召县乡党政干部、专业技术人员、驻村任职干部等与贫困户结对帮扶，扑下身子，摸清实情；精准识别，分类管理。然后动员处级干部每人挂包帮扶6户，正科职级挂包帮扶5户，副科职级挂包帮扶4户，专业技术人员和一般干部挂包帮扶3户。广泛开展"送资金、送政策、送技术、送信息"，帮助贫困户拓宽增收渠道，改善生活条件。

精准扶贫贵在真扶贫。减贫脱贫，关键是发展产业。重点在扶贫产业选择，增强农民增收致富的内在活力、内生动力与"造血"功能。做到"一村一策、一户一法"，努力实现"每个贫困村发展一个以上主导产业、每个贫困户参与一个以上脱贫产业"的目标。宁化县在摸清情况后精准扶持，细分扶贫对象，细化扶贫资金，帮助贫困户主动融入县里主导确定的客家小吃产业、薏米产业、河龙贡米产业、油茶产业、獭兔产业、茶叶产业、大棚果蔬产业、花卉苗木产业、蛇产业、烟叶产业等10个带动能力强的特色产业。积极鼓励贫困农户加入农村合作经济组织，按照"公司＋基地＋专业合作社＋贫困农户"的合作模式，培育一批特色优势产业村、种养户，以产业发展带动产业结构调整、农户脱贫致富。

宁化县精准扶贫的最大亮点是，探索建立了"348"精准扶贫工作机制。精准识别，让扶贫不掺一丝杂质；精准管理，则让扶贫在阳光下透明运行。

所谓的"3"，就是精准识别贫困对象。采取"一申请、两比选、三公示"的"三步工作法"。"一申请"，即农户申请，以2013年农民人均纯收入低于3300元（比全国标准高1000元）为标准，以村民小组为单位摸清贫困户的数量；"两比选"，即由村民小组、村委会先后对初步对象进行比选；"三公示"，即由村民小组、村委会、乡镇政府分别对比选确定的对象进行三轮为期7天的公示，最后将贫困户名单报县里审核确定。

有了精准识别，解决了扶贫开发工作中底数不清、目标不准、效果不佳等问题，拿群众的话来说是改"大水漫灌"为"精确滴灌"。

确定贫困农户名单，进一步精准分析致贫的原因，也就是"4"。把贫困户分成"扶贫户、扶贫低保户、低保户、五保户"四类，并按照"四因四缺"（因病、因残、因学、因灾和缺技术、缺资金、缺劳力、缺动力）再进行细化分类。得出宁化县贫困人口占（全县农业）人口的10%以上，其中因病、因残、缺劳力占50%。

明确贫困的目标，分析致贫的原因，再由扶贫部门有针对性地帮扶。授人以鱼，更要授之以渔。探索总结了"干部入户、农民入社、资产入市、土地入股、龙头带动、基础联动、项目推动、资金驱动"等八种精准扶贫帮扶模式。

第二天，由于时间关系，县农办的同志带我走访了两种类型的帮扶模式。一是入股分红型，二是基地托养型。

入股分红型是按照"保底收入、盈利分红"的原则，将已确权的耕地、山地、林地等流转到龙头企业或专业合作社规模经营，流转的土地折成股份入股，提高土地收益率。石壁现代农业观光园引进建设智能温控蔬菜基地，流转土地每年每亩收入保底不低于800斤稻谷，盈利部分再按5%的股份分红。黄先永是石壁镇江家村的低保户，患有压迫性神经坏死症，无劳动能力，按入股面积 3.08 亩计算,除了稻谷外,每年还有三四千元分红。此举得到了陈荣凯副省长的肯定,提出要学习推广石壁"土地入股分红"模式。同样,宁花科技食品有限公司引导农户以山地或油茶林等作为股权入股,采取"公司管理、产量分成"的合作机制,实行"单产保基数、增产按比例分成"的分配办法。目前参与入股合作的有 1350 户(其中 572 户为扶贫户),合作开发基地面积 12000 亩,实现年产值 4560 万元。

福建鑫鑫獭兔有限公司是一家养殖獭兔的农业产业化省级龙头企业。为了带动贫困户与企业联动发展,公司在基地内建设标准化养殖兔舍,吸收贫困户入园养殖,给予"两免两补三减一上浮"优惠扶持,2013 年有 42 户贫困户入园养殖,脱贫的有 39 户;2014 年入园 130 户贫困户,有 120 户可实现脱贫。现已带动闽赣两省 30 多个县市 3000 多农户养殖獭兔 200 多万只,参与獭兔养殖的农户年户均增收 5 万元以上。

针对贫困原因,县委县政府还在 2014 年 8 月出台了"结对帮扶、因灾救助、大病救助、学生就学帮扶、农业科技服务、劳动力互助、小额信贷担保帮扶、创业就业帮扶、精神激励帮扶、五保低保户帮扶"等精准扶贫十项制度。每一项制度的背后基本上都有资金配套等实打实的扶持,含金量高。

同时,加强服务管理,做到公共平台、建档立卡、工作手册、动态跟踪、专项考核、督查问效"六个管理"到位,为推进精准扶贫提供了全方位的制度保障。其精确管理还表现在对贫困农户和贫困村实行动态监测上。每年年初对贫困农户、贫困村信息进行更新,对已超出贫困标准的,及时退出监测系统;对返贫的农户、村,及时纳入监测系统,实行及时进入或退出信息监测系统的动态管理。贫困对象"有出有进",跟踪服务跟进不懈。

二

与会代表参观的第二个点是客家小吃培训基地。对此,笔者并不陌生。

2014 年 5 月,曾随省扶贫开发协会、扶贫基金会来到宁化县调研。第一站是参观设在三明工贸学校小吃培训基地。

调研期间,县委书记肖长根全程陪同。经调研与思考,给我诸多的启示。小吃培训不只是增加技能的一种形式,将做大客家小吃产业与促进扶贫开发结合起来,正是从实际出发,转化当地资源。于是,在 6 月 13 日的福建日报发表了一篇言论《小吃培训与精准扶贫》。

小吃培训因地制宜。宁化客家小吃有 300 多个品种，列入福建省烹饪协会认定的福建名小吃就有 41 个，是客家人千百年来烹饪技艺的结晶。从 2012 年起，当地县委县政府决定发展客家小吃产业，成立了领导机构和办事机构，出台了扶持政策。并依托当地职业教育资源，把小吃培训作为群众脱贫致富的一个抓手，把优势做足，把特色做强，把短板补上。

　　小吃培训因时而变。伴随工业化、城镇化加快推进，村庄空心化、农村老龄化趋势加重。宁化县依托三明工贸学校的现有资源，开展"小吃致富培训班"，其中也为留守妇女和有劳动能力的老人免费培训，提高其就业、创业能力，促其逐步融入城镇生活，既帮助其脱贫致富，又满足工业化、城镇化对合格劳动力的需求，还促进职业学校的转型，一举多得，三全其美。

　　小吃培训见效明显。小吃开店门槛低，进账虽不多但每天都能见到钱。再加上政府提供贴息贷款，制定统一的店面标识，免费提供餐具、制服等优惠政策，依托产业搞培训，做到"培训一人、转移一人、就业一人、脱贫一人"。宁化人刘明喜在广东潮州开了客家小吃店，一年赚回 10 多万元。

　　2014 年宁化县新增培训从业人员 2280 人，新增县外开办店面 608 家。牵头组建海峡两岸客家小吃协会，成功举办首届海峡两岸（宁化）客家小吃节。由此可见，政府的主导力量。

　　小吃不小，作用不可小觑。正如省委副书记于伟国的评价，这是转移农村劳动力的重要举措，也是贫困户脱贫致富的重要途径。小吃不小，关键做大做强。精准扶贫更体现在帮到点子上，扶到人心里。小吃来自民间又回归民间，只有让更多的人自愿加入小吃从业者中来，产业发展才会有后劲；只要把客家小吃产业做得像沙县小吃一样，就一定会带动一部分人脱贫致富。

　　如今宁化客家小吃培训累计 5000 多户，县外开店 2000 多户，覆盖全国 20 多个省份。宁化计划通过 10 年时间在全国 10 个以上城市发展到 3 万个店，打造成全国知名品牌，带动农民就业 6 万人，其中贫困户开办小吃店占 10% 以上。

三

　　当与会代表来到淮土乡，参观的虽是禾坑村"搬迁改造"型的扶贫情况，但意义已不局限于此。

　　淮土乡作为三明市唯一的精准扶贫工作试点乡，围绕"怎么试、帮扶谁、谁去扶、怎样扶、长期扶"等五个方面，采取精准措施推进扶贫试点工作。

设立试点乡的意义在于示范的作用。同样，在宁化县召开全省精准扶贫工作现场推进会，也在于示范的作用。

以点带面、典型引路、积累经验，全面铺开历来是我党的重要工作方法之一。

肖长根书记非常欣慰地说，2014年全县预计可实现脱贫1778户、5513人，减贫幅度可达23%。

宁化县精准扶贫为什么有良好开局、走在全省前列？为什么能够推出可复制、可推广、可持续的精准扶贫经验？这与三明市委市政府的指导和支持是分不开的。

当省委九届九次全会之后，当省委确定23个省级扶贫开发工作重点县，当《省委、省政府关于进一步扶持省级扶贫开发重点县加快发展的若干意见》出台后，三明市委市政府在2013年底出台了《关于进一步加强扶贫开发攻坚工作的八条措施》；当精准扶贫新理念提出来之后，三明市委市政府又在2014年4月又率先下发了《关于大力推进精准扶贫工作的实施意见》。

宁化县精准扶贫工作，始终得到了上级领导的高度重视。从6月16日国务院扶贫办督导组至宁化县检查督导建档立卡工作，到7月18日三明市委市政府工作检查组调研检查宁化县精准扶贫工作开展情况；从6月25日省委副书记于伟国到宁化调研精准扶贫工作，到7月2日在宁化召开的三明市精准扶贫工作现场会……所有这些，都集中体现了中央和省市委服务全党全国工作大局的重大部署，战胜贫困、全面建成小康社会的政治责任和历史担当。

全省精准扶贫工作现场推进会在宁化县召开，对宁化县是极大的鼓舞和鞭策，对其他县市也是很好的促进和推动。

笔者在宁花科技食品有限公司参观时发现，"淮土茶油"商标的茶油，获得国家地理标志产品！一个乡镇的物产能够进入国家保护的范畴，说明它的特别，它的与众不同。由此联想，淮土乡作为精准扶贫工作试点乡，对于三明市的示范意义；在宁化县召开全省精准扶贫工作现场推进会，对于福建省的推广意义。

福建省区域发展不平衡，山海发展差距大，全省尚有23个扶贫开发工作重点县，扶贫开发任务依然十分艰巨。精准扶贫是个新生事物，需要宁化经验推广，需要各地结合实际积极探索。因此，不仅要精准扶，还要持续扶，一直扶到"开花结果"。

2015年3月

龙腾山岭奔小康

——漳浦县老区龙岭村脱贫侧记

严利人

  闽南漳浦县老区龙岭村，位于石榴镇北部深山，四面山峰蜿蜒如龙，故而得名。龙岭村与山城村、车本村相邻，车本溪、山城溪汇流到此合成龙岭溪，溪流由北向南从村境穿过，汇入鹿溪奔向大海。

  龙岭村，作为漳浦县唯一的市级扶贫村，现今已整体脱贫。下面，说一说他们是如何打好这场攻坚战的。

  龙岭村周遭，山高道弯路狭，自古出入靠步行，因此，道路成为发展的瓶颈。要致富，先修路。近年来，国家投资3亿多元，从梅林到车本修筑了一条33公里水泥路。接着，凿岭填谷，建设一条高标准的红色旅游线路到龙岭村。

  精准帮扶，给龙岭脱胎换骨。龙岭村现有321户、1220人，党员64名。耕地1200亩，果园2000亩，林地17320亩。村辖龙岭头、杆仔脚、过溪、口角、田洋、通坑6个自然村，8个村民小组。全村有24户贫困户、84人建档立卡。政府部门为每个贫困户制定了脱贫计划，做到因地制宜、因户施策。通过技术培训指导、发放小额贷款等办法，扶持其中12户发展种植、养殖特色产业，使他们走上可持续发展之路；帮助联系就业5户，一户一就业；搬迁改造安居工程13户，一户一新房；对符合政策的对象，办理低保20人、五保4人。经过一番努力全村达到脱贫的标准。

  下面，记载的是几户重点贫困户的脱贫经过。

  吴亚坤夫妇先后患重病负债，其子女外出打工办厂货款被骗卷走，一家5人生活陷入绝境。被确定为精准扶贫对象后，县委书记亲自挂钩帮扶，通过小额贴息贷款3万元，帮扶养鸭360只，帮扶种植柠檬，同时将其纳入危房改造对象，建新房85平方米。2017年吴亚坤家通过养鸭收入15000元，种植柠檬收入3000元，务工收入12000元，人均可支配收入6000元，顺利实现脱贫。

吴向东一家3口人，10年前他因腰椎间盘突出造成半身瘫痪，卧床不起，生活无法自理。妻子平时照顾他，无法劳动，儿子读初中，家庭没有经济收入。2016年他被纳入健康扶贫医疗救助对象，身体渐渐康复，能下地活动。通过小额贴息贷款资金扶持，帮他家养蜂40箱、养填鸭120只。2017年，养蜂收入12000元，填鸭收入8000元，人均可支配收入6600元，顺利实现脱贫。

吴水忠一家5口人。妻子前几年因手术欠债6万元，自己不慎跌倒摔断了大腿，住院手术，又负债3万元，债台高筑。通过资金和技术扶持，他家发展蜜柚、青枣种植。去年蜜柚收入22000元、青枣收入20000元，人均可支配收入8000元，顺利实现脱贫。

上述几户脱贫，是龙岭村脱贫的缩影。据统计，全村2017年农业经济总收入1810万元、人均可支配收入13200元、村集体收入13万元，分别是2014年的1.7倍、1.67倍和13倍。

2016年4月，龙岭村被省政府列入红色旅游特色景观带村。为吸引客源，龙岭村从加强基础设施投建和村容村貌改观入手。4年来，已完成及在建的项目有18个。其中有：饮用水工程、电网改造、连通自然村的水泥路、村文化活动中心综合楼、美丽乡村外景景观工程、场地硬化及环境整治、排水、排污、危桥改建、光伏电站建设等，总投资达800万元。走进村子，但见村道宽阔平坦，道旁竖立着一排排路灯杆。村内多数住户正在按照村远景规划和审批程序，进行路、水、电、网络、排水系统配套工程建设。一幅"天蓝、山绿、水净、民富"的富美山村宏伟蓝图正在绘制之中。

龙腾山岭奔小康，幸福生活万年长。龙岭村人正遵照习近平总书记2015年3月6日的指示："要着力推动老区，特别是原中央苏区加快发展，立下愚公志，打好攻坚战，让老区人民同全国人民共享全面建成小康社会。"一步一步脚踏实地往前走。

振村庄之神　兴乡土之魂

崔建楠

每个人心里都有一个乡村的模样。

人们喜欢乡村，盼望回归田园生活，但目前乡村的凋敝和失序，却又让更多的人离开乡村前往城市。

我们还能回归乡村吗？或者说，中国社会在推进城市化的同时，是否还能迎来"乡村的振兴"？让我们既获得城市的繁华，又能享受乡村的美好，生活能够在城市与乡村之间"自由地切换"。

党的十九大报告中提出"乡村振兴战略"，为城市和乡村的共同繁荣指出了明确方向。2018年"一号文件"提出了实施乡村振兴战略"三步走"的时间表，与推进国家现代化时间表高度一致。这反映出党中央的意志与判断：没有乡村振兴的决定性进展，就不可能有中国特色社会主义国家现代化的实现。

福建漳州芗城区天宝镇干部群众的实践，对"乡村振兴"具有建设性的借鉴。

上篇　追寻鸿湖的灵魂

在天宝镇洪坑村里，有一方源自天宝大山的湖水，叫鸿湖。因此洪坑村古称"鸿湖社"，是九龙江流域一个典型的闽南古村落。洪坑村坐落在天宝山下，在村中任何一家的院落里，一抬头，都可以看见北面天宝山葱茏的身影。据《开漳戴氏源流》记载，戴氏祖先自明朝在此开基立派，清朝康熙末年，由戴氏36世孙戴富（字伯嘉）经商发家后，连续4代人先后在鸿湖北面建造7房大厝，时间历经雍正、乾隆两朝，形成了如今的古建筑群。

洪坑古村落年代之早、规模之大、布局之独特，是闽南建筑的杰出代表，对研究闽南古代民居建筑有着重要意义。但是洪坑村更有意义的是流传至今的"戴氏家训"。

我们在洪坑村年轻的"大学生村干部"小韩的带领下，前往洪坑村探访，意欲寻找到古村的灵魂。小韩是天宝镇人，从福建警察学院毕业之后到洪坑村做村主任助理。我们走进村里时，正值午后，村中空无一人。

我们先去看了一块碑，这是一块"示禁碑"，它镶嵌在村中一座古厝的外壁上，只有80厘米高、40厘米宽，碑额上镂刻着"鸿湖社会禁牌"6个大字。碑文后书"康熙五十七年戊戌仲春吉旦公立石"，距今整整300年。碑文共计104字，碑文曰："公立禁约各宜恪遵，如或故违小则会行罚，大则呈官究治，所有约条开列于后，族人不许犯尊欺弱、窃取物件；前埕不许架棚、作厕、栽植果木；湖墘不许开井、筑园、起盖小屋；湖内不许私渔放鸭、混取泥土"。

据说，曾经有本地媒体来访问，偶遇村中老妇，老人随口就可以说出碑文的内容。该记者在文章里说到，那是一位60多岁的戴阿婆，听闻记者慕名探访示禁碑，立刻脱口说道："不能在房子正门前的公共空地上搭棚、建厕所、种果树；不能在湖泊旁边凿井、造园林和房子……"。记者问阿婆是否识字，她开怀大笑说，大字不识一个，但从小听长辈一遍一遍地讲，便"长"在脑子里了。这块示禁碑碑文的大意人人皆知，从前没人敢不遵守，违约的人都会受到惩罚。小韩说，这块示禁碑原来镶在村里一座叫"庵后间"的古厝外壁上，岁月流逝，石碑被掩埋在泥土之下，"消失"过很长一段时间。后来洪坑村建设美丽乡村示范点，工作人员在调研中意外发现这块示禁碑，古碑才重见天日。

一块示禁碑，为何可以潜移默化地影响村民300年？

但凡古代示禁碑镂刻的内容都是禁条或禁示。主要分为两类，一类是官方出的禁告，考虑纸张难以长期保存，便将禁条刻在石牌上，以作长期警示。另一类是民间的禁示，它是村中族人领袖以及有威望的家长商议后共同约定下来，要求村民族人共同遵守的。"鸿湖社会禁牌"属乡规民约，对象是洪坑村村民，又因该村同为戴氏宗亲，该禁碑便成了族规，因此可以传承至今。古代乡村乡民识字不多，王法不足以维护社会安定，禁示以血缘为纽带，以乡规民约自制，是对王法的补充。

洪坑村"示禁碑"只是这个村庄族群精神的一个缩影，影响村民几百年的还有戴氏家族的家训。

洪坑戴氏源自墨溪戴君胄，戴君胄为陈元光三女婿。墨溪戴氏耕读并重，文风昌盛，曾有十进士、九举人等非凡成就。洪坑村戴氏沿袭先人祖训，崇文重教，贤达辈出。戴氏祖祠是洪坑村戴氏族人心中的圣地，据说建于明洪武年间，至今已有 700 多年的历史。在村中的一座戴氏祖厝里，村民们建设了一个"鸿湖戴氏家风馆"。

我们走进了这座戴氏祖厝，修缮一新的祖厝迎面就是记载着戴氏家风的几块展板。其中一块展板是戴氏治家格言，原文如下：

> 士农二业俱要勤，方能成立免求人，莫违我言去游荡，负我嘱托误汝身，递年春秋宜祭扫，神喜人安福自臻，男勤耕种家充足，女勤女缝衣服新，为士勤学能时习，佇拟登科上国宾，有时功者有时效，忍劳苦者作士人，若有子孙为官者，好把清心为帝臣，寸心无贪行忠效，务行德政为万民，合将祭田余租谷，预先积顿难钱银，亲送任所交应用，足养廉节不辱亲，不愿子孙贪政富，惟要学贤守清贫，莫恃强横强难久，伸而且屈屈复伸，子孙若能遵我命，福禄陈陈自相思。

这个治家格言既说了辛勤耕读；也说了敬祖忠孝；不希望子孙贪图权力富贵，要子孙学圣贤守清贫，字里行间几乎涵盖了中国传统文化齐家治国平天下的理念。

而在另一块展板里是戴氏处世家训，原文如下：

> 一当穷，多因放荡不经营，逐渐穷。二当穷，不惜钱财手头松，彻底穷。三当穷，朝朝睡到日头红，懒惰穷。四当穷，家有田园不务农，失业穷。五当穷，结识富豪为亲翁，攀高穷。六当穷，好打官司逞英雄，斗气穷。七当穷，借债纳利当门风，自弄穷。八当穷，妻孥怠惰子飘逢，命运穷。九当穷，子孙相交无良朋，局骗穷。十当穷，好酒贪花闹酒盅，容易穷。

这个处世家训通俗易懂，解释"十穷"，字字劝诫。

漫漫岁月，洪坑村人将这些当作祖训，自觉遵守，人人敦亲睦邻，家家安定祥和。细细去读这些饱含着中国人为人处世文化精髓的训诫，戴氏一族"寸心无贪行忠效，务行德政为万民"的家族传承，对戴氏家族的兴旺发达影响深远，这才是鸿湖的灵魂。

地方文化是乡愁的载体，更是乡村振兴的灵魂，而建筑和空间环境只是文化的外化表现。洪坑村的规划、修复和改造，首先进行的是文化的挖掘与定位，挖掘和确立这个乡村独有的文化内涵，实施"文化定桩"。

洪坑村的戴氏家风家训就是全村（全族）普遍接受的"文化认同点"，修复和重建这个文化传承点应该是实施乡村振兴战略最重要的根基。这一文化挖掘，成为洪坑村乡村振兴规划的起点。

洪坑村默默无闻地在天宝大山下"隐藏"了600多年，近年才被人们发现。2013年，在住房和城乡建设部、文化和旅游部、财政部主办的第二届中国传统村落评选中，洪坑村光荣入选中国传统村落名录。

我们在小韩的带领下，走进了迷宫一样的古厝群。

洪坑古村落主体建筑里最重要的是大房、二房、三房、四房、六房头和当店巷等建筑。据传戴富经商，积有巨资后，开始建房。他生有四子：长子戴燕山，次子戴侃，幼子戴少峰，四子戴算。四兄弟在清初商品经济刚刚萌芽的时候，弃农经商，开设当铺，富甲一方。大房由戴富始建，直到其长孙才竣工，倾注了祖孙三代人的心血。大房门厅梁架上雕刻了琴棋书画等图案，花卉草木雕梁画栋，百年过去了，依然纹理清晰，栩栩如生。二房也是三进二院落，美观大方。三房朝纵深方向发展，前后五进三院落，规模更大。四房存心要与三房攀比，特地按"一厅两房"的布局建设，在厅堂的两侧又加房，各自围成一个小院落，气势非凡。戴氏兄弟争奇斗巧，竞尚奢华，建造起一片府院华宅。据传，当年造厝的全盛时期，石料与砖瓦都是从泉州水运而来。相传，建厝时为追求石雕的精致，戴家就以一斗白银换一斗雕刻时产生的石粉。因此被编成歌谣："有洪坑的厝，无洪坑的富；有洪坑的路，无洪坑的石铺。"

洪坑古厝依坡面水而建，错落在青山绿水之中，与大自然融为一体。暗红色的屋面斜坡纵横交错，秩序井然；院落的格局依然完整，从容地向水平方向铺展；屋脊线是舒缓的，檐角略略起翘，波浪一般涌起。我们走出了这片古厝群，站在了鸿湖的水边，展开思路去想象那个时代的洪坑村早先称"鸿湖社"，现在所说的"洪坑村"包括"洪坑""林前""布坂"三个自然村。美丽的鸿湖横过村前，湖面波平如镜，蕉园环绕着整个村子，古村落俨然若城，翠绿阔大的香蕉叶临风摇曳，远处的天宝大山流云飞驰，云霓万千。

最后，我们走进了一个叫"鸿湖乐居"的石堡，看着楼的名称，就可以揣摩出主人安居乐业、喜乐平安的美好愿望。

鸿湖乐居是村中唯一的一座三层古厝，形似闽西南土楼，各间相通，冬暖夏凉。上下有房 50 余间，曾经住着 18 户人家。二、三层分别设有枪眼及瞭望口，在古代具有极强的防御功能。遗憾的是，如今古堡房梁倒塌、瓦砾满地；野草疯长、人去楼空，让人心疼不已。在古堡的北面，一棵只剩根部的古榕的须根深深地攀附在古堡的石墙上。据说这棵榕树的树荫可以覆盖整个古堡，想象那个时候，绿荫之下，门庭喧闹，人们安居乐业，一派祥和。

小韩告诉我们，洪坑村对明清老宅院的保护和维修，这几年一直都在做。2013 年，天宝镇就制定了《洪坑村历史文化名村保护管理办法》。近年来有关洪坑村明清古建筑群保护的话题，引起了漳州市和芗城区两级政府的高度重视，市、区各级主要领导多次前往实地考察调研。"鸿湖乐居"圆形城堡、戴氏宗祠"世泽堂"、圆应宫等特色建筑均被列为市级文物保护单位。洪坑村每年平均会将一至两房进行重修，古民居的日常保洁、维护工作及相关的基础设施建设，由村委会组织实施。

"希望将来，在对洪坑村旅游资源进行整体规划的基础上，在古建筑保护专项资金的支持下，适当开发、合理挖掘老祖宗们留下来的历史文化遗产，统一风格、招商引资，使洪坑村明清古建筑群的保护和利用走上良性循环道路。"年轻的小韩如是说。

房子坏了可以重修，而人心呢？一个村庄的灵魂呢？鸿湖乐居的衰败给我们什么启示？那不死的榕树根系又在暗示着什么？

洪坑村的戴氏家风家训是历史上乡村宗法制度的结晶，其思想里的精华是应该继承的。相对于古宅的破败，乡村精神的断裂和修复才更为重要，因此，重建和重塑乡村的精神，才是乡村振兴的头等大事。

下篇　天宝的那片"香蕉海"

洪坑村重现重塑戴氏家风家训是乡村振兴的重要抓手，而天宝镇乡村振兴的地方文化"点桩"是林语堂。

天宝镇五里沙村是林语堂先生的出生地和祖籍地。晚年的林语堂因为思念家乡，一直想迁居五里沙村，但因种种原因无法圆梦，只能定居台湾，与家乡隔海相望。

林语堂去世后，家乡人民怀念他，2001 年就在他父母的长眠之地五里沙村虎形山上的一片香蕉林里建了一座"林语堂纪念馆"。近年来，当地政府启动了香蕉海景观提升工程，在虎形山的香蕉林里铺设了绿道和电瓶车道，我们由山下乘坐电瓶车前往林语堂纪念馆和林语堂故居。

17年前建起的林语堂纪念馆被蕉林环抱，我们的电瓶车穿行在蕉树林里，蕉风阵阵，幽雅清静得似乎可以听见蕉叶相互摩擦的沙沙絮语。而两百多米外"天宝阁"下刚刚落成的林语堂故居，则是按照林语堂台北阳明山故居一比一复制的。

就一座府邸来说，林语堂故居是十分简陋的，两层回形建筑，书房卧室客厅从大门开始向左右两边延展，中间留出了一方天井。中欧结合式的建筑在天宝蕉林的万绿丛中格外显眼，一砖一瓦无不展露出一种温润而随意、雅致而洒脱的独特韵味。

一方水土养育一方文化，乡村振兴的重要内容是给乡村一个"文化定位和定义"，修复和激活特色文化功能，形成特定的"乡愁"和文化印记。天宝镇立足完善"语堂文化"的肌理，打造"香蕉海"特色小镇，天宝镇一步一步走出了乡村振兴的独特道路。

天宝镇是一座千年古镇，天宝香蕉是国家地理标志保护产品，香蕉种植历史长达1300多年，其主产区被评为"农业部南亚热带作物名优基地"、国家香蕉产业技术体系示范区，产业基础扎实。天宝香蕉小镇以"生态+、农业+、旅游+、互联网+"为理念，引导香蕉种植、精深加工与研发、科教、文创、旅游、养生养老等产业的深度融合，建设传统农业转型升级示范区和香蕉主题旅游目的地。

产业经济是乡村振兴的"造血机"，是乡土文化和空间环境建设的经济基础，要为乡村振兴提供原动力；文化功能是乡村文明的灵魂，是乡村产业经济发展的目标和意义所在；而空间环境建设是产业经济发展和社会文化的物质载体，空间环境的改善可以促进乡村产业经济能级提升，并为乡村社会文化活动创造物质基础。

据悉，天宝香蕉小镇总投资约14.4亿元，集生产、研发、科教、文创、旅游、健康养生等18个项目，其中文旅配套项目总投资1.8亿元。未来，芗城区天宝镇将依托天宝香蕉小镇，通过高品质的统筹谋划和有计划的系统实施，以现代香蕉农业为核心，农业生物科技研发和农副产品精深加工为转型重点，大力推进发展文化旅游和商贸服务业，使天宝香蕉小镇成为全省乃至全国，推动农业供给侧改革和新型城镇化的农业类特色小镇样板。

天宝特色小镇建设配套融合了蕉园风光、语堂文化、亲水滨江、玉尊朝圣四大元素的"天宝香蕉海"，目前，特色小镇中做得较完善的是文旅配套项目。语堂纪念园、玉尊朝圣园、滨江休闲园、蕉林观光园都在抓紧建设，天宝香蕉园景观提升工程（一期）中的天宝香蕉海景区入口、林语堂故居、园区电瓶车道等已建成。香蕉海景观提升（一期）工程坚持原生态的建设理念，突出绿色、突出蕉海风光，让绿道步道、语堂故居等与生态香蕉海融为一体、相得益彰，进一步做足香蕉海味道，让旅游者在这里更好地清新呼吸、休闲"发呆"。

漳州市委书记檀云坤接受人民网专访时，谈到漳州将坚决贯彻落实习近平总书记在党的十九大报告中有关生态文明建设的重要论述，持续探索"生态+"模式，不断延展"生态+"效益，努力打通绿水青山向金山银山转换通道。作为漳州"五湖四海"生态景观建设项目的重要组成部分，"天宝香蕉小镇"就是"生态+"模式的具体实践。

中国的城市化浪潮，促进了中国经济40年的快速发展，而乡村振兴这一"规模化内需"对经济增长拉动的潜力巨大。随着国家现代化进程的推进，"回归乡村"有望成为一种社会趋势，新一代互联网、大数据等新型技术的快速发展，使得"城乡同构"成为可能，越来越多的人会选择在乡村生活、就业、学习、养老。"城乡共享"的社会发展新模式、新阶段开始出现。建设"城乡共享社会"，促进更深层次、更广范围内城乡的功能分工协作和资源要素的自由流动，为实现城乡共同繁荣提供了新的思路和路径。

中国正在以自己的道路模式解决乡村问题，中国农村的丰富生态和创新精神，为乡村振兴营造了良好内生动力。

2018 年 9 月

振村庄之神　兴乡土之魂

一个女人和她的村庄

朱谷忠

人与村庄的巨变

先说这个村庄。

它叫南坑，离县城不过5公里，地势自北向南，呈月牙形。回环俯视之间，但见淡蓝的天幕下，黛山连绵，田园如织，农家房舍，错落有致。最是那一湾清澈的溪水，蜿蜒而来，叮咚作响，两岸修竹茂林，浮岚飞翠，鸟声鸣啭。细一看，溪边供观光休闲的木栈道，游客三三两两，或举步，或探身，好像在观望荆花棣萼，又似在欣赏竹影波光。

初来乍到的人，都不相信这里只是长汀县策武镇的一个山村，更不相信这个地方过去还有个难听的别名："难坑"。

不过长汀人都知道，南坑过去之所以被人叫作"难坑"，是因这里是个水土流失的地方，山光水浊，地瘦人穷，生活难，做什么都难。长期以来，这里的村民过的是"种田填不饱肚皮，打鱼摸不到虾米""砍柴刈草换油盐，养头瘦猪为过年"的日子。结果，山越砍越光，人越来越穷。有说是，那些年正因这种恶性循环，这儿几乎不闻虫声，不见栖息的飞鸟，只有贫穷，像山一样沉重地压在南坑人的头上。

"穷则思变"，这话没错。但怎么变？从哪开始变呢？

这又得说到一个人，一个女人。

她叫沈腾香。1997年4月，这个出生在河田，嫁到策武南坑村的女人，当时32岁，她压根就没想到会在那一天被推选为该村的党支部书记。尽管她叹息过，自己从出生的地方到出嫁的地方，怎么都是有名的穷山恶水，亲身体会着严重水土流失给人带来的危害和贫穷，但要如何带领群众治山治水，脱贫致富，立刻成了压在她心上的沉甸甸的责任。

日子飞一般地过去了……

现在，凡见到沈腾香的人，都会在心里夸奖"这个女人不简单"。这不单是因为看上去她显得亲切、沉稳、大方，身上似还透着几分男人的英武之气，更重要的是，她像一只越飞越高的领头雁，勤勤恳恳，围绕一心"脱贫奔小康"的目标，带领全村党员、群众解放思想，抢抓机遇，立足本地实际，全面调整农业、产业结构，向山进军，向水进发，在上级党政及各部门的支持下，以及长汀县一个叫"凌志扶贫协会"的帮助下，走出了一条具有南坑特色的"牧—沼—果"现代生态农业的水土流失治理和发展模式，把养殖、种果、节能和改善环境卫生等有机结合起来，把单一产业与多种产业相连接，促进了全村种养业的规模化、产业化，广大村民从此走上了共同致富的小康之路。

南坑，这个原本很不起眼、贫瘠落后的小村庄，2005 年 10 月一跃成为全国创建文明村镇工作先进村，此后又先后获得国家、省、市、县授予的"全国文明村""先进基层党支部"等多种荣誉称号。2008 年 4 月，沈腾香被中华全国妇女联合会授予全国"三八红旗手"荣誉称号，此外还先后被省、市评为"优秀共产党员""劳动模范"等多种光荣称号。当选为福建省第七、八、九次党代会代表，连续 4 次当选为龙岩市党代会代表，还当选为第三届龙岩市人大代表。

这个女人和她的村庄，确实很不简单。

沈腾香的角色转换

既然不简单，那就从头细说吧。

1985 年的一天，还在贫困中度日的南坑村，迎来了一位相貌端庄的新嫁娘沈腾香。她是河田中学 1980 届的毕业生，原先在家乡北坑村一所小学任代课教师，后又去学裁缝；心灵手巧的她，当时就用这个手艺到宁化一带谋生。出嫁的这一天，她才想到，家乡叫北坑，要嫁去的地方叫南坑，这一北一南，还是未跳出那个"坑"呢。当然，南坑村也没想到，这个从北坑嫁过来的女人，此后会在这里与村民一道追寻一个世代祈求的梦想。

沈腾香嫁来后发现，南坑实在太穷了，许多人常年穿着破旧衣服，缝缝补补洗洗，她的缝纫手艺几乎派不上用场。1986 年，策武镇毛巾厂筹建，她去应试，被选中送到上海培训。次年回来，被指定为质检车间主任。谁知好景不长，1989年工厂倒闭，她又回到南坑村，一边种稻、种地瓜，一边兼做裁缝艰难度日。她发现，村里山上的柴草都被砍光了，要去5公里以外的深山中才能勉强砍到一些柴草。由于山体风化严重，村里的小溪每逢雨天山洪过后，就会垫起一米多高的泥沙，每次都得全村出动捞沙抢溪，苦不堪言。沈腾香心里想：这样下去，怎么行啊？但当时的她，确实也没能想出什么办法。

1993年，南坑村有个原在厦门民政局任副局长的乡贤袁连寿退休回来，看到南坑还这么穷，不禁心急如焚。他知道宁化一带有荒山种果的经验，便自费前去考察，也学到了经验。回来后立即筹钱成立了凌志基金会（后改为"凌志扶贫协会"），并聘请了长汀县政协原副主席廖英武担任副会长。他们想用资金无息贷款给村民，让他们在荒山上种油奈。当时县里也在提倡治理荒山，开荒种树种果，可谓不谋而合。沈腾香有文化，也见过世面，便在那时被选去当扶贫协会的出纳兼宣传员，配合做群众的思想工作。

万事开头难。尽管一再动员，但村民们还是踌躇再三，许多人认为，南坑山荒水缺，种果要3年才能收成，万一有个闪失，岂不人财两空，还要背一身新债？倒是沈腾香，因去过别的地方看过油奈是怎样种植的，也了解了不少有关水土治理方面的知识和经验，因此胸有定数。于是，作为一名宣传员，她沿着这些村干部的足迹重进各户村民家中，细心问询，又举例说理，娓娓道来，倒是把许多村民慢慢给吸引住了。好不容易，200多户村民中有76户表示愿意试试，于是陆续上山了，最多的一户种了900多株。其间，风风雨雨，汗伴日落，3年过后，荒山种果果然旗开得胜，满山挂满沉甸甸的果实。种得最多的那一户，成了当时轰动一时的"万元户"。其他的种果户也都收益相当，一个个笑得合不拢嘴。这下没种果的村民纷纷到扶贫协会要求贷款种果。还有一些原来连听也不听动员的农户，竟一声不响，主动上山种果去了。

就在种果的同时，扶贫协会还教人养猪，因为果树需要肥料，猪、果并举，相得益彰。当时，养猪也可去办理贷款。沈腾香除带头种果外，也带头贷款养猪。但她从没养过猪，心里没底，于是只贷了700多元养了两头。四五个月过去，母猪竟产下9头猪仔，沈腾香又喜又惊，喜的是一下得了9头猪仔，惊的是她发现猪仔躺在母猪奶身下，只静静地睡觉都不去吃奶。她急了，用手去挤母猪的奶，却不见奶汁。她连忙骑上自行车去找当地一位姓张的兽医，兽医随后赶来。到猪栏一看，张兽医不禁笑得弯了腰，说道："这猪仔还在睡觉啊，给你讲，猪不是牛，牛奶可用手撸出，但猪奶只有让小猪的嘴去拱才能流出来的。现在小猪早吃饱了，当然不吃了，你急什么呀！"沈腾香听得一脸通红，便向兽医借些有关养猪的书。之后，在兽医的介绍下，她还去参加了农村函授大学畜牧兽医专业的学习，从中学到了不少知识。通过实践，还向许多村民传授经验。从此，她几乎成了养猪能手。有一次，她养的一头母猪竟一下产了27头猪仔，高兴之余，她还送给村民8头。从此，每年几千元的养猪收入，加之山上种果收益，一下改变了沈腾香在南坑的家庭状况。

聪慧、能干、心细、善学的沈腾香，成为南坑村民眼里的一个好女人。

南坑村的三件大事

1997年4月，南坑村选举村党支书的那一天，沈腾香只是去参加选举而已。事先也没有人找她谈话，给她吹风，只是到了会场后才得知当选人的年龄限30岁以上、40岁以下，必须具有初中以上文化水平；还有一条是为人正派，能为村民办事。选举结果揭晓，当她被推到了前台时，这才知道自己当选了。沈腾香后来说，"那天回家后我一直没能睡着，谁也不知我心里的压力有多大啊！"

沈腾香清楚：南坑村贫穷在山，但是希望在山，致富也在山。南坑村要脱贫致富，首先要治理水土流失，改变穷山恶水。

她想到的第一步是：召集村委会和党员开会，首先统一思想；接着走第二步：群策群力，解决水土流失的严重问题，带领大家闯出新的路子。

由于村里没有几处像样的场所，会议就放在她家的大厅里开。那天，她一大早就起来打扫卫生，搬椅拼桌后发现，桌面颜色斑斑驳驳，很是难看，就把自己陪嫁过来的一张漂亮的被单当桌布铺上了。会议开得很热烈，也很有生气，许多人都表示要团结一心，把南坑村的事情办好。但散会后沈腾香发现，大家情绪很激动，茶杯的水也溅了不少在被单上，结果弄得被面渍一片黄一片，怎么洗也洗不掉。为了不让家里人知道，她干脆把被单束之高阁，直到现在也没用过。

沈腾香信心满满地干了两个月后，有一天，村民们发现整天在村里奔波的沈腾香突然不见了。一打听，原来沈腾香去了厦门，为了村里的事，她直接去找乡贤袁连寿和他的夫人——厦门卷烟厂原董事长、女企业家刘维灿讨教去了。

刘维灿问她:"你书读到几年级?"沈腾香说:"高中。"刘维灿点点头,说:"你有文化,南坑村很需要你这样的人,你说说看,准备怎么干?"沈腾香把原来想说的事在心里反复又想了一遍,这才开口说:"目前有三件急事,一是1996年长汀遭遇百年洪灾,村里的水利设施都毁了,我想把水利设施修好,保障村民能耕种;二是村里到处还是坑洼路,连鸡蛋都运不出,而致富必须先修路;三是村里应建一个村部,现在连开会都没有合适地点,对上对下都说不过去,得有个让村民说话的地方呢。"

袁连寿、刘维灿相继露出满意的笑容。夫妇俩交换了一下眼神,又低头商量一阵,最后明确地说:"这样吧,我们先支持村里5万元,先给3万元,等村里一上工再给2万元;钱呢,就汇到凌志扶贫协会,你看怎样?"

沈腾香一听高兴极了,上前握住他们的手,说:"谢谢啊!我代表全村人民谢谢你们!回去后一定把这些事办好!"

沈腾香回来后,果然马不停蹄,立即召集全村党员、群众热火朝天地干了起来。

终于,全村毁坏的水利设施,只用一万多元就全部修复。

那一年,时任县委书记饶作勋挂钩南坑村,非常关心南坑村各项工作的进展。沈腾香就趁机向县里提出,干脆把路修到学校门口,同时加宽成4.5米宽的水泥路,缺口的资金,由村里各家各户都按能力出点,希望县里也支持一下。结果,路修了一半,饶书记和袁连寿夫妇都过来看了一下,十分满意,立即要求把村里本没有规划的另一半路全部修起来,资金可由县里统筹各方面来支持。最后,一条贯穿全村的3.28公里道路修成了。原来有一些对沈腾香当村党支书能力有疑虑的党员和村民,这一下全都服了。

其实,沈腾香从未高估过自己的能力。她说过,村里每办成一件事,都是上下各方面全力支持的结果,也是村委会和群众共同奋斗的结果。她不会忘记,1997年9月,她被"全国扶贫状元"刘维灿推荐并被特邀参加全国西部地区县委书记的一个培训班,这使她成了这个班中唯一的"村干部"。经过一个多月的学习,她增长了许多见识,同时也更增强了带领村民致富的信心。她认识到,向先进文化学习,向先进地方取经,就能更快地增长才干,转化为向贫穷开战的正能量。因此,她毅然组织全村党员和种养能手到漳州西坑村取经,看看人家是如何闯路致富的。回来后,又组织干部、党员开展大讨论。在结合实际、归纳众人的意见后,她提出实施"猪—沼—果"生态种养模式的发展思路,使村"两委"达成共识，又得到长汀县凌志扶贫协会的支持，使村民种果养猪获得贴息贷款。而她自己也带头在山上种果10多亩，养母猪5头，年出栏仔猪100多头。那期间，她还要求村里的每个党员干部都要在当年开发种果10亩以上，养猪10头以上。这一带头，不但使大家都取得了良好的经济效益，也树立了党员干部在群众中的良好形象。

扶贫先扶志

为了彻底治理荒山，沈腾香四下奔走，想方设法，以诚动人，引进厦门树王银杏制品有限公司，落实山地流转机制，租赁村民山场2309亩，修筑果园道路、沟埂、管理房、蓄水池，通过"公司＋农户"方式，带动村民种植银杏2000来亩。

多少日子，多少辛劳，干部和群众都把身子弯成一张弓，用智慧和心血瞄准并射向南坑致富的目标。

如今，昔日光头山成了葱绿满眼、果实飘香的花果山。全村宜果荒山全部种上了银杏、油柰、桃、李树，种果树面积达7739亩，实现人均种果树5亩多，户均养母猪3头、商品猪20头，建沼气池180多口，成为远近闻名的"闽西银杏第一林""生态养殖基地村"。2011年，全村人均收入7850元。

南坑村，从此变样了，春绽嫩绿，夏披葱茏，秋透金黄，冬溢花香，许多曾到南坑的人，重返旧地，几乎都不敢相信自己的眼睛。

然而，也不是每一件事情都能如期如愿地办成。例如沈腾香曾提到筹资兴建集村"两委"办公、开会以及农民娱乐、科技培训为一体的村部，在征地和拆迁方面也遇到种种困难。这个村部地点，恰好占了沈腾香在南坑住屋的一半面积。尽管沈腾香带头迁建，仍有几户涉及的住家村民不同意，话说尽了，也吵翻了几回，最后才慢慢平静下来，在细致的思想工作中达成协议。如今，这个堪称全县一流的村部，已成了南坑村人来人往的"农民之家"。

事实上，作为党支部书记，沈腾香自上任伊始至今，时刻不忘加强村级领导班子建设。她不但以身作则，在风雨中淬炼，还常和村干部坚持学习经济知识和法律知识。她认为，没有掌握一定的政治、经济、法律方面的知识是不行的，"没有金刚钻，就揽不了瓷器活"。她还说："一个人来到这个世上，应该有一点作为，做人就是要做事，选择什么，就做好什么；没有信心就不要做，选择了就要一心一意做好。"她鼓励党员干部参加"农函大""农广校"及其他形式的培训和学习，并通过加大农村实用技术培训、组织外出参观学习等方式，让大家增长知识、增长本领；同时建立健全一系列村务管理制度，全面推行村级班子"一述双评"工作，并聘请3名党风廉政监督员，参与村务决策、实施，按每5～15户人选出1名村民代表，成立村务监督委员会，对村务公开、一事一议等内容进行监督管理。由此班子的凝聚力、战斗力增强了，村民对班子的评价也越来越好了，沈腾香在群众中的威信也越来越高了。

"扶贫先扶志"，这也是沈腾香的经验。不管是在全力治理水土流失、推进生态文明建设，还是南坑"美丽乡村"建设，她都把向村民灌输科学致富的理念放在首位。为此，在实施提高"村民素质"工程中，从县农业局、畜牧水产局等聘请技术人员，专门指导村民种养，还多次举办培训班，对果农、养殖户进行技术指导。为了加大激励村民争先创优的力度，从1999年开始，南坑村每年组织评选"村劳模"。表彰会上，劳模披彩戴红，礼炮相迎，坐上主席台，由村里发给每人200元奖金，极大地激励了村民的创业热情。除此，村"两委"不但开办了图书馆，还编辑了《新南坑人》月刊发至各家各户，使村民足不出户就能学到知识，了解外界信息和村"两委"的工作。在造福村民方面，村"两委"也有新的举措，如南坑人只要达到80岁以上便可领到村里的生活补贴，大、中专学生每年可领到1000～3000元的生活补助。

但当诸多荣誉光环照耀到南坑村、照耀到沈腾香身上时，她却有些忐忑和感慨。她说："许多事都是依靠村委主任、村'两委'和广大群众同心协力做成的，我不过是一名推手而已；而这一切，也都是党组织培养的结果呀，没有党组织与大家的帮助，南坑村就没有今天这样良好的局面！"

美好的展望

十多年来，在沈腾香的带领下，南坑村基础设施日益完善，乡村建设也日臻美好。但是，如何保持强劲的势头，在示范村示范中更上一个新台阶，这是摆在沈腾香和村"两委"面前的又一道试题。

有记者就这件事采访了沈腾香和村"两委"，他们的回答是：今后几年，南坑村继续利用区位优势、人文优势、资源优势，大力发展主导产业，培育新型产业，做好耕地山场的流转，发展无公害蔬菜种植和名木花卉种植，建立300

亩无公害大田蔬菜和日光温室蔬菜生产基地，引进建立台湾现代农业观光区；建立"养殖小区"，采取"集中管理、分户养殖"的模式发展生猪养殖；建好库容165万立方米的绿泉水库；修建水上乐园，发展休闲渔业，建设田野休闲式农家住宅，借助银杏山庄等旅游资源，发展"农家乐"旅游，由此大力推介南坑"城郊农家休闲观光"品牌。

他们的目标是：到2020年农民人均纯收入超过1万元；建立健全教育及卫生防疫体系；适龄儿童入园率、入学率达到100%，村民享受基本医疗保障，参加社会养老保险人口比率达30%以上……

现在的南坑村，正逐一建成"杏福大舞台""客家天地游客中心小戏台""客家天地渔家傲"，还有南坑山景走廊、躬耕书院等，也无一不向人们透露：这不仅仅是旅游休闲和民俗文化的设施，它凸现的正是南坑人对先进文化发展的一种理解和追求，更显现了南坑人对追求真善美而焕发的一种精神气质。

沈腾香和她的村庄都相信，南坑往后的日子，一定会更加美好！

2013年9月

"原素"乡村的美丽畅想

景　艳

　　"稠人广众云端建定守水口，岭峻山高峰上立桥坐山门。"一副并不十分工整的对联以鹤顶格的方式嵌入了所到村庄的名字，也概括了村庄所处的位置和地形。走进了那座集合了廊桥、庙宇、亭阁与门楼元素的观景台，也就走进了这座近些年来声名渐起的村庄——稠岭村。稠岭，原名"筹岭"，因元、明时有盐道连接福安与浦城等县而得名，后因村庄四周水稻田密布，而改名为"稠岭"，隶属政和县外屯乡。稠岭，海拔不过八百多米，并没有对联里形容的那么高，却在当地有"天村"之称，因为它时常显露于白云之上，包裹于霞光雾霭之中。它是福建省住房和城乡建设厅、文化厅、财政厅2015年评选认定的首批省级传统村落之一，是福建省环保局定评的生态村、旅游局认定的旅游文化村和南平市三星级美丽乡村。黄土墙、黑屋檐、古盐道、石板路……那种对"原味"与"素色"的追求，是其建设美丽乡村中那抹不能略过的亮色。

一

　　未到稠岭之前，就听得人们说，稠岭村得天独厚的优势在于它是国家级风景名胜区、国家级地质公园佛子山的最佳观景平台。确实，沿着稠岭村的外围走上一圈，佛子山的外景就如画屏次第打开。苏轼云："不识庐山真面目，只缘身在此山中。"而今能在山外观山，不仅可见山中未见，更有恢宏大气、别有天地之感。那山形，或仙或怪，或走兽或飞禽，全凭尔想象。不过，若说稠岭这个旅游特色村的打造仅仅是因为佛子山，恐怕有失偏颇。事实上，地处同一条景观带，稠岭同样有让人心动的自身之美。

　　——原生态。稠岭村不大，一色的石基黑瓦黄土房。那外墙上悬挂的烟叶玉米、筛匾簸箕里晒着的火红辣椒向日葵、竹篱木栏上挂着的南瓜、大水缸里长着的水芙蓉，房前屋后无不散发着山乡农耕的气息。这里的生态环境很好，以水田、山林为主，出产的茶叶、竹笋、锥栗、红米和猕猴桃等品质都不错，以县名命名的"政和杏"也正出自稠岭村。而村前斜坡屹立的那十几株柳杉，错落有致，伟岸挺拔，棵棵都有百年以上的历史，最粗的那株，胸围竟达四米。站在那柳杉荫下，倚栏而望，满眼葱茏，微风徐徐，皆是草蔓的香味，此时，若再采上一把当地随处可见的蓝色小浆果三角杷，那曼妙的孩童记忆必能穿越而来。

——原滋味。八仙桌四方凳，蓝底白花土桌布，褐陶浅碟大碗茶。来到稠岭，少不了要去喝一喝当酒茶，品一品当地独有的素食宴。想当年，宋代诗人杜耒《寒夜》诗云："寒夜客来茶当酒，竹炉汤沸火初红。"在稠岭，就有摆当酒茶迎客的传统习俗。一盆土茶摆中间，自制茶点摆四周。茶汤，是自家山上种的绿茶泡的，用竹筒子舀着喝；茶点，是自家房前屋后种的、腌晒的、炒制的黑豆、地瓜干、茄子干、南瓜干、笋干、绵豆干……原本都是些自家食用、待客的东西，如今，随着美丽乡村建设，被打造成了当地特色名吃。以村民人家为单位，以当地手艺高超的村民烹调加工的菜肴为范本，统一卫生、环境、制作、收费标准。城里的素食餐大都力求把素食做出荤菜味，而这里的素食餐求的就是那手工打磨、天然无污染的原汁原味，嚼着那浸润着阳光气息的小菜，不仅能领略到那乡野古朴的韵味，更有一种回归自然的满足感。

——原乡俗。稠岭有着较为原生态的农耕文化民俗，普通人家的门庭里，除了蓑衣之外，还可以看到一种特别的铁制器皿悬挂在正对大门的房梁上，鸟头剪刀翅火钳尾，身体上斜着一半长约三指粗的小管。外屯乡党委委员陈章英告诉我，那是一种点香器，将祈福祭拜与生产工具结合得那般紧密，正是一种尚勤意识的体现。这里的人大多长寿，活到九十、一百不稀奇，七八十岁下田干活更是平常。据说，这儿保留的传统民俗除了走桥、游福主之外，还有开路节。八月十五这一天，村里四十岁以上的人都会出来开路修桥。忙完了，大家就一同到当年生男孩的人家去吃饭。这个风俗既鼓励大家热心公益、辛勤劳作，又包含着对男儿自强担当的祝福。稠岭有两幢门庭有砖雕的房子，其一门楣刻有一副对联，横批"受天之祐"，上联"圣代即今多雨露"，下联"文昌新入有光辉"，分别取自唐朝高适的《送李少府贬峡中王少府贬长沙》和唐朝白居易的《闻杨十二新拜省郎遥以诗贺》，承恩圣明、崇文尚道之心可鉴。

春赏杏花冬赏雪，夏听蝉鸣秋采果。远离了城市的喧嚣与浮华，哪一个人心里会少了那份返璞归真的初心呢？

二

"你是没有见过早年的稠岭。"村里的老人们说，"以前的稠岭可不像现在，虽然说那时的梯田挺漂亮，可是这里又穷又脏，很少有外边的人来旅游观光。"政和县规划建设和旅游局副局长陈四明2007年10月份作为政和县下派村支书来到稠岭，在这里待了四年，他还记得当时的稠岭，一进村建廊桥门楼的地方是一个破旧的小庙，下面的斜坡堆满了垃圾，村子外围一线则全是随意搭建的猪圈羊圈鸡鸭舍。一到夏天，那股刺鼻的味儿，就熏得人靠近不得，因此得了个不雅的称呼："猪屎村"。湿度高，不卫生，脏东西排不出去，生病、残疾的人就多了。几任领导干部为了改变这一面貌，动了不少脑筋，而遇到的困难很明显：本村没有资金，依赖省里的补助资金，只能有多少钱做多少事；村民环保意识不够，有的人对于拆除猪栏鸡舍还是不能理解配合；村干部几年一改选，推动落实的力度不够。为了争取到项目资金，县乡各级领导没有少费周章。

从千村整治、百村示范到认定中国传统村落、建设美丽乡村，稠岭获得了不少项目资金补助，这无疑成为稠岭进入发展快车道的有力助推器。为了充分、有效利用资金，更为了稠岭的长远发展，外屯乡特别从浙江请来了专家进行设计规划，根据稠岭村的实际情况，确定了整治建设方案，在县乡党委政府的主导和支持下，村支部和村委会细化分工，具体抓落实。

改变从整治环境开始。门楼所在的佛祖庙下面多年沉积的垃圾全部被清除、掩埋，违章搭建被拆除。对巷道、危房、宅前屋后进行修缮，完善基础建设。原先稠岭建有垃圾焚化炉，现在不用了，一周一次，全部运到县城做无害化处理。最初的维护由当地妇女负责，村里每年象征性地支付几百元劳务费，自2017年起，由乡里统一划归保洁劳务公司承包，开展日常清扫与保洁工作。检查考评合格，才能申请下一年度的项目。

有序从合理布局着手。要创建福建省级乡村旅游特色村，扩容旅游基础设施是稠岭必然的选择，翻新村民广场，修建生态停车场，新建仿古木观景平台，新修旅游步栈道……为了确保闽江水源头水质以及旅游景区的规范标准，稠岭不仅叫停了传统的养猪业，迁除了部分猪栏鸡舍，还专门辟建一八角形公墓，将当地人习惯的火化后土葬的风俗，转变为了统一入葬公墓。

"原素"从自然崇俭着手。为了保护稠岭古村落的特色，不管是修缮还是新建的设施都尽可能和村庄原有风格统一，尽量就地取材，因陋就简。发动群众到河床里捡鹅卵石，砌墙石，让村民到山上采挖片页岩。村委张荣贵介绍说，建村口廊桥门楼的时候，最初的计划是砖砌以挡风御雨，考虑到不符合修旧如旧的原则，最终还是改用了木头，用原色桐油修缮维护；巷道旅游步道，原计划用水泥，最后还是全部改用了土石板，"从邻近的浙江运来旧石板，成本跟水泥差不了很多"。而那些墙面、护栏的粉刷设计也都采取了与周围环境融为一体的色调、风格。

稠岭要发展，最关键的因素还在于人。村民广场旁那座二层砖楼是稠岭村的老村部，外墙上刷着白底红字的"听党话，跟党走"，中间有一个毛主席身着军装的头像，很是醒目。村主任魏岩荣告诉记者，稠岭村要发展，需要凝神聚力的核心力量。稠岭现有 40 名党员，正在建创新党支部，是美丽乡村建设中的骨干带头人。村支书张孝渺介绍说，这些党员干部除了带头响应上级号召，在征地、捐资、投工投劳等方面走在前面之外，还负责村民们的经常性思想工作。有了村民们的支持，很多工作开展起来就顺利多了。据了解，2015 年，稠岭门楼的建成，除了政府拨款之外，所用的木材全靠村民们集资，总共达二十多万元。

2016 年，稠岭村成立了三个专业合作社：茶叶、农林和同人专业合作社。把农民荒芜的田地整合起来，统一管理，统一养、种、销售，不仅增加了村民们的增收渠道，也进一步刺激了当地农特产品的丰富性和优质性发展，农民们的生产积极性也大大提高。人均年收入从七八年前的 1500 多元增加到了 8000 多元。"佛子山开发还有三到五年时间，稠岭现在变化非常大，速度也很快，等二期、三期工程完成之后，稠岭会有更多的观景平台。未来不仅要用素食解决吃的问题，还要用民宿解决住的问题；不仅有吸引散客的能力，还会具有接待团队的能力；不仅要有生态自然之美，还要融入精神文化之美。"外屯乡乡长范素爱说，"保护好绿水青山就是金山银山。"

三

作为外屯乡积极推动建设的旅游特色村，稠岭不过是美丽乡村建设的一个小小的缩影。它不是政和县起步最早、发展最突出的美丽乡村，却和政和县大多数乡村一样印证着一个事实：每个乡村都有自己的美丽，关键是要让它如何更加美丽。2013年以来，政和县推进美丽乡村建设52个，其中有4个福建省美丽示范村、12个南平市政府授牌补助的三星级以上美丽乡村市级试点村。不仅打造了石圳、东涧、古元、杨源、念山等美丽乡村建设典型，还成功举办了2015年省市美丽乡村现场推进会。截至2017年9月，五个美丽乡村提升示范工程建设进度已完成了近九成，一批各具特色宜居宜业宜游的美丽乡村崭露头角。政和县连续两年入选由中国国土经济学会推选的中国百佳"深呼吸小城"。这一切，为政和县打造全域性旅游目的地，打下了很好的基础。碧水有情皆活泼，青山无处不芬芳。政和的美丽村庄各有各的特色，但有一点却是相通的，那就是原味与朴素。这固然与政和的传统乡土民俗有关，更与政和县所坚持的"尊重自然、沿承历史、干净整洁、产业支撑"的建设原则密不可分。

尊重自然、沿承历史，就是坚持人与自然和谐，依托自身优势，注重保护和挖掘村庄生态资源和历史文化。陈四明说，政和美丽乡村建设有"六不"：不推山，不填塘，不砍树，不搞大拆大建，不建大广场，不做大面积硬化，修旧如旧，不搞花花绿绿、与环境格格不入的修饰和新建设。岭腰乡锦屏村挖掘古银矿、古树、古茶道等资源，结合瀑布、山水打造"生态一日游"。杨源乡杨源村成立乡土施工队，依托古村落、古民居、古民俗打造"魅力杨源"……政和县规划建设和旅游局乡建站副站长魏静回忆说，规划是廖俊波书记任上定下的，"那一年投入规划的钱相当于前十年的投入，为的就是长远发展。"廖俊波书记虽然走了，但那些参与过调研、决策和培训的人还在，那些规划和原则仍然继续指导着政和县美丽乡村的建设。

"人精神不精神，首先要看衣服干净不干净。风景美不美，首先得把盖着的垃圾清理掉。"为了改变外界对乡镇农村"脏乱差"的普遍印象，政和县建立了"政府主导、村民为主、城乡联动、共建共享、管护结合、常态长效"的卫生保洁机制。完善县、乡、村三级考核评价体系和奖优罚劣机制，逐步推行市场化运作机制，健全平原区"户保洁、村收集、乡（镇）转运、县集中处理"和高山区"户保洁、村收集、乡（镇）集中处理"的运作模式，全县124个行政村全部配备了保洁员。一月一考评、一季一评奖、一年一点评的机制实行以来，村庄的环境得到了明显改善。要建立农村的长效保洁机制，不仅要向经年厚积的垃圾开刀，更要向农民长期以来养成的痼疾开刀。"要说做别的，村民们也许会有抵触，但是一说是建设美丽乡村，都很乐意，义务投工投劳不说，交钱也愿意，都知道这是对大家都有好处的事情。这让美丽乡村建设节省下了不少资金。"外屯乡洋屯村农家人莲子专业合作社负责人许仁寿如是说，"合作社经常组织社员到先进示范村去参观学习，有好的经验就拿来用，下一步我们要把电商这一块好好做起来。"从"要我美"到"我要美"，村民们已然成为美丽乡村建设的主力军。

既要生态美，也要百姓富。建设美丽乡村最难能可贵的是与当地产业发展相结合，给当地农民增收致富创造有利条件，给地方产业发展带来机遇。古元村里，家家户户门口都挂着一个标有"一户一品"的小牌子，上面或是"糯米团""豆腐丸"或是"新娘茶"……是"一乡一业""一村一品"思路在农民家庭的延伸。外屯乡洋屯村地处堰塞湖地形，十年九涝，洪水频发，工业为零，便全力在莲子产业和"莲"文化上做文章，打造十里荷塘。创新"以田入股、分层合作、包干管理"经营模式，开展立体种养新模式，不仅实现了农民增收，也开拓了精准扶贫的新模式。2017 年，在原有合作社的基础上，拿出 200 亩良田创建产业园，对贫困村民实施建档立卡帮扶。"免费入驻，免费提供种苗，代付田租，全程垫付所有融资，提供全程免费技术指导，最后合作社以不低于成本市场价的价格来回收莲子（有好渠道可以外销）。初估，每年一亩净收入可达 1370 元，以 15 至 50 亩计算，年收入至少在三万元以上。"外屯乡乡长范素爱说，这种做法，不仅让帮扶对象通过自己的双手勤劳致富，也让他们有了翻身做主人的自信。

"越是昔日贫穷落后的村庄，自然生态、传统文化保存得越完整，建设美丽乡村越得天独厚。"此次政和之行，不知是谁的概括总结，"没想到那古香古色、原汁原味的，保存下来成了变钱宝贝。"其实，关键不在于贫穷落后的过去，而在于观念更新进步的今朝，正是今天的人们有了以自然原生态为美、以朴素简约为追求的意识，才有了这样的美丽乡村，有了这"原素"乡村的美丽畅想。

2017 年 12 月

丰收的大地
——涵江"华林蔬菜""国圣酱菜"发展纪实

李治莹

引子：满桌菜香

21世纪的今天，天地大同，世界却不同，中国之变更是巨变。中国人从饥饿到温饱，从视荤腥为上品，到大声倡导能吃出健康、吃出长寿、吃出美丽的素食。今天，蔬菜成了人们餐桌上必不可少的菜肴。中国八大菜系，系系都有数不胜数的素食。如今的蔬菜料理不再传统烹制、千篇一律，而是推陈出新、花样百出。诸如西兰花烧豆腐、西芹腰果百合、三色蔬、糖醋苦瓜、萝卜腐竹煲……色彩纷呈的各种蔬菜，在蒸、灼、炒等多种方法的烩制下，色、香、味俱全。尤其是当今人们为之垂青的"田园蔬菜宴""海水蔬菜宴"及多种特色蔬菜宴，更是在素食餐桌上争奇斗艳。也因为宴宴飘香、宴宴美味，而日益受到人们的宠爱。

蔬菜成为当今餐桌的佳肴上品，千万种菜便繁星闪现。中国蔬菜之乡山东寿光的蔬菜、大东北的土豆、湖南湖北的辣椒……不胜枚举。兴化湾畔的名镇涵江，有远见卓识的种菜人林水英、制菜人严国圣，也拱手托出"华林蔬菜"和"国圣酱菜"。"华林"广种，"国圣"精制，让天下美食家的餐桌上又多了"两道菜"。

今日餐桌，袅袅菜香……

第一"道"菜：林水英的蔬菜

一

在十来平方米一间狭长的展览室里，左右两面雪白的墙上，密密匝匝地镶嵌着不同尺寸、多种构图的奖状，上自"全国劳模"，下至"五好家庭"，琳琅满目、多姿多彩、数以百计。叹为观止中，该公司职员说，"荣誉墙"上的这百面奖牌，仅仅是董事长诸多荣誉中的一部分，有待轮换的牌匾多乎其多。

荣誉等身的"蔬菜王"林水英，旗下的蔬菜基地，近看涵江，远则遥望千里之外的大西北宁夏以及俄罗斯的后贝加尔斯克等地；她种出来的蔬菜要么进入家门口莆田，要么出口俄罗斯、蒙古、朝鲜半岛等多个国家和地区，销售额以数亿计，出口创汇数百万美元。当年一个农家女娃，成了名扬国内外菜地里的巾帼英雄。

看今朝，北有山东寿光王乐义，南有莆田涵江林水英，都是田间地头种菜王。

当林水英一回回登上首都人民大会堂高高的领奖台、手捧着"全国劳模""全国种粮标兵""全国三农模范人物"等重奖之时，总要回望自己近半个世纪走过的艰辛种菜路……

二

1952 年，林水英作为林家长女来到人世间。林家穷天穷地，已经 9 岁的小水英，只能趴在村小学教室窗户上听老师讲课。见此情景，怜惜于心的恩师，减免学费让水英入学。然而，三个弟妹的拖累，父亲又卧病在床，她仅仅上了一年多的学，就从家里来再回到家里去。放牛割草、荷锄挑粪、农业学大寨修梯田、到东方红水库筑大坝……撑起了林家的半边天。数年后，小水英被生产队"任命"为统管着一整个自然村的"小组长"。

那年，林水英年仅 14 岁。

从小就被乡亲们视为"能人坯"的林水英，18 岁那年嫁人并自立菜业组种菜。在生产队划拨的一亩多地上，播种芥菜和菜头籽育菜苗，40 天一轮，以一角钱百株的低价售卖。虽然薄收，但人勤地不懒，首战告捷，当年挣钱五百。

投入、扩大；再投入、再扩大，如此循环往返、年复一年，林水英成了村里第一家脱贫户，一买电视二购音响，走"红"了村里村外。

1982年，林水英心雄胆壮地带头撮合起4位村民，与生产队签下承包50亩菜地的合同。由于经验不足，她种下的芥菜和花菜因为同时开花，纷飞的蜜蜂授粉不当，导致种出来的花菜绿白交杂。如此"不明不白"的花菜，因卖相太差而无人问津。林水英咬咬牙，一分钱一斤贱卖了数万斤花菜。辛苦了365天，却每人亏本5000元。撑不住的3位村民当即撤退，只有一人与水英坚守。林水英在自己担当的30亩菜地中，包菜、花菜各种15亩，当年收入两千多。第3年趁势而上，林水英已成了村中首个万元户。时至1988年，已有十几万家底的林水英，在村里矗立起四层楼房，与村中一位新加坡华侨的"洋楼""日月同辉"。

小有成功的林水英，逐年扩大种植规模，从30亩到50亩、再扩充至80亩，又大手笔承揽赤港华侨农场的300亩。西红柿、卷心菜等多个品种的蔬菜，百花齐放、百菜争艳的茁壮在阳光雨露下。

创业之树累累硕果，在与省城蔬菜公司签约的同时远销东北三省。

然而，却在1993年……

那年撒下的300亩菜籽，遍地嫩芽，盎然生机。正当收获之时，天有不测风云，台风骤起，持续性的滂沱大雨，导致数百亩绿茵茵的菜苗，"一片汪洋都不见"。随着哗啦啦呼啸的台风，林水英一张张充满希望的美景图被撕裂了，又揉进水里消失了。几天后风停雨住，但数以几亿计的菜苗没了。林水英抹去一脸泪水和雨水的同时，重新翻土播种。十几个朝夕更替，广袤的土地上又见葱茏。

又一番丰收景象在望，却被要命的新一轮台风肆虐，林水英心头的"伤口"刚要愈合，却被再度撕裂，汩汩的滴出殷红的"血"……奔走在风雨中的林水英任风摧雨泼，无力地倚靠在一棵被狂风暴雨摇晃得左歪右倒的木麻黄树上，眼睁睁地看着在东南西北风的横吹竖刮之下，千万棵菜苗根叶分离，吹上高空再抛落水中，心疼得泪流满面。心伤至极限，哇哇地哭出声来。然而，满天地的风雨中，嚎哭声只有倚靠的那棵木麻黄听得真切。风雨过后，4万株菜苗只救活了几百株。林水英昂起不屈的头，第三次播撒希望的种子，然而又再度被台风扫荡。接连的严酷考验之下，林水英已不再相信眼泪，指天砸地的要与天公试比强。种了毁、毁了再种！尽管台风频仍，那片菜地依然给林水英"呈送"

了18万。

同年，林水英成立起蔬菜经营部，华林蔬菜公司的雏形已显现。

有了经营部，周边的菜农就有了个"家"的依托。有一年，涵江数百亩西芹卖不出去，眼看要烂在地里。与农民兄弟肝胆相照的林水英，担风险于一身，悉数收购，尽速发往北方。但终究经不住千万里从南到北的折腾，13车皮西芹全部"光荣"在铁道线上，林水英净赔20万。又一年，丰收的甘蓝菜在市场上贱卖8分钱一斤，而林水英却按原合同规定每斤5角全单照收。近300万元的亏损，却"亏"得她心安理得。

"种菜就是种良心"，这句掏心掏肺的话，是林水英高高飘扬的信誉之旗。"良心"之下：重金购置一流农药残留检测仪；全面配备保鲜设备；在各种合同合约面前一诺千金……正因为讲良心，几十年来，但凡出自林水英之手的蔬菜，都是各大市场上的"放心菜"。"无退货""零投诉"，让林水英成为蔬菜行业里的"大姐大"。

20世纪90年代中期，林水英的蔬菜基地已扩充至千亩之上，遍布江口、白塘、赤港等乡镇，种植的品种也从原先单一的蔬菜类到瓜类、豆类系列。到冬季，货运专列满载着林水英的蔬菜进入沈阳、长春，进入满洲里、牡丹江。有一年严冬，大北方闹起了"菜荒"，林水英果断把400吨蔬菜"出口转内销"。当这批"救命菜"运抵北方市场时，各路菜商被感动得泪水潸然。林水英虽然损失百万，却赢得了北方菜商们"铁大姐"这含金量很高的绰号。

新千年后，拥有万亩蔬菜基地的林水英，已把自己种出的蔬菜远销多个国家。

三

为登高台阶、更上层楼，在"挂职干部"这座"桥梁"的引领下，林水英深入大西北深处的宁夏，先后八个来回、长达数月的考察调研，果断在西吉县挂起了一幅发展远景图："圈"下万亩蔬菜基地，广种西兰花、番茄、花菜、西芹、莴笋等多个品种的蔬菜。丰收的凯歌从东南福建嘹亮到西北宁夏，千万吨蔬菜源源不断地进入西北各地，且还驰援上海、浙江、湖北、江苏一带。

西吉的事业蓬蓬勃勃之后，林水英又把发展的视野扫到国外，几经接洽，"中俄科技示范基地"的旗帜，已在中蒙俄三国交界的"后贝加尔斯克"地区高高飘扬。接着又马不停蹄与蒙古国意向洽谈在草原深处广种蔬菜，在视菜如金的大草原，农牧民们既盛装又盛情相迎，还惊动了该国高层，总理、副总理和

丰收的大地

105

农业部长等领导人先后接见、设宴款待。林水英在蒙古国的蔬菜种植业一旦合作成功，前景不可限量。

如今六十有二的林水英，似乎已到了退休年龄，但"退休"二字，在林水英的创业字典里无从查起，只觉得自己创业的步伐应该迈得更大、菜要种得更广。她不但自己要甘当"春蚕"和"蜡烛"，而且还将把自己创下的绿色事业代代相传、发扬光大。而今儿子阿强已接管了宁夏西吉的蔬菜公司，且驻点俄罗斯远东和蒙古国各有关城市的蔬菜市场，常常在零下几十度的严寒中艰辛坚守！而14岁的孙子早在三年前就指天跺地说："要继承奶奶的绿色大业！"

中国蔬菜之乡山东寿光的城雕，是一棵巨大的白菜；林水英在涵江内外的大地上，天又一天、年复一年，双手种出一棵又一棵的绿色之菜，似乎也在一笔一画地描绘和雕刻着属于自己的"涵江蔬菜城雕"。

第二"道"菜：严国圣的酱菜

一

"国圣酱菜"因为严国圣而诞生；严国圣又因为"国圣酱菜"而扬名。早年四处叫卖小百货的农家小子，今日酱菜业界的企业名家严国圣"一酱成名"。

历经多年"头悬梁、锥刺股"一般的打拼，严国圣的酱菜系列产品，不仅叫响国内大江南北，且还驰名英、美、日、澳洲、中东及港、澳、台等国家和地区。"国圣酱菜""国圣薯邦"已成为人们餐桌上的"佐餐至爱。"

如今家大业大的严国圣，不仅在莆田本土拥有七千多亩蔬菜基地、16个腌制加工场；且在宁夏西吉仅马铃薯一个品种的种植，就广为三万多亩；同时建起十几万平方米的食品加工厂区，建筑模式和设施设备一律现代化。

站在一个个制高点上，严国圣把每一个成功的今天，都当成曾经艰辛创业的昨天和持续拼搏的起点，因为路无止境，创业就无止境。

一步一步、千里万里，在严国圣深深浅浅的脚印中，连接起一条风雨沧桑路……

二

20世纪60年代中期出生的严国圣，打自记事起就觉得家里特别拥挤，父母亲和两个妹妹一家5口，同在一间11平方米的屋里，日日夜夜都憋得慌。这11平方米还是祖上传下来的，祖屋拢共50平方米，几个叔伯一分摊，国圣的爹分了这11平方米，倘不是祖恩传赐，国圣一家又何以安身？不得安身又何以"立命"？

国圣作为三兄妹中的男孩，不帮着父母养家糊口，就说不过去。儿童时期村里村外捡猪粪，少年时代成了编织塑料"皮"带、制作鞋刷的"行家里手"。初二那一年，已有勇气在寒暑假里走出莆田，闯荡闽南，沿街叫卖了。撑到初三，也许常常挑着皮带"走四方"，心野了，教室里就坐不住了。初三的课桌椅似乎还没坐热，严国圣就给自己放了"长假"，溜出校门一去不返。拿了家里的一小笔钱，扛上一麻袋皮带，远走山东德州、泰安、沧州一带叫卖。为了能"赶场子"，每天凌晨5时许起床闯车站"缠"旅客；6点车开走后，转向农贸市场向买菜人求卖；7点又潜入街市，一块塑料布往地上一摊，就成了皮带铺；到了晚上，电影院人多，就在检票口左晃右晃；每逢圩天赶集，就更来劲了，在人缝里钻进钻出，能卖出一根是一根。一根皮带一角五分，叫价两角五分，遇到不还价的主，挣攒一角，当发小财了。再不济，也得撑住一角八分，挣个三分，积少成多，吃住和路费都不愁。

人都说，路走多了，免不了踢到石头伤脚趾。一次，税务人员截住他，一收就是5角钱。倘若一根皮带只赚3分钱，那就是近20根才抵得过来，为了那5角钱，严国圣蹲在地上呜呜地哭了。

那一年他年仅16岁。

18岁，算是成年了，他也几乎走遍了全国。几个春夏秋冬，严国圣每次从涵江一路走去，每包重达40斤的三大包皮带，总是先抱上一包放在前方；再抱一包放在更前方；再返回抱第三包放在最前方……一节路段再一节路段，扛上车是这样，扛下车依然这样。不管怎样的"蜗牛爬行""蚂蚁搬家"，能卖皮带的地方就是目的地，就是有馒头包子白米饭的地方。有一回下车了，却是满眼黑乎乎的煤堆，他才知道误入煤矿。所幸门卫大爷给了一间小屋，那间屋太瘆人，满是蜘蛛网，他还以为误入了《西游记》里的"盘丝洞"，严国圣熬不到天亮就慌不择路地跑了。山路十八弯地走呀走呀，衣服被一路的荆棘刺破了，鞋子被嶙峋的山路磨裂了……筚路蓝缕地走到公路上，拦下一辆拉木材的军车，挤夹在木材堆里，辗转又到了一个陌生的地方，继续叫卖皮带。

皮带卖多了，路走长了，严国圣思路也就宽广了，从卖皮带到卖塑料拖鞋、手电筒、洗发水、扑克……五花八门，成了地道的小百货商人。贩来卖去，在人们开始爱美喜洁净的日子里，洗发水成了时尚的畅销货，于是他打起了自制洗发水的主意。终于在1998年，他挂起了"涵江魅力日用品厂"的牌子，洗发水、洗衣粉一起做，倒腾了一阵子，却未能打入市场。他又以"不成功便成仁"的勇气，"破釜沉舟"地再做珍珠露、洗面奶……但做来做去，总也做不出名堂，所投入的十几万"血汗钱"也打了水漂、没了踪影。

三

1993年，已经28岁的严国圣，到邻省浙江考察能挣钱的企业，发现一家制作乌江榨菜外包装的企业，年产值竟然过亿。联想到自己家乡遍地的大头菜、芥菜、包菜、萝卜……由此产生了转行做酱菜的念头。回闽后，"沿"着电话号码本本里所提示的路线，他一路寻觅到省城的食品研究所、福建农林大学食品专业求教。一来二往三合作，那年适逢毛泽东100周年诞辰，于是他想到了"红太阳"这个词，壮着胆挂起了"福建红太阳精品公司"的镏金招牌。但注册商标时，与西安的"红太阳锅巴"相撞了。一时间"山穷水尽"，但分秒之中又"柳暗花明"。主管注册的人一看申请表里"严国圣"这名字，脱口而出："国圣"这名挺好呀，于是，他欢天喜地的以自己名字"国圣"注册了企业商标。

开始做出来的酱菜大多是废品，开船遇到顶头风，又一个十几万不知去向。在进与退博弈的"生死"关头，制作酱菜的杀菌技术难题攻克了，质量和口感双双"夺魁"。市场上一片叫好声，严国圣眼前更是一片光明。此时，父亲掏尽家底让儿子买地皮、起厂房、进设备，"国圣酱菜"从此走进千家万户。

1999年，严国圣又与台南的一位台商联手，成功制作了豆腐乳等产品。这时候，学会集思广益、博采众长的严国圣，为了把自己的"国圣酱菜"系列做成美味佳肴，但凡制作食品的省内外企业，他都一一涉足考察，这一走就是一百多家。有一次，他闻知江苏镇江恒顺酱菜调味品"味道好极了"，于是，第二天就从福州飞往南京，再转道镇江；细细考察该企业后，当晚飞回福州，即返涵江。

人是要有点精神的，在事业发展上，严国圣铆足了精气神。

四

事业成功了，发展了，就要走出省门、国门。正当拟定在山东、河南一带设立分厂和子公司之时，在宁夏挂职的老乡，把他引领到发展潜力无限的大西北。当严国圣第一回走进宁夏西吉时，只是忐忑地随意走走看看。当天晚上一觉醒来已见曙光，于是起身外出，要了一辆出租车转转县城，一个多小时把西吉县城里里外外转了个遍。开出租车的回族司机才要了他34元车费，严国圣掏出50元一张的钞票，说不用找了，但司机师傅婉言谢绝；当找回10元时，严国圣又说，剩下的几块真别给了；这位回族兄弟却拉住严国圣，直到找清16元，才笑着开车离去。就这么点小事，却让严国圣从出租车司机身上，看到了西吉地贫精神不贫的骨气，看到了宁夏百姓的真善美。当天的考察中，他又发现西吉遍地是质好价廉的马铃薯，可大量加工制作成沙琪玛和薯仔系列。眼前一亮再亮，心中一喜再喜，在西吉县投资立厂的决心，就由萌芽迅速蹿长成参天大树。此后，占地300亩的"宁夏国圣食品公司"，成为西吉县有史以来的首家工业企业，而且还是西北地区最大的土豆食品加工企业。用马铃薯生产的各种饼干和沙琪玛，一出厂就摆上了西北五省市各城市的超市货架，且一上架就很快告罄。仅此马铃薯加工一项，年产值的目标就是10个亿。

《宁夏日报》以"太阳照在葫芦河畔——国圣食品收获'金豆'"为题，报道了严国圣在西吉蓬勃发展的事业。

五

当今走遍世界的莆田人，也把"国圣食品"带往世界，但凡有华人的国度、特别是有莆田人的地方，大多喜爱家乡的各色酱菜，佐餐的首选就是"国圣酱菜"。于是，国圣酱菜走向海外各家华人超市，走上华人华侨的餐桌。有一回，严国圣考察欧洲市场，一踏上英伦大地，就"挨家逐户"地走访华人超市。当他看到柜台里再亲切不过的"国圣酱菜"系列产品，如同看到了自己花圃里美丽的鲜花已绽放在异国；感受"国圣酱菜"之风已经漂洋过海，吹拂在他乡，而十分恬然惬意。严国圣闻知欧洲有知名度很高的酸菜、德国有人们喜爱的甜酸甘蓝、亚洲更有别具风味的泡菜、酱菜，他都将一一造访、细细考察。他山之石，可以攻玉；工欲善其事，必先利其器，严国圣明白这个道理。

欧洲一番考察之后，初中尚未毕业的严国圣，竟受邀走上学府的讲坛，"让酱菜走出国门"的演讲，博得学子们一片掌声。

严国圣高高举起"发展才是硬道理"的旗帜，为更大规模、更加迅猛地打进国际市场，严国圣正在组织团队研发低盐、冷藏式的国圣食品系列。甚至不再重复传统的"腌制"，特别是蔬菜、海带一类原材料，尽可能"原生态"地走上人们餐桌。以"人有我优，人优我特"的真功夫，让明天更加"环保"的国圣食品，为地球人喜闻乐见而大快朵颐。

精心打造出酱菜的金字招牌；全力崛起一个崭新的酱菜王国，这就是严国圣的宏图大志！

让严国圣倍感欣慰的是在英国莱斯特大学学成回国的儿子严涵伟，吃苦耐劳的品性居然与自己一脉相承。宁夏创业初期，严涵伟就乐在大西北抗风沙、住茅屋；一身泥、一身汗，日夜兼程地打造着金色的明天。儿子以没有言语的行动"写"下 8 个大字：国圣事业后继有人！

菜香万里

大地厚土，承载万物。乾坤天地里那博大的能量，演绎着万物生长的过程，更孕育着滋养民生的菜蔬。祭天祀地的先祖们，曾无限虔诚地拜谒"天地君亲师"，其中的"地"，就是对柔顺宽厚、谦恭无争的大地深沉的敬重和谢恩！

林水英的蔬菜，出自大地；严国圣的酱菜，同样源自大地。大地母亲无尽的给予，他们"叩天谢地"的感恩戴德。为了永恒的明天，他们稳稳地立于大地之上，听从大地母亲的召唤，让脚下的"绿色"之路，千里万里地延伸。在希望的田野、广袤的大地上，"他们几度风雨几度春秋，风霜雨雪搏激流，历尽苦难痴心不改"，以自己长征的脚印，铺就脚下的成功路；以不懈的辛勤"耕耘"，编织着大地恒久的丰收梦。

丰收的大地上，千里万里浩荡着浓郁的菜香！

2014 年 11 月

对长汀水土流失治理一往情深

梁茂淦

2013 年 6 月上旬，我随福建省炎黄文化研究会和福建省作家协会采风团走进了长汀，再一次回到了故乡。连日来，我和作家们在家乡采风，一种寻根溯源的情思，犹如海浪一样，不时冲击我的心岸，让我浮想联翩。故乡是一部书，一部祖祖辈辈血脉相承的书。故乡，这两个轻易吐出的字，真正读懂它时，也许两鬓斑白！

我的故乡有许多"桂冠"：国家历史文化名城，名扬中外的客家首府，革命老根据地、红军的故乡。今年 4 月又增加了一顶意义非凡的"桂冠"："福建省第一个国家水土保持生态文明县"。这些桂冠来之不易。它是故乡的先辈和现今的故乡人民用汗水和智慧，用鲜血和生命造就的。就以"红军的故乡"来说吧，它就是故乡的先辈们不怕砍头牺牲，跟着共产党，用鲜血和生命筑成的。土地革命战争时期，长汀是中央苏区的重要组成部分，是著名的"红色小上海"，为中国革命做出过重要贡献。当年全县十几万人口中就有 2 万多人参加红军，有 6700 多名烈士为中国革命的胜利献出了宝贵的生命。我常为故乡有这样的光荣历史和深厚的红土地文化而感到自豪！

同样，"福建省第一个国家水土保持生态文明县"这项荣誉，是故乡几代人艰苦卓绝努力奋斗的结果。多年来，故乡长汀坚持"生态立县"的发展战略，将水土保持生态建设纳入国民经济和社会发展规划，坚持不懈、长期治理，探索出一条水土保持生态建设与当地经济社会协调发展的成功路子，取得了显著的生态效益、经济效益和社会效益。目前全县 80% 的坡耕地得到治理，林草保存面积占宜林宜草面积的 85%，治理度 80% 以上的小流域面积占县域应治理小流域总面积的 81%，水土流失综合治理程度达 87.7%，土壤侵蚀量减少 70%。2013 年 4 月 10 日，水利部组织的专家评审会通过，长汀县成为全国第 14 个、福建省第一个国家水土保持生态文明县。我为我的家乡能取得如此富有时代特色的荣誉而感到骄傲！

长汀曾是南方红壤区水土流失最为严重的县份之一，其面积之广、程度之重、危害之大，居全省之首。早在 20 世纪 40 年代初，长汀与陕西长安、甘肃天水并列为全国三大水土流失区。1942 年，当时福建省研究院河田土壤保肥实验区的工作总结，对以河田为中心的水土流失情况这样描述："河田乡在汀江左岸，距长汀县城 22 公里，为朋（口）瑞（金）公路必经之处，一片平原，背负着萦环的丘陵，平原中央，就是河田市场……四周山岭尽是一片红色，闪耀着可怕的血光。树木很少看到！偶然也杂生着几株马尾松或木荷，正像红滑的癞秃头长着几根黑发，萎绝而凌乱……密布的切沟，穿透每一个角落，把整个的山面支离破碎……在那儿，不闻虫声，不见鼠迹，不投栖息的飞鸟；只有凄惨的寂静，永伴被毁灭的山灵。"从这描述中我们可以看到当时河田的骇人听闻的可怕景象！也就明白了河田为什么会被列为全国三大水土流失区！

时至 1985 年，据遥感普查，长汀全县水土流失面积达 146.2 万亩，占县国土面积的 31.5%。严重的水土流失给长汀生态环境造成严重的危害，也严重制约了经济的可持续发展，长汀成为全省闻名的贫困县。

长汀水土流失的治理，是在艰难中起步的。早在 20 世纪 40 年代，当时的福建省研究院就在长汀河田设立了土壤保肥实验区，开始了水土流失治理的研究。新中国成立后，历届省委、省政府开展了对长汀水土流失的治理工作。从 1949 年 12 月成立了福建省长汀县河田水土保持试验区之后，栽种了许多马尾松，对长汀县水土流失进行了初步治理和治理模式的探索。但由于政治运动频繁，机构几上几下，工作打打停停，管理不善，成效甚微。真正开创长汀县治理水土流失新局面的，并将它作为生态建设，不断推向新高潮的，是改革开放后的历届省委、省政府，特别是项南和习近平这两位领导人最给力。

项南是长汀水土流失治理新局面的开创者

1983 年 4 月 2 日，时任中共福建省委书记项南与温秀山、张渝民等省委领导带领有关部门领导和专家专程到长汀河田视察水土保持工作。项南有个很好的习惯，凡是比较重大的调研、视察活动，都必须有充分的准备。通过看《长汀县志》和向有关部门了解，他对长汀水土流失及其治理情况，有了大体的了解，并下决心解决这个对长汀经济发展和人民生活造成严重影响的重要问题。

所以，他特别请了有关的专家参与。他们一到长汀河田，就深入水土流失最严重的地方察看，看到那里尽是"闪烁着可怕的血光"的"支离破碎"的山冈，呈现出一派衰败的景象，项南心情沉重地问长汀县领导：河田的水土流失面积占全镇山地面积的55%，同闽南的安溪、南安、惠安的水土流失状况相比，长汀算不算"冠军"呀！我看是"冠军"。这个问题挑明有好处，我们就可以采取相应措施，夺取全省水土流失治理的"冠军"。

项南采取了什么样的相应措施呢？

第一，总结历史经验，提出了著名的"三字经"。项南与同行的温秀山、张渝民等省委领导和专家，同当地干部、科技人员，在一个名叫"八十里河"的村庄，边看，边聊，聊出了解决问题的思路和措施。这就是后来广为流传的《水土保持三字经》："责任制，最重要；严封山，要做到。多种树，密植好；薪炭林，乔灌草。防为主，治抓早；讲法制，不可少。搞工程，讲实效；小水电，建设好。办沼气，电饭煲；省柴灶，推广好。穷变富，水土保；三字经，要记牢。"这"三字经"是对历年来治理水土流失经验的总结，也是对今后治理工作的科学规划。实践证明，"三字经"通俗易懂，是长汀县治理水土流失的法宝。

第二，提出由省、地、县三级包干，落实了责任制。项南在河田镇召开了有当地县、社干部和科技人员、群众参加的座谈会，听取大家的意见。项南在会议的最后指出，治理水土流失，最重要的是责任制。搞了责任制，就等于牵了牛鼻子。他说："搞责任制就是包。一是社队治理水土流失，造林绿化包给农民；二是省、地、县有关部门也要包。"河田镇25个大队中有24个大队严重水土流失，经过协商，决定由省农业厅、林业厅、水电厅、水保办、林科所、福建林学院、龙岩地区行署和长汀县政府等8家单位实行责任制，每家承包3个大队，争取3到5年，达到由"红"变"绿"的治理目标。

第三，从关心老百姓烧柴问题入手，提出了解决实际困难的具体方法。长汀县缺煤少电，老百姓的燃料都靠上山砍柴割草解决。这就造成了"年年封山种树，年年不见林"的情况。针对这一问题，项南指出，如不解决群众烧柴问题，水土流失治理永远是一句空话。必须动员群众改烧柴为烧煤，要在河田先做起，推广烧煤。项南还提出了"生物和工程措施相结合，以生物措施为主，工程措施为辅，其他措施相应跟上"的具体方法。同年5月，省政府决定，从1983年起至1987年的5年内，由龙岩地区每年安排1万吨煤供应长汀河田公社作为群众生活燃料；由省林业厅每年拨出育林基金20万元，用于培育苗木和造林补贴；由省水保办每年拨出30万元，作为煤炭供应补贴。

"榜样的力量是无穷的"。省委一把手亲自抓长汀水土流失的治理，为各级领导带了一个好头，极大地调动了长汀县干部、群众治理水土流失的积极性。在长汀县委、县政府的领导下，一场治理水土流失的攻坚战，在长汀县水土流失最严重的河田、三洲、策武、濯田等乡镇展开。由于解决了群众烧柴困难，实行了多年的"封山育林"也真正起了作用；由于实行了育苗经济补贴，干部群众种树不用愁；由于实行了责任制，干部群众的责任心大大增强，治理水土流失出现了前所未有的新局面。

在以后10多年的时间里，项南怀着对这块红色土地和老区人民的一往情深，多次来到长汀县视察。他对身边工作人员说，土地革命战争时期，闽西人民为革命做出了巨大贡献，可他们至今还很穷，闽西7个县有5个县是贫困县，作为省委领导，我日夜不安啊！我们要充分发挥社会主义能集中力量办大事的优越性，下决心，切切实实地把水土流失这件事办好。正是出于这种高度的责任感和使命感，他于1986年5月11日再一次到长汀视察。他特地来到河田，察看了当地人工草场、八十里河小流域示范治理区、水东坊水土保持试验场等地，看到许多荒山由"红"变"绿"，呈现出一派生机勃发的景象，他十分高兴地题词："八十里河今胜昔，风流岭上土变金。"

1991年4月14日，时任中国扶贫基金会会长的项南，为了帮助长汀尽快摆脱贫穷落后的状况，特别从江苏、上海请了一批专家、学者，来到河田考察水土保持工作。当他听说长汀河田107万亩严重水土流失地已治理了35万亩时，高兴地说："这是件很了不起的事情，它的意义不只在县，我看对我们整个省、对整个国家，以至于整个世界，都有其伟大意义。"他说："我再送你们5句话——马不停蹄，长短结合；自力更生，劳力投入；食草动物，紧紧抓住；自我发展，良性循环；争取外援，工贸结合。"

从1983年到1993年，10年治理，河田许多山头由红变绿，改变了模样，托起了绿色的希望。下一阶段朝什么目标发展？1994年9月26日，项南不顾年老体弱、身患严重心脏病，又一次风尘仆仆来到河田。他察看荒山，听取汇报，总结经验，提出：要加快治理步伐，提高治理质量，改进治理方法，注重综合效益的工作方针，要求把河田建设成水土保持农业综合开发区。并挥毫题词："经过十年整治，近半变作绿洲，今后几年要全部治理好，进一步把治理与开发相结合，使河田由穷变富，这是一项有深远意义的巨大工程。"他还指出："要着力解决两个问题：一是怎样以自己的力量来发展水土保持的事业，而不是年年靠国家；二是不单解决水土保持的问题，还要考虑河田的 40 万亩土地怎么开发，使河田由穷变富。"

项南一次次的视察，提出的一系列措施，充分体现了他坚持解放思想，实事求是，一切从实际出发，锐意创新的精神，也体现了他的远见卓识。1988年，全国政协原副主席杨成武将军回到故乡长汀，特地视察了河田的水土保持工作，看到昔日的一座座光山秃岭，现在都披上了绿装，他感慨地说："河田水土流失这个问题，封建王朝没有解决，国民党时期没有解决，新中国成立后很长一个时期没有解决，党的十一届三中全会后解决了，这是一件了不起的大事。"1990 年 9 月，我到北京出差，专门去拜望杨成武将军，我们又谈起了故乡的水土流失治理工作，他动情地说："项南同志真了不起！一二百年几个朝代没有解决的长汀水土流失痼疾，他解决了。他为长汀人民办了一件功德无量的大好事，长汀人民都称赞他！"

令人遗憾的是，深受全省人民爱戴的好书记项南，于 1997 年 11 月 10 日，因心脏病发作突然去世。长汀人民沉浸在悲痛之中，他们用各种方式表达对项南同志深切怀念！不久，他们就自发建起了项公亭和项公园。项公亭、项公园坐落在河田水土流失最为严重的露湖村，亭内有项南的半身石雕像，两旁青松翠柏，默默挺立，四周各种果树，悄然成荫。亭上的两句"河田无声颂项公，汀江有情怀君绩"对联，寄托了长汀人民对项南丰功伟绩的深切怀念。

习近平是长汀水土流失治理的推动者

另一位最给力的领导人，就是习近平。

这两位领导人有一个共同的特点：对长汀这片曾经洒满革命先烈鲜血的红土地一往情深，时刻挂念着长汀的水土流失治理工作。

经过十几年艰辛努力，长汀县水土流失治理取得了很大成绩。至 1999 年已有部分水土流失地披上了绿装，但是仍有百万亩没有得到治理。长汀是经济欠发达县，县乡财政捉襟见肘，依靠转移支付维持运转。怎样保质保量完成这百万亩的治理任务，实现由穷变富的目标呢？长汀县委、县政府面临艰难抉择。

1999 年 11 月 27 日，习近平专程来到长汀视察工作。在项公亭项南雕像前，他久久伫立，为项南老书记操心长汀水土流失治理事业和长汀人民十几年来在艰难的条件下努力治理的精神所感动，也对存在的问题深感忧虑，他语重心长地对在场的省、市、县领导说，长汀水土流失治理，在项南老书记重视、关怀下，取得很大成绩，但革命尚未成功，同志仍需努力，要锲而不舍，统筹规划，用10到15年时间，争取国家、省、市支持，完成国土整治，造福百姓。

在策武镇黄馆村的县直机关干部果园，他对县直机关干部带头种果取得的突出效果，给予充分肯定。他说：什么事情都要干部带头示范，你要群众做的事，只要干部带好了头，起到了示范，群众才能相信你。

2000年春，习近平得知长汀建设河田世纪生态园，于5月29日专程托人送来1000元，捐种一棵樟树。

2000年1月8日，习近平在《关于重点扶植长汀县百万亩水土流失综合治理的请示》中做出批示：搞好水土保持是实现持续发展战略的一项重要内容，应引起我们的高度重视。项南同志在福建工作时，就十分重视抓长汀的综合治理，我们应该继续做好这项工作。同意将长汀县百万亩水土流失综合治理列入省政府为民办实事项目和上报长汀县为国家水土保持重点县。

2000年伊始，省委、省政府确定长汀县水土流失综合治理为全省为民办实事的项目之一，每年由福建省财政扶持1000万元。

在习近平的关心和推动下，长汀县委、县政府抓住机遇，于2月27日召开全县水土流失综合治理誓师大会。他们把治理水土流失作为建设山清水秀、环境优美的新长汀，作为科学发展战略目标来抓。县委、县政府采取积极推进集体林权制度改革，搞活流转；引进市场机制，发挥社会资金的作用；建立产业合作经济组织，开拓市场；提高科技含量，加强与高校和科研院所的合作；充分发挥典型引路作用，带动群众积极参与等措施，全县迅速掀起了治理水土流失的新热潮。

2001年10月13日上午，习近平再一次视察长汀水土保持治理工作。他先在河田世纪生态园细心地为他捐种的樟树浇水、培土，又听取长汀县领导的汇报，他指出：长汀县水土流失治理要锲而不舍抓下去，认真总结经验，对全省水土保持工作起到典型示范作用。各级各部门要求真务实，常抓不懈，要完善建设机制，拓宽筹资渠道，真正把这项工作作为提高为人民服务质量的大事抓紧抓实。

"吃水不忘挖井人"。2004年6月，长汀县委、县政府写信给时任浙江省委书记的习近平汇报长汀县治理水土流失的进展情况，特别是三洲万亩杨梅基地建设的情况。1993 年长汀县林业局从浙江省黄岩区院桥镇引进了 1997 棵杨梅，种植在三洲镇三洲村 56 亩荒山秃岭上。也许是三洲一带富含稀有元素，气候比浙江要好，试种很成功，不仅成活率高，而且果质又大又甜，胜过原产地，现在已发展至万亩，远远望去满山青绿，一望无际，非常壮观。

2011 年 12 月 10 日，习近平在当日《人民日报》刊登的《从荒山连片到花果飘香——福建长汀十年治荒山河披绿》的消息上做出批示："请有关部门深入调研，提出继续支持推进的意见。"

2012 年 1 月 8 日，习近平在中共中央政策研究室组织的由国家发改委、财政部、生态环境部、水利部、林业局、扶贫办等单位联合调研的报告上批示：同意中央部门联合调查组关于支持福建长汀推进水土流失治理工作的意见和建议。长汀曾是我国南方红壤区水土流失最严重的县份之一，经过十余年的艰辛努力，水土流失治理和生态保护建设取得显著成效，但仍面临艰巨的任务，长汀县水土流失治理处在一个十分重要的节点上，进则全胜，不进则退。应进一步加大支持力度，要总结长汀经验，推动全国水土流失治理工作。

2012 年 3 月 7 日，习近平在北京看望全国人大福建代表团时强调指出：项南同志在担任福建省委书记时就亲自倡导抓长汀水土流失治理问题。我担任省领导后接着抓，取得了一些成效。2001 年，我提出要"再干八年，解决长汀水土流失问题"。最近，我又连续两次对长汀水土流失治理情况做了批示，要求认真总结长汀经验，坚持以点带面，促进全省和全国水土保持工作和生态建设，并要求有关部门给予支持。希望省委、省政府认真总结推广长汀治理水土流失的成功经验，加大治理力度，完善治理规划，掌握治理规律，创新治理举措，全面开展重点区域水土流失治理和中小河流治理。对这项功在当代、利在子孙后代的事情，一定要一任接一任锲而不舍地抓下去，一抓到底，切实抓出实效。

一位日理万机的党和国家领导人，在短短几个月之内为长汀县水土流失治理这样一个具体问题做出两次批示和一次意味深长的谈话、指示，既有对以往成绩的高度肯定，又有对存在问题的提醒、警示，还为未来发展指明了方向，句句都说到点子上。再一次充分说明他对长汀水土流失治理工作的一往情深！长汀 52 万父老乡亲多有幸！长汀这片洒满革命先烈鲜血的红土地多有幸！

2013 年 9 月

罗源好起步

起步在罗源县是一个大镇，不论是传统农业时代，还是当今经济迅猛发展年代，它似乎都走在前头，先试先行先起步。

起步境内地势平坦，物产丰富，所以罗源人称之为"罗源好起步"。首先，很难得的是，近郊和生态融为一体，这是城郊农村的独具优势，因而四季都花团锦簇，红花绿树比美。

它是首批省级农民创业示范基地，市级小城镇建设试点镇，其中庭洋坂村被国家民委命名为"中国少数民族特色村寨"，上长治村被农业农村部评为全国"一村一品"示范村。

它的区位优势突出，长期以来是罗源西北面重要的交通要道和商贸集散地，两条千年古驿道穿境而过，增添了一种独特的人文与商贸文化底蕴。

气候温和湿润，阳光充足，雨量充沛，这又是为人称道的一种温润，在这样的天地间，什么不能栽种？什么收成不丰厚？种植业蓬勃发展，还迅猛发展起了如今的新产业——旅游。

许多古桥、古塔、古村落；茶山、花海、菌基地以及罗川八景，等等，都是值得游客寻觅、光顾、优游的好去处。

特别值得提及的是，浓郁的畲族文化。起步镇有 6 个畲族村，畲风浓郁，畲情绵长，用"开轩面场圃""绿树村边合"赞美畲村，既形象生动，也十分确切。这是畲族兄弟用勤劳的双手打理出的一派田园风光，如画美景，护卫着这片静谧纯美的天地。还有他们的擂茶、乌米饭，都极其独特，十分诱人。起步镇走发展生态农业之路，已形成了数个有规模的产业群。

袖珍·秀珍

袖珍是个形容词，表达某种物件的精细、灵巧，令人喜爱。

而秀珍则是一种菌菇的名号。我一再询问，这名号有何讲究，他们都说这品种是从台湾移植过来的，我们没有去考究。

之后，我们参观了专事生产秀珍菇的工坊：长兴菇业种植场。菇棚很大，密密匝匝、整整齐齐地堆摆着菌袋。许多袋口都探出了秀珍菇的小脑袋、小脸盘。我拿起一袋细看，原来它也那么小巧，杆很细，叶不大，拇指盖般，圆圆的，浅灰色，一排排地排列着，很有秩序，整个造型让人珍惜。难怪菇农很爱栽培它，迅速在起步、在罗源全县扩展开来。公司的负责人告诉我们，全国的秀珍菇有一半以上是罗源人生产的，而罗源的秀珍菇又有一半产自起步镇。

长兴菇业种植场创办于 2006 年，起步很高，是科技型企业，专门从事食用菌新品种引进、生产、加工、销售、培训等工作。

种植场采用"公司＋基地＋市场"的经营模式，置一条食用菌保鲜泡沫箱生产线，为食用菌保鲜包装服务。年种植秀珍菇 110 万袋，拥有自动化菌包生产线 6 条，生产菌包 800 多万袋，供应给全县各乡镇农户，年产值可达 2700 多万元。

成品菇经冷冻、保鲜、包装后，销往广州、深圳、上海、杭州、温州等地。

种植场本着"诚信经营，科学发展，锐意进取，勇于开拓、大胆创新"的经营理念，为他人提供了产前、产中、产后服务，走出共同富裕又具有自身特色的脱贫致富之路。

福建省百谷农业发展有限公司位于起步镇上长治村，总投资 3000 万元。公司拥有培养房 41 间、出菇房 36 间，还有冷却室、接种室、研发中心和实验室等一系列设施，是一家集食用菌开发、培养、繁育、生产、销售为一体的股份制企业。

公司成立以来，制订完善了各项管理制度，所有生产车间都安装了智能化空调系统，自动模拟、控制生长环境，实现了食用菌生产的周年化，日产菌包 2 万袋，年产值近 3000 多万元。

2016 年，公司在所有生产车间安装了互联网系统，利用互联网通信技术把生产车间的摄像、传感器、控制器、机器和工厂员工联系在一起，利用手机等移动设备终端，实现信息化、智能化的远程管理控制体系，让员工可以实时对生产车间的情况进行监控，及时做出调整，实现高效快捷的生产经营。

我们又参观了生产海鲜菇的"创鲜农业科技有限公司"，海鲜菇的杆、叶浑身雪白、晶莹剔透，一包菇宛如盛开的一束花，菇叶也只有拇指盖那么大，十分雅致。

这家公司专业从事食用菌种植、加工和销售，企业也是以"公司+基地+农户"的独特模式组建的，是一家集生产、收购、加工、冷储、调运、贸易、科研服务为一体的外向型农业产业化企业。

公司成立以来，不断加大投入，改善生产经营条件，把原有的竹棚改建成钢架大棚，把固定冷库改成移动打冷，地面铺设遮阳网等，大大提高了抵御自然灾害风险的能力，降低了劳动成本，不仅提高了产量，而且提升了质量。目前公司建成保鲜与加工冷库10个、钢架菇棚16座，拥有4条生产线的菇包生产车间，产品以秀珍菇、香菇为主，年栽培秀珍菇170万袋、香菇10万袋，还置有连续杀青速冻加工生产线，有效解决罗源秀珍菇高峰期积压的问题。

公司还与农户建立稳定的购销关系，在菇包上保质保量，在产品上包收包销，带动了200多户菇农参与食用菌生产，取得了显著的社会效益、经济效益和生态效益。

……

起步镇由于起步在先，又起步得很好很稳，它能走向更美好的未来。

看来，罗源人、起步人也很冷静，充分分析了发展的优势：区位优势、交通优势、土地优势、人文优势，实际上这些优势基本上是大自然赐予、老祖宗留给的。而罗源人、起步人应下大力气的则是：在传统农业大镇上增加工业化分量，工业化与现代化是并肩前进的巨大产业，不论是一个国家，还是一个省（市），乃至于区、县，工业太短板了是搞不好现代化建设的；还有防洪防汛，起步人也看到了它的艰巨，因起步镇多水，两条溪——起步溪、护国溪贯穿全县16个行政村，一方面灌溉了大面积土地，另一方面，时常的水患，对全镇工农业生产影响颇大。这要勤加治理，与天斗了！

异军突起的秀珍菇，使起步镇这个传统农业大镇、在稳定粮食生产的基础上，通过有偿流转土地，调整产业结构，大力发展食用菌产业，产品数量、效益和影响力不断提高，成了这个镇农民增收致富的主导产业。2010年"罗源秀珍菇"获国家地理标志保护，2011年8月，依托秀珍菇发展，起步镇上长治村被农业农村部认定为全国"一村一品"示范村镇。2012 年 12 月，起步镇食用菌种植区被列为福州市唯一的省级农民创业示范基地。目前，起步镇食用菌产业从新品种开发、新技术应用、销售渠道开拓以及品牌培育等方面都引领全县食用菌产业的发展方向。

他们的主要做法：

加强组织，引导规模化生产。县委、县政府领导高度重视产业发展，县政府成立了现代农业发展领导小组，由主要领导任组长，分管领导任副组长，年年都把食用菌产业写入"县委年度工作要点"和"县政府年度工作报告"，列入农业工作重点督查项目来落实。县委、县政府主要领导和分管领导经常深入基地调研，协调解决具体问题。同时结合县现代农业领导小组季度例会，涉及产业建设发展的有关议题，都能及时提出研究解决。切实形成主要领导亲自抓，分管领导具体抓，农业部门和乡镇齐抓共管的领导机构和工作机制，确保了各项工作落到实处。

强化政策扶持。近年来，县委、县政府把食用菌产业列入现代农业重点扶持，制定了详细扶持措施：一是加大财政配套扶持，明确项目补助标准，对设施大棚建设，县里每亩配套补助 1 万元；菌包生产线每条补助 10 万元；保鲜冷库（100 立方以上）每个补助 1 万元；企业首次申报"三品"认证，一次性给予 1 万～2 万元补助；给予龙头企业贴息贷款补助。近两年来县财政生产性补助资金达到 1000 多万元。二是整合部门资金投入重点基地基础设施建设。近年来，水利、交通、建设、农办等部门投入重点基地防洪堤、道路桥梁、新农村建设环境整治和综合美化的资金达到 4000 万元，极大改善了产业基地基础设施条件。三是协调农信社、邮储、光大、工商等银行开展金融创新服务。四是落实食用菌生产设施（包括菇棚）保险制度，县财政安排专项资金给予菇农50% 的保费补助。

实施科技引领。结合基层农技推广体系改革与建设，闽台农业科技合作推广，全县建立 10 个农业科技推广示范点（其中食用菌 4 个）；农民田间学校10 所；食用菌科技示范户 200 多户；安排农业专家和技术干部与示范点、科技户结对子，开展科技帮扶和技术攻关。如秀珍菇标准化栽培技术、移动打冷技术，病虫害绿色防控技术，食用菌冷藏保鲜技术等，提升科技兴菇水平；重视基层农技推广队伍建设，加强技术骨干培养，建立了一批农技土专家队伍，积极发挥食用菌行业协会作用，充分发挥基地示范带动作用，经常性组织菇农开展技术培训，现场观摩，实现专家与菇农面对面，技术与"田间"零距离，推动食用菌新技术进村入户，根据生产实际，加强重点技术推广，全县食用菌高技术推广面达到95%以上。

加强质量安全监管。认真落实贯彻《农产品质量安全法》《农药安全使用规定》和食用菌菌政管理办法等法律法规，把农产品质量安全工作列为重点工作来抓，经常性组织检查，及时纠正存在的问题。

强化菌政管理。县严格执行菌种生产经营许可制度，加强生产过程控制与质量监督，积极配合工商、质量技术监督部门和农业执法部门，深入开展菌种、原辅材料、农药、保鲜剂等投入品市场整治，严厉打击各种坑农害农、危害人体健康的违法行为。罗源县以食用菌菌种无证生产经营、食用菌生产投入品、食用菌加工卫生环境为整治重点，抽查棉籽壳、麸皮、石膏的营养成分，抽检了菌包配合比例，菌包的水分含量、菌包的 pH 酸碱度，通过省、市、县三级联动，营造菌政管理的法治氛围，提升食用菌菌种与产品质量安全监管水平。及时纠正一些不良行为。

他们的经验可以概括为：

一是政府促动。县委、县政府对食用菌产业发展进行了科学规划，研究制定优惠政策，加强引导，加大扶持，突出重点，完善配套，推动了产业"升级、扩市、增效"。

二是科技推动。加大科研投入，整合食用菌科研力量，有针对性开展技术攻关；并且有计划开展品种试验，积极引进培育新品种，为后续发展做好品种储备。

三是示范带动。重点抓好龙头企业、专业村、专业大户和流通企业的发展，通过推进标准化生产、集约化经营，壮大实力，构筑集群，辐射带动了食用菌产业做大做强。

四是服务驱动。强化食用菌产业的产前引导、产中指导、产后疏导服务，完善社会化服务体系，积极协调解决食用菌生产过程中遇到的困难与问题，营造良好的产业发展环境。

一直以来，笔者有所困惑，农村、农业应该怎样走出一条有别于城市又有自己特色的发展路子？

可喜的是，近年来许多地方在实践中探索出不少因地制宜的思路，如"一村一品""单品集约化经营"等等，就比较符合实际。罗源对待秀珍菇就是这样的，所以菌业就蓬蓬勃勃地发展起来了。

点赞领导

据县农业局干部蓝世步介绍，秀珍菇（包括全套种植技术）从台湾引进罗源后，县里做了很多"调适"工作、比如土壤、气温、核心技术、温差刺激、移动打冷、人工控制等的改进调整，让它适应罗源；菇在夏季不是很旺盛，反倒很稀缺，很值钱，有竞争能力，他们便对菌生产线、冷冻，还有一些技术性的环节，都进行了改造、更新、扩大，让它们服罗源的"水土"；菌种复壮、对外销售都有改进，有如罗源土生土长；菌包生产专业化，有三条菌包专门生产线，为菇农提供现代菌包，规格在 17 ～ 37 厘米，可装菌料 2.5 ～ 4 斤，成活率保证在 85% 以上。农户与工厂签订合同，如有矛盾，主管部门协调解决。还有农户、协会（或部门）结合，全流程管理，避免矛盾多发。

如今，秀珍菇成了罗源的主导产业，在所有菌类中占 50%，分布在起步、凤山、白塔、西兰等几个乡镇，进入了专业分工、规模化生产的流程。

罗源县委、县政府十分重视农业经济，但与传统的农业经济观念不大一样，他们把食用菌办成产业，列入了县农业经济发展的支柱加以扶持。利用创建省级农民创业示范基地的大好契机，乘势而上，有力推动了食用菌产业的转型升级，促进经济发展，促进农民增产增收。

设施上从竹木大棚向钢构标准化大棚转变，改变了生产条件；在产业发展中，建设产业领路区，坚持核心区先行，围绕建造现代化农业示范园区发展目标。近年来共计完成新建的秀珍菇、香菇钢构标准化菇棚一千多座，共一千多亩，并向重点基地集中，连片建设；同时还发展海鲜菇工厂化生产企业 3 家，年产一千多万袋。

菌菇产业发展从种植生产为主向产业链延伸的方向发展。他们不断新建、扩建菌包生产企业，增加菌包生产企业 16 家，菌包生产线 61 条。进一步巩固了"统一制菌，分户生产，配套营销"的发展模式；还新增食用菌初、深加工的项目，做到了食用菌初、深加工的零的突破；还解决了废菌包的处理项目，不仅减少了污染，还促进了生态农业循环经济的发展；建设了保鲜冷库四百多家，对接了三家物流公司，组建了食用菌营销队伍，散落在全国许多大中城市，这样，从生产到销售首尾就衔接起来了。

目前，起步镇示范基地年栽培食用菌四千五百多万袋，并带动了中房、西兰、飞竹、霍口等乡镇。仅 2016 年，罗源全县食用菌栽培总量就达到了 1.62 亿袋，其中秀珍菇就达到 1 亿袋。销售额达 8.1 亿元，从业人员近万人。

盘点这些成绩，笔者是想点赞一下罗源各有关领导。因为这一步步推向前去，又不断发展和提升的措施，都离不开各方面领导的步步跟随，用心观察，随时了解情况，及时解决问题。比如，县政府成立了现代农业发展领导小组，由主要领导任组长，分管领导当副组长，把食用菌产业写入县委、县政府年度工作重点加以落实。平日里还时常召开工作例会，及时研究解决有关问题。

又如，为了秀珍菇工厂化规模化生产，他们就建设了冷库转调温，四季都能接菌，周年生产，均衡上市，保质保量，价格稳定；

又如，推广包括松木屑、杉木屑、竹屑、果茶枝条、落叶树枝等代用料生产，县里各有关部门积极配合，充分利用地方材料，加上新原料研究成果，获得成功；

又如，推行标准化生产，提升产品质量和经济效益，结合《食品安全法》《农产品质量安全法》《农药安全使用规定》的实施，大力加强食用菌质量安全的宣传力度，开展秀珍菇生产标准化示范区工作，提高秀珍菇标准应用效果。还制定了《秀珍菇工厂化生产技术规范》，使其涵盖生产、加工全过程；

还有培育知名品牌、强化菌政管理。开展优质服务等诸多方面，遇到什么问题，就立即跟上解决，这就使秀珍菇（乃至全部菌类）一路走好，形成了今天食用菌的庞大产业。

罗源县领导们的积极作为，一步步试验，一步步推进。如今，基本形成了"稳规模、求质量、创品牌、促效益"的工作思路，重点抓好福建省罗源农民创业示范基地建设。

2017 年 10 月

芹山英雄谱

王晓岳

一

　　周宁境内分布着 661 座山峰，千米以上的高峰 282 座。山高谷深，致使全县平均垂直落差达 1441 米。境内的 18 条溪流在深涧峻岭中奔腾，或惊涛拍岸，水雾苍茫；或银瀑飘落，白练垂空，这般地形地貌，不仅展现周宁诸多巍峨壮丽的美景，而且留给周宁十分丰富的水力资源。

　　周宁是块风水宝地，但这里又是穷了几千年的一处穷乡僻壤。1965 年，第一条通往外界的省道终于修到了周宁县城，之后，周宁到省城仍需两天的车程。可想而知，新中国成立前地处闽浙边区的周宁，处处山高路隘，是何等的闭塞。新中国成立后，周宁百姓仍旧沿袭着先人赖以生存的铁锅铸造、制陶、染布、棕衣制作、手工造纸等工艺，艰难度日，"穷"帽子戴了几十年。

　　周宁人在修路之前就想到了发电，因为有了电才有现代化的工业，才有生产力的突破性发展。于是，县政府下了"砸锅卖铁"的决心，到福州购买了一部煤气内燃电机。那是 1953 年的事，因为周宁还不通公路，只得将电机"化整为零"，肩挑人抬运回周宁再行组装。自打有了这台煤气内燃电机之后，周宁开天辟地第一回有了一家用电的工厂——碾米厂，白天发电碾米，晚上发电照明。

　　周宁供电局原总工程师叶启林说："1958 年 11 月，我到碾米厂上班时，全县仅有 18 千瓦的供电量，只能供应县政府、医院、公安局等几个单位，群众点的还是煤油灯。"1959 年 1 月，县政府到福州买了一台 60 马力带 18 千瓦的发电机，重建了一家电厂，周宁整个县城这才亮了起来。1965 年，周宁通公路了，柴油能运进来了，周宁便有了第一台工业柴油发电机，之后便建起了农械厂、机器厂、棕棉厂，周宁的工业开始萌芽。

说到水力发电，两鬓斑白的叶启林目光炯然，语调也兴奋起来："水力发电，这是周宁人的梦想！"

老人的回忆告诉我们：1965年7月，装机容量250千瓦的周宁东风一级水电站破土兴建，1969年6月竣工投产，于是周宁县第一次用上了水泥电杆，有了6.3千伏的高压线路。装机容量375千瓦的东风二级水电站1975年3月竣工投产，周宁城关大部分群众此时才享受到水力发电带来的光明。

1976年，周宁县倾全县之力集资投劳，动员万余名农民兄弟自带锅灶柴米，参加义务劳动，建设第一座1万千瓦的水电站。这座名为龙溪的水电站1982年12月建成投产。县里想把几千千瓦的富余电力输送出去，卖给宁德电网，没想到人家用戏谑的口气说："还是留着烤尿布吧！"

去交易的人一头雾水，找位熟人细问什么意思。

熟人说，拿几千千瓦的电卖给地区电网，并入宁德电网要不要建设高压输电线路？要不要建变电站？要不要派人管理维修？要不要国家税收？这要花多少钱？你们想拿一根牛毛换九头牛，这不是开玩笑吗？

这位熟人点拨道，周宁具备建设大型水电站的条件，干吗不申请国家立项，建个上百万千瓦的水电站？一个电站就能让乞丐变富翁，别守着个聚宝盆去要饭了，有出息就弄出个大动静来。

二

那位熟人的话确是金玉良言，句句点在周宁人的心坎上，于是，建造大型水电站便成了周宁干部群众的强烈愿望。

此时，"十年动乱"已经结束，党的工作重点已经转移到发展经济上来，国家要求大力开发能源，特别强调要充分发挥水力资源的潜力。当时的县领导跑到福建省水电勘测设计院请求帮助，接待他们的是林荣华副院长。县领导把一张比例为百万分之一的军用地图摊在了林荣华面前，恳切地说，我们周宁有条穆阳溪，落差很大，水量也很大，请您看看能不能建个大型水电站。军用地图比例太小，难以看清地形地貌的细节，但凭经验还能看出些门道，林荣华预感有戏，便去了趟穆阳溪。实地考察时发现，穆阳溪两岸山高坡陡，水流湍急，可利用天然落差500米以上，截流蓄水的条件极好，加之年降雨量大，移民少，是建设大型梯级水电站的绝佳候选地。回福州后，林荣华又调阅了周宁地域的气象和水文资料，更坚定了他最初的判断。于是，他将这一信息上报给了国家水电规划设计总院。总院的反馈很快，要求福建省水电勘测设计院立即开展对穆阳溪建设大型梯级水电站的可行性研究。

省水电勘测设计院任命林荣华为穆阳溪水电站总设计师。

建设一座大型水电站，是十分复杂的系统工程。不仅需要精确测量梯级水电站数十平方公里范围内的地质结构，确定地下厂房、蓄水大坝的位置，而且需要对梯级水电站地域内多年的水文、气象资料做出综合分析，计算出蓄水大坝及库容量对于水文地质的函数关系，计算出大坝建多高，水库容量定多大，才是投入与产出的最佳性价比。还要根据测量数据确定大坝如何选型、施工，如何组织最为经济有效，发电机组容量多大、输变电线路和配套设备如何配置最为合理。还有诸如电气、自动化、通信等问题也是设计时要解决的重大问题。因此，需要大地测量、地质勘探、水文测量、气象探测、通讯勘察等领域的专业技术人员的密切配合。

在 20 世纪 80 年代初的近两年里，以林荣华为首的几十人的勘探大军浩浩荡荡地开进了周宁穆阳溪流域的深山老林。当时，勘探地域不仅没有公路，连山间小路也没有，路是林荣华和他的队员们用双脚踩出来的，是他们抓着藤蔓攀岩登山爬出来的。在处处长满荆棘野草的大山里，每天背着几十斤重的仪器设备翻山越岭，那种艰辛是常人难以想象的。不用说盛夏，就是秋冬，每日都是汗浸衣裳。周宁山高，冬天天寒地冻，勘测队员们累了不得不休息，人一停下来，寒风就往汗水浸透的衣服里钻，那种冷是刺骨的，那种寒是钻心的，休息却成了让人生畏的事。夏天少了寒冷袭人的苦恼，却多了蚂蟥吸血、蚊虫叮咬的烦恼。住的条件虽然很差，干打垒的房子还能遮风避雨，真正差的是饮食条件，那年月口粮定量，野外工作体力消耗很大，队员们天天半饥半饱的，只好采些野菜搭配，因此，时不时有人腹痛腹泻。每当此时，队员们最想念的是家人和晚餐时的灯火，因为和家人共进晚餐的时光，才能热汤热饭地吃着，才能享受到暖融融的亲情，这些常人习以为常的生活，却成了这些知识分子的向往。然而，这般艰难困苦没能让林荣华和他的队员们动摇和退缩，他们心里明白，如今能为国为民建功立业，是多么难得的机遇啊！所以，"以苦为乐、以苦为荣"成为支撑他们的坚强信念。

多么可贵的一代知识分子啊！

在这两年时间里，寂静的群山沸腾了，日复一日的钻机隆隆，日复一日的歌声嘹亮，700多个日日夜夜，林荣华的勘探队从地下取出数万米岩芯，它们至今还堆放在三湾山坡上干打垒的房屋中，满满地堆了五六个房间。看到这些岩石标本，人们无不肃然起敬，因为这些标本已经化作了国家的决策以及眼前的大坝和电站，它们是无言的丰碑。

在获得大量科学数据的基础上，林荣华的团队为穆阳溪梯级水电站的建设绘制了一幅辉煌的蓝图：穆阳溪可利用水能达 57.13 万千瓦，可作三级开发，第一级设在芹山，装机容量 7 万千瓦，混凝土大坝高 120 米，龙头库容量 2.65 亿立方米，引水洞长 12.36 公里，年发电量 1.45 亿千瓦时。第二、三级分别设在周宁和丰源，装机容量分别为 25 万千瓦和 8 万千瓦。三级水电站总装机容量为 40 万千瓦，年发电量 8 亿多千瓦时。三级水电站落成后，将极大地缓解闽东地区的能源压力。

这一设计规划上报后，国家有关部门组织专家进行了多次论证，结论是：在福建穆阳溪流域建设三级梯级水电站，技术和经济指标十分优越。

这一结论是对林荣华团队设计规划的充分肯定，这令他们兴奋不已。但不久，他们激动的心慢慢地冷了下来。

穆阳溪三级水电站的开发建设，总投资需要 27 亿元人民币，20 世纪 80 年代，我们国家的经济刚刚走出濒临崩溃的境地，还穷得很，当时的国情是百废待兴，亟待用钱的地方太多，可谓捉襟见肘，动辄几十亿元的大项目还轮不到闽东。

一个极好的规划就这样束之高阁，一放就是 10 多年，直到 1996 年年底，一级水电站——芹山电站即将破土的消息终于传到了福建水电勘测设计院，已经升任院长的林荣华拨通了宁德副专员、芹山电站建设总指挥吴增德的电话。

"老吴啊，还记得我们一起翻山越岭搞勘测的日子吗？那时我才 40 出头，如今已 57 岁了……"林荣华说到这里已泣不成声，他是喜极而泣，良久才继续说下去，"有生之年，我能看到咱们和那么多战友的心血变成大项目成果，这是今生最大的宽慰啊！"

1997 年农历正月初七，芹山水电站主体工程招标会议在周宁召开，来自全国各大施工单位的 80 多位专家、技术人员参会。初七一大早，林荣华带领各专业领域的技术骨干从福州赶到周宁，开了一天的会，晚上先是接受竞标单位的技术咨询，后又主持内部开会，研究次日的工作。

初八一大早，宁德行署的一位领导推开林荣华的房门，只见林荣华趴在书桌上，前面一大堆资料，他艰难地抬起头来，脸色苍白，表情十分痛苦。林荣华告诉来者，昨夜胸痛难忍，一夜未眠，恐怕不能陪客人们去看现场了。

宁德这位领导想，林荣华是初八这天会议的主角，初七忙到很晚，夜里还在研究资料，这样一位兢兢业业一辈子的老知识分子，一位把芹山电站建设看得比命还重的老工程师，不会无缘无故退出火线的，肯定是身体出了大问题。于是，他立即派车将林荣华送往省立医院。

翌日，消息传至周宁，林荣华病危，已接受手术治疗。

林荣华病倒后的第5天，宁德几位领导来到福州探望林荣华。万万没想到，他们见到的竟是林院长病逝的讣告。

林荣华手术前对妻子说，我如果下不了手术台，请告诉两位孩子，他们的父亲倒在芹山的土地上，死而无憾。

林荣华用行动实践了"鞠躬尽瘁，死而后已"的人生格言，他是一位永远与芹山同在的英雄。

三

宁德在八闽大地的排序中，位置一直靠后，和周宁一样，一是交通不便，二是能源匮乏。宁德地区的领导竭尽全力，想在这两个薄弱环节实现突破。他们明知穆阳溪三级水电项目需要耗资二三十亿元人民币，争取国家立项投资的难度很大，但仍要尽力一搏。他们认为，机遇只给有准备者，所以，只要有百分之一的可能，就要付出百分之百的努力。因此，穆阳溪三级水电站立项前的一切准备工作一直没有停止。1986年，宁德地委和行署决定成立闽东电力建设指挥部，任命一直负责穆阳溪水电开发调研工作的副专员吴增德为总指挥。

吴增德在1986年至1991年的5年中干成了两件大事，一是促成了闽东110千伏电网与省电网的连接，闽东终于用上了外电，为工业的发展解决了一个关键问题，同时，为日后闽东水电输入省电网做准备；二是促成了省计委将穆阳溪水电开发项目报请国家计委立项。

1991年底，从国家计划工作会议传回消息："八五"期间，福建省只能安排上一个大型水电站项目，即闽西的棉花滩水电站。闽东的穆阳溪三级水电站项目要等安排"九五"规划时再议，也就是说，闽东至少要再等5年。

听到这一消息，吴增德急火攻心，第二天就满嘴的燎泡，嗓子也哑了，他向地委书记和行署专员谈了自己的想法：时不我待，不能再等，宁德办水电必需两条腿走路，一是直接跑北京，争取中央部委领导从扶贫的角度给予宁德特殊政策；二是由地方牵头，走联合投资，分级开发之路。

宁德的两位主要领导极力支持吴增德的想法，便召开了一次在宁德发展史上具有重要意义的决策会议。会上有一部分领导表达了反对意见，他们认为，两条腿走路听起来不错，但难以如愿，先说国家立项，大项目不是列入"八五"就是列入"九五"规划，不可能中途为你福建立项；再说地方发起，联合投资之路，这二三十个亿可不是小数目，就是找到了投资，也还要中央批准，愿望极有可能因空想而变成失望。但多数领导赞成摸着石头过河，不妨一试。最终，会议决定：成立由吴增德任组长的穆阳溪梯级水电站项目筹建领导小组，下设筹建办，立即开展工作。

因为分级开发，首先开发第一级芹山水电，所以筹建办又称作"芹山办"。

吴增德把工作重点放在了跑国家计委和有关部门上，他的策略是"哀兵政策"，反复诉说闽东老区的贫困窘境，生动地汇报闽东人民脱贫致富的梦想，充分论述穆阳溪梯级水电站项目对闽东改变落后面貌的重大意义。既要晓之以理动之以情，又不能给领导上课，还要博取领导的同情支持，几个回合是不行的，唯一的办法是"磨"。为了求见国家计委和有关部门领导，等上三五天是家常便饭。

精诚所至，金石为开。国家计委领导终于松口了，答应向国务院申报立项，但有两个前提，一是要国务院扶贫开发领导小组办公室（以下简称国务院扶贫办）同意将穆阳溪梯级水电站项目列入国家扶贫项目，二是中央银行（以下简称央行）和中国人民银行（以下简称中行）领导要认可穆阳溪梯级水电站项目，不然项目资金无法落实。于是吴增德又一次次地跑国务院扶贫办，跑央行和中行。跑央行时，圆形办公大楼是进不去的，有次他在楼前的台阶上坐等两天半，冻得全身麻木，鼻涕直流。央行杨惠求副行长看到这一幕时，实在于心不忍，便请吴增德来到自己的办公室，吴增德便趁机痛说闽东老区扶贫的艰辛，说动了杨副行长到闽东视察。他还说服了正在筹建国家开发银行的刘明康，答应帮助国家计委和人行的领导解决问题。

因为吴增德每次求见刘明康时，总是在大厅等候，大厅成了吴增德的"办公衙门"，所以刘明康戏称吴增德为"吴正厅"，只要一见面，刘明康就会热情打招呼："吴正厅，你又来了！"

1993 年秋，国务院扶贫办致函国家计委，要求支持闽东老区给予穆阳溪梯级水电站项目立项；同时，央行总行致函中行总行，为闽东扶贫，增加部分建设贷款计划；国家水电部行文，支持穆阳溪梯级水电站开发项目，并投资参股；中国建设银行总行和中行总行均批准为穆阳溪水电站项目贷款；国家计委同意简化穆阳溪梯级水电站项目报批程序，项目建议书和可行性报告一次报批，并同意上报国务院。

这一圈下来，要盖多少个印章啊！这其中的难度可想而知，吴增德办到了难以办到的一件天大的大事，说来是靠嘴皮子，其实靠的是一腔热血和撞了南墙也不肯回头的坚韧。

看来，穆阳溪梯级水电站项目已是柳暗花明，但 1993 年国庆前夕，北京又传来消息：国家要实行宏观调控，项目审批即将"关门"。这一消息令吴增德万分紧张。国庆后的第 3 天，吴增德便来到北京，决心在北京坐等国务院的批文。古人曰：苦心人，天不负。1993 年 12 月 28 日，时任总理李鹏批准了国家计委《关于批准福建穆阳溪梯级水电站可行性研究报告的请示》。12 月 29 日，吴增德返回福建向省市领导和部门报喜。

掐指算来，吴增德这次在北京逗留了 87 天。这 87 天，对吴增德来说，既是精神上的煎熬，又是身体上无法承受之重。项目已报到国务院，偏偏赶上宏观调控，项目是批还是不批，谁也说不准，吴增德时时有种站在悬崖边的感觉，夜里经常被噩梦吓醒，醒来总是一身冷汗。北京的秋天十分干燥，吴增德水土不服，皮肤皲裂，肝区疼痛，眼肿得像桃子。同去北京的几位同志劝他先回福建看病，他回答道，我在副厅的位置上已经十几年了，快退休了，这是我所承办的最后一件大事，再苦再难也得争取把它完成，算是对闽东人民的一个交代。关键时候，我死也不能离开岗位。他就这样一天一天地熬着，一直坚持到李鹏签字。

回到福建的第 6 天，即 1994 年元月 3 日，吴增德再也坚持不住了，这才住进省人民医院。经检查发现，他的肝部有两个鸡蛋大的恶性肿瘤。医生责怪他的家属，为什么这么晚才送病人住院？

为了挽救吴增德的生命，省领导派宁德专员汤金华急赴上海东方肝胆医院，请求中国最具名望的肝胆专家吴孟超教授为吴增德手术。吴教授同意主刀，吴增德被火速送往上海。

手术前，吴增德把芹山办的同志请到病床前，轻声说道，看来凶多吉少，若是天不假年，拜托诸位把芹山的事情办好。

这是吴增德的临终嘱咐，至死也忘不了芹山。

手术进行了两个多小时，吴孟超这样的专家也无力回天，等在手术室外的亲人、同事和领导哭成一片……

又一位忠诚的共产党员倒在了为芹山水电奋斗的岗位上，手术台成了他人生的终点。他为闽东的水电事业披肝沥胆，流尽了最后一滴血，他没有坟茔，没有碑文，但人们不会忘记他，因为芹山就是他的永久丰碑。

四

2011 年的初冬，我进入芹山水电站参观，电站的宏伟令我震撼。被称作中央控制平台的 3 层楼房建在地面上，看上去并不起眼，但乘电梯下到 10 层，一条 600 多米长的隧道便展现在面前。然而，这只是地下厂房的入口。整个芹山水电站的地下是迷宫一般的隧道网，发电机组设在地下 191 米的位置，12.36 公里的有压引水隧道由芹山水库直通发电机组。芹山水库和发电机组有着 755 米的落差，如此巨大的落差产生出巨大的势能，这种势能驰动巨大的发电机转轮，每分钟产生 427 转的高转速。三峡电站靠流量发电，芹山水电站靠势能发电。三峡水电站发 1 千瓦时电，耗水近 4 立方米，芹山水电站的耗水率仅为 0.9 立方米 / 千瓦时，这是芹山水电站的一大优势。

芹山水电站的工程师张志捷介绍说，超大势能发电虽好，但存在一系列难题，一是压力引水隧道中的压力钢管要承受每平方米 400 公斤的巨大压力，这对压力钢管的焊接要求极高。我们请来上海造船厂 20 多位退休老师傅，个个是八级电焊工，对钢管进行内外焊接，在闷热的钢管里作业，一会儿就挥汗如雨，老师傅们一焊就是一年，12.36 公里的压力钢管达到天衣无缝的质量要求，这是惊人的业绩！第二个难点是，引水隧道与大气相通，又必须与大气压保持一致，因此，要消除巨大压力产生的水垂现象，这就要建造一个直径 20 米、深 453 米的垂直竖井，竖井 90 度，误差不能超过一厘米，这也是一项超难的巨大的工程，我们做到了。第三个难点是，我们采用的混流式发电机组是最新科技，对硒钢片强度要求极高，研制过程中经历了一次次失败，但终于取得了成功。第四个难题是，两台主变压器的运输问题。一台主变 108 吨重，宽 10 米、长 13 米、高 20 米，这么大的家伙怎么运到芹山水电站地下厂房呢？为此，专门从美国进口一台长度40米并带有后转向装置的超大货车，从福鼎到周宁就走了一个月，芹山还专门为这两台主变压器打了一条运输隧道。为了这两台主变压器的安全到位，工人师傅和技术人员风餐露宿，不分昼夜地干了两个多月。1998年春节前两天，工程师卢汉林还坚守在工地上，过两天就是他结婚的日子，家里还不见他的影子，未婚妻打长途电话又找不到他，只得把电话打到开发公司设在周宁城关的办公处。办公处派人找到工地，这才把准新郎接走。

张志捷说，这样忘我的建设者不胜枚举，他们都是普普通通的劳动者，在平凡的岗位上做出了不平凡的业绩。他们爱岗敬业的精神是芹山水电站圆满竣工的根本保证。

承建芹山水电站的闽东水电开发公司因芹山水电站建设巨大的成功获得了很高的荣誉——中国电力优质工程奖和国家优质工程奖。

经过8年艰苦卓绝的奋斗，穆阳溪上的一二级水电站——芹山水电站和周宁水电站分别于1999年12月和2005年4月投产发电，每年提供8亿—10亿千瓦时的优质电能，至2010年已累计发电53亿千瓦时，实现利润5亿多元，负责芹山和周宁水电站运营的闽东水电开发公司被中国华电公司授予"五星级发电企业"荣誉称号。

周宁人建造大型水电站的梦想终于在芹山实现了，他们还有更大的梦想：在周宁建一座装机120万千瓦、投资约56亿元的抽水蓄能电站。2010年10月，福建省发展和改革委员会已通过了由中国水电规划设计院设计的方案，2011年已上报国家发展和改革委员会审批。

电有了，途经周宁的高速公路和高速铁路也即将建成。周宁不再封闭，周宁正在走向富裕，周宁必将有着美好的明天。

2012年4月

连城地瓜为什么这样"红"

石华鹏

冠豸山下的"风景"

闽西之地连城，是个美丽的地方，山不高而秀，水不深而幽，国家风景名胜区冠豸山如精致的盆景一般，被上苍之手摆在了连城人面前。冠豸奇崛壮美，丹崖绿翠，绵延几十公里，幸福的连城人沐浴在冠豸风景之中，日出日落，岁岁枯荣。

与此同时，勤劳质朴的他们也在创造着自己的"风景"，这"风景"便是与名扬天下的连城地瓜干紧密联系在一起的连城10万亩地瓜种植田——10万亩？是个什么概念？我也无法想象，我只能说，您到连城的土地上走一走，有田之地，便有地瓜。

一个云淡天高的深秋时节，我们走进了冠豸山下的地瓜种植基地。

汽车在平坦的乡间水泥道上行驶，窗外，远处是冠豸山优美的身姿，近处满眼绿意，看不到枯秋的景象。县农业局江副局长和植保站吴站长正好要去张坑村验收地瓜种植基地，我随车前往。"今年（2010年）全县地瓜种植面积达12万亩，有3万农户在种地瓜，全县26万农民中有一半农民直接从事地瓜产业。"江副局长向我介绍，"你看到车窗外田里的绿色，长的几乎都是地瓜。等会儿你可以感受感受我们万亩红心地瓜种植基地的景观。"

尽管我在心里做好了开开眼界的准备，但是当我踏下车、站到万亩红心地瓜种植基地面前的一瞬，我还是被眼前的景象"惊"了一下：真是大！真是美！眼前整片整片的都是地瓜田，一眼望不到边际，地瓜叶的绿，铺天盖地，铺成一张巨大的绿毯，与远山连为一片，分不清彼此。如果不是整齐划一的一垄垄、一畦畦的栽培方式把万亩地瓜田变成经纬相织的格子布块，我会怀疑是谁将无垠的内蒙古大草甸搬到了这山地之间。

我把眼光收回，脚下到田地里来，用手抚开地瓜叶，粗细不等的藤蔓缠在一起，顺着藤蔓摸下去，牵扯到根部，被土覆盖的下面就是结实、丰硕的地瓜了。我小时猜过一个谜语，"紫杆杆，绿叶叶，瓜儿结在地底下。"当然，谜底就是地瓜了。

吴站长看着这些"紫杆杆，绿叶叶"，仿佛看着自己的老朋友——不过也真算得上他的老朋友，日日打交道嘛——一样开心，吴站长笑着对我说："农民都是按照地瓜丰产标准化模式栽培的，这样产量高，今年亩产可以达到七八千斤。"我发现，每一垄大约 85 厘米宽，中间隔 20 厘米左右，这是吴站长他们研究出来的丰产标准化栽培模式。"这样算下来，今年的鲜薯总产可以完成我们的计划，25 万～30 万吨。按照今年收购价每斤五毛钱算，全县农民今年种地瓜的毛收入在 7500 万～8000 万元。"江副局长在一旁接着吴站长的话说。"那今年算地瓜种植丰收年了。"我说。"当然，当然。"他们说。

地瓜的学名叫甘薯，各地叫法不同，又叫红薯、红苕、番薯、山芋、红芋等。地瓜为旋花科甘薯属中能形成块根的栽培种，一年生或多年生草质蔓性藤本植物，原产于南美洲，16 世纪由菲律宾和越南等地传入我国。目前我国各地均有栽培，尤以淮海平原、长江流域及东南沿海各省区栽种较多。

我问吴站长："全国各地都种地瓜，为什么就咱连城的红心地瓜名气最大？"吴站长说："名气大，就是因为好，好吃，地瓜质量好。"吴站长介绍，连城在地瓜种植区域布局上，选择海拔 500 米以下，阳光充足，排灌条件较好的地域为发展区，这是最适宜地瓜生长的，加上我们这里土质松软，吸热快，散热快，地瓜就长得好。如此看来，不仅一方水土养一方人，一方水土也养一方好地瓜。这或许就是连城红心地瓜为什么这样红的原因之一吧。

影响地瓜收成丰减的因素是综合的，比如地瓜品种、种苗繁育、栽培、田间管理等都十分重要，每一个环节连城人都不松懈。仅就引进新品种来说，2009 年到 2010 年每年引进地瓜新品种 15～20 个，筛选出鲜薯产量高、农艺性状及加工性状优良的地瓜干加工专用新品种 2～3 个，改变地瓜种植品种单一的现状。同时，地瓜种植从传统主产区的 6 个乡镇扩展到全县 17 个乡镇。

随着一个个地瓜种植基地的形成，过去以水稻种植为主的单一生产经营方式，变成了以地瓜种植为中心的烟—薯—菜、菜—薯—菜、稻—薯—菜的高优生产模式。在连城地瓜主产区，每亩地瓜种植产值约 1500 元，比水稻种植产值增加 700 多元，既提高了土地生产率，又增加了农民收入。于是，我们在新闻报道里看到了这样一些吸引眼球又鼓舞人心的标题："地瓜富了半个连城县""地瓜鼓起了农民腰包""地瓜长在土里，却是连城的面子"等等。2010 年10 月，全国甘薯高产栽培暨产后加工现场观摩和技术研讨会在"中国红心地瓜干之乡"的连城召开，这次盛会无疑是对冠豸山下这片地瓜"风景"的又一次赞扬。

我们一行继续往田间地头行进。田里已经有少部分农民开始挖地瓜了，装得鼓鼓的编织袋堆在路边，小山包似的，几个老乡坐在编织袋旁从容地抽烟，他们在等拉地瓜的车。江副局长上去与他们聊天，"今年地瓜怎么样？"一个老乡笑得咧开了嘴，说，"好啊，收得多，价格好。"一个坐在摩托车上的年轻人告诉我，收购价今年比去年每斤涨了一毛到一毛五。

"现在地瓜虽然已经成熟可以挖了，但大面积挖掘还要等到一次霜降之后，那时的地瓜更甜更香，也利于储藏。"吴站长说。

我想象，10 多天之后，当 10 万亩地瓜田陆续开挖的时候，那将是一番怎样的热闹景象。

夕阳中我们返回城关，在路上遇到了一辆满载地瓜的农用车，冒着黑烟往县城方向驶去，他们要去的地方就是位于县城边上，占地 300 亩，总投资 2 亿元的以连城红心地瓜为主的食品加工园区。那里是"全国农产品加工业示范基地""省级农产品加工示范基地"，是地瓜原料的归宿地，农民种植的绝大部分地瓜在那里加工，在那里贴上商标，运往全国各地，运往世界各地。

我在想，那辆干劲十足、往前奔跑的农用车，拉的地瓜是否就是我们刚才在田间见到过的那堆小山包似的地瓜呢？

百吃不厌是地瓜

我的朋友傅小心，得知我从连城返回福州，请我到我们常去的那家"南国茶馆"喝茶，他想听听我的连城见闻。我能理解，朋友傅某是 70 后，地地道道的连城人，乡下长大，小学、初中、高中在连城度过，大学毕业后留省城，成家立业，家乡连城并不常回，只逢年时携妻女回去住几天，俨然已成家乡的客人了。得知我从他的连城家乡回，当然不亦乐乎了。

茶馆里清静、雅致，喝茶谈话间，我发现我的见闻和感受已经无足轻重了，谈话的主角变成了朋友，谈到他的家乡连城，他关不住话题的闸门之水，滔滔不绝起来，精细的记忆和不经意的乡愁在那一刻涨满整个茶室。当然，连城地瓜干的故事是无法避免的。

"家乡连城的地瓜是个好东西，便宜，好吃又富含营养，还能变出诸多花样，脆中带甜的地瓜干、粉嫩香甜的烤地瓜、温热清甜的煮地瓜，让人百吃不厌，吃过之后回味无穷。每次看到亲友捎来的红心地瓜干，我就会想起生我养我的那方土地，想起那令人难以忘怀的岁月，脑海里就浮现出漫山遍野的海一样宽的地瓜来，我的鼻孔微微动起来，似乎嗅到了家乡地瓜的香味……"

"我出生于 20 世纪 70 年代初，听母亲讲，她生下我时没有奶水，我饿得嗷嗷叫。母亲就把煮熟的地瓜剥掉皮，放到碗里用匙子研磨碎，加点糖，倒进开水调成糊糊，一匙一匙喂我，我吃得津津有味。那时家中缺粮，满周岁后，我就和大人们一样，基本上靠吃地瓜填肚皮了。虽然地瓜有很多种吃法，但吃多了难免会胃灼热，天天吃有时也难免会跟母亲闹脾气，质问母亲怎么天天吃地瓜？"

"后来生活好了，地瓜不再是主食，但作为连城人，对地瓜的感情是一辈子都割舍不了的。到如今，家乡的地瓜已经成为休闲食品、保健食品走进了千家万户，家乡的地瓜名扬天下，作为在外的游子怎能不为家乡高兴呢……"

无论从连城走出来的人，还是在连城的人，都有浓郁的"地瓜情结"，他们对地瓜有感情，随着时间流逝，地瓜成为他们生命中一个个或温暖或苦涩的记忆。当年流行一句话说，"口粮不加，多种地瓜。"在那个缺粮的年月，这泼辣而不起眼的地瓜可是"挑了"餐桌的"大梁"的，不夸张地说很多人的命还是地瓜给的。如今，正如我的连城籍朋友所说，地瓜已经由主食粗粮向休闲食品和保健食品转变了——"丑小鸭变成了白天鹅"，促成这种转变的是人们对地瓜认识越来越深入，认识越深，地瓜也就越深入人心。

有资料说，几乎每年，世界卫生组织都会如约推出一份健康食品排行榜。由于果蔬生长、所含营养等变化，上榜食品名单也会随之不断地调整。但始终有一种食物一直占据健康食品榜的榜首。

就在最近，日本国立癌症预防研究所的科学家又推出一个叫抗癌蔬菜排行榜，同样还是这种食物毫无悬念地进入榜单，而且位列首位。

这种食品就是地瓜。这种受到明星般追捧的食品，欧美人赞它是"第二面包"，苏联科学家说它是未来的"宇航食品"，法国人称它是当之无愧的"高级保健食品"。

真的如此神奇吗？

地瓜味道甜美，含有丰富的糖、蛋白质、纤维素和多种维生素，其中 β-胡萝卜素、维生素 E 和维生素 C 尤多。特别是红薯含有丰富的赖氨酸，而大米、面粉恰恰缺乏赖氨酸。故红薯与米面混吃正好可发挥蛋白质的互补作用，提高营养价值。就总体营养而言，红薯可谓是粮食和蔬菜中的佼佼者。

科学家对地瓜的营养价值研究之后，得出了地瓜对人体的五大功效：（1）和血补中。地瓜含有大量的糖、蛋白质、脂肪和各种维生素及矿物质，能有效地为人体所吸收，防治营养不良症，且能补中益气，对中焦脾胃亏虚、小儿疳积等病症有益。（2）宽肠通便。红薯经过蒸煮后，部分淀粉发生变化，与生食相比可增加 40% 左右的食物纤维，能有效刺激肠道的蠕动，促进排便。（3）增强免疫功能。地瓜含有大量黏液蛋白，能够防止肝脏和肾脏结缔组织萎缩，提高机体免疫力，预防胶原病发生。所含的钙和镁，可以预防骨质疏松症。（4）防癌抗癌。红薯中含有一种抗癌物质，能够防治结肠癌和乳腺癌。此外，地瓜还具有消除活性氧的作用，活性氧是诱发癌症的原因之一，故地瓜抑制癌细胞增殖的作用十分明显。（5）抗衰老、防止动脉硬化。地瓜中的水除活性氧可抑制肌肤老化，保持肌肤弹性，减缓机体的衰老进程，所含黏液蛋白能保持血管壁的弹性，防止动脉粥样硬化的发生，红薯中的绿原酸，可抑制黑色素的产生，防止雀斑和老人斑的出现。

在不愁吃喝的今天，人们愁的是吃什么怎么吃才健康，没想到如此大众化的地瓜，却是如此健康的"明星食品"，所以地瓜，尤其是著名的连城红心地瓜走进人们的视野，日益受到人们的青睐，便是顺理成章的事了。

连城红心地瓜干的美名远扬，可以追溯到二三百年以前，清朝时作为贡品进贡皇宫，是宫廷宴席上的珍贵小点，美名"金如片"。一直以来，排在"闽西八大干"之首的连城红心地瓜干，以当地所产优质鲜红薯制成，不添加任何色素，保持天然品质。看到那色泽鲜红的一片片地瓜干，味蕾就已经打开了，忍不住伸出手去，拿一片一嚼，质地软韧，味道甜美，唇齿余香，实乃人生一大享受也。

有需求，就有生产，就有经营。于是，连城红心地瓜的红火产业也就"烧"起来了。

红心地瓜的红火产业

在连城，地瓜与冠豸山，已成为两道著名的"风景"，如果要给连城地瓜这道"风景"找个主色调的话，我以为是红色——红土地、红心地瓜、红火产业。红土地是亿万年以前上天的惠赐，红心地瓜是三四百年以前先人的选择，红火产业呢？可以说，是改革开放30年以来，尤其是近些年连城把红心地瓜产业"做大做强做优"确立为发展主题以来，连城人开拓、创新的结果。

如今，连城地瓜产业的确"红红火火"，据产业办负责人介绍，2010年，全县地瓜种植面积达12万亩，加工地瓜干可达12万吨，产业产值6.15亿元。主要产品有蜜饯型、香酥型和重组型3大系列50多个品种，产品销往全国600多个大中城市，出口日本、韩国和欧美、东南亚等国家和地区。全县26万农民中有一半农民直接从事地瓜产业，全县农民直接从地瓜产业中取得纯收入1.65亿元（其中种植收入7500万元、加工收入5000万元、销售收入400万元），年人均收入635元，占全年人均纯收入15%。现已形成"三万农户种地瓜，百家企业搞加工，五千农民跑销售，六亿产值富半县"的产业格局。

感受了万亩红心地瓜种植基地的葱郁、壮阔和气势之后，我们来到了红心食品工业园区。工业区位于莲峰镇江坊，属地瓜原料、劳动力资源中心地带，区位优势明显，交通便利，距县城和冠豸山风景区3公里，距冠豸山机场1.5公里、冠豸山火车站20公里。

7座蓝屋顶、白墙面的巨大厂房一字排开，很有规模。与厂房平行的，是各公司的办公区，由一排各自独立的二层别墅式小楼组成。园区内景观树成行，草坪绿茵，厂区与办公区隔着一条宽阔的园区公路，路上车来车往，地瓜原料拉进来，加工好的各种地瓜产品拉出去，一派繁忙的景象。

同行的农业局江副局长说："这是工业园区一期工程，占地面积150亩，有8家企业入园办厂，7座各2000平方米的厂房及其设备已建成投产，累计完成投资4200万元。加工区2009年加工地瓜干6000吨，产值达4200万元。"

江副局长告诉我，二期工程及交易中心正在建设中，一二期工程全部完成后，加工区及交易中心占地总面积300亩，总投资2亿元。加工区设置2000平方米标准厂房30座，日产2.5吨地瓜干生产线60条，年产地瓜干产品3万吨，年生产总值2亿元。交易中心面积3万平方米，预计年销地瓜干产品5万吨，销售收入 3 亿元。整个园区可直接带动农户 1 万户，安置 6000 人劳动就业。

我们在园区 Y31 幢"连城保健食品厂"罗道光总经理的办公室坐了不一会儿，就有两位年轻人敲门进来，问哪位是经理？同样年轻的罗道光站起来，说我是。

原来，两位年轻人是做食品经销的，在超市里吃到了罗道光生产的"薯师傅"地瓜干，按包装盒上的地址，从广东汕头驾车七八个小时专程找来的。

两位年轻人说明来意，想进一批"水晶红薯仔"到汕头去销售，说因为事业刚起步，资金不丰厚，所以还请罗总在进价上关照关照。罗道光很干脆，表示一定支持，说自己也是从那个阶段过来的。罗总说了一个价格后，两个年轻人点头同意。一桩生意就在不到一泡茶的时间里，以坦诚、干脆的方式达成了。

在罗总的办公室里，两个年轻人试吃了各种样品之后，说想到工厂里去看看，罗道光答应带他们去。我本来还准备了些问题想采访罗总的，为了不打搅他的生意，我们起身告辞。下楼途中，罗道光说他高中毕业后，做了几年其他生意，没做上路，1993 年开始做地瓜干、卖地瓜干，现在上轨道了。在我们挥手道别时，罗道光说他没有种过地瓜，但他家的很多亲戚都是种地瓜的。

"金土地食品厂"的办公室在厂房对面一栋小洋楼里，总经理罗远雪外出开会，被江副局长称为"董事长"的罗总的妻子接待了我们。食品公司就是两口子一步一个台阶并肩干起来的，经过十几年奋斗，如今公司年产值六七千万元，员工 500 多人，成为一家专业研制、开发、生产、经营各系列红心地瓜干的大型企业。

会客厅的墙上醒目地挂着省长参观公司时的照片。在我们到达之前，已经有一个农民模样的后生仔坐在那里了，与罗总妻子说着什么。江副局长认识后生仔，相互笑着打招呼，江副局长让我猜他是做什么的？我说收地瓜的。"正是，流行的说法是地瓜经纪人。"江副局长说。年轻小后生就是附近村子里的，以前种植地瓜，后来从田里上来，专门从事地瓜原料的收购工作，他是农民与老板之间的中间人。他刚送来一批地瓜，和罗总妻子交流着这批地瓜的质量、价格等问题。

江副局长介绍说，像这样的农民地瓜经纪人在我们这儿多的是，另外，还有一批农民地瓜推销员奔走在全国 20 多个省市，把连城红心地瓜干的名声叫响，让全国人民都知道了。

从工业园区出来，给我感受最深的是，这里地瓜产业的蓬勃生机和活力，以及巨大的未来发展空间。

为发展地瓜产业，可以说，连城人动足了脑筋、下足了功夫、流足了汗水，终于在产业之路上结出了累累硕果，已经形成了这样几"化"，即种植基地规模化、地瓜加工工厂化、产品开发市场化、特色保护品牌化、产品生产标准化、行业服务社会化、园区经营集约化，基本实现了连城红心地瓜的可持续、跨越式发展。

随着时间的深入，"连城红心地瓜干"这张名片越发闪亮出耀眼的光芒来：

2000 年 6 月，连城"冠豸"牌红心地瓜干被省农委认定为"福建省名牌农产品"；

2001 年 9 月，连城县被农业农村部授予"中国红心地瓜干之乡"称号；

2004 年 3 月，"连城红心地瓜干"通过国家质监局认定为原产地标志；

2006 年 12 月，"连城红心地瓜干"获得国家地理标志产品保护认证；

2007 年 10 月，"连城红心地瓜干"集体商标被省工商局认定为福建省著名商标；

2009 年 4 月，"连城红心地瓜干"集体商标被国家市场监督管理总局认定为中国驰名商标；

2009 年 9 月，"连城红心地瓜干"产品荣获第七届中国国际农产品交易会产品金奖；

2009 年 12 月，"连城红心地瓜干"以 26.31 亿元的品牌价值，名列 2009 年度中国农产品区域公用品牌价值"百强"第 22 位（全国薯类唯一"百强"品牌）。

2011 年 3 月

云端之上仙洋洋

王绍据

您见过仙吗？

相传仙不食人间烟火，长生不老，能腾云驾雾，来无影去无踪。可谁也没亲眼见过。

但我见到的却是这样一个"仙"。

它在海拔 800 米以上的周宁县山城。这里重峦叠嶂，蜿蜒起伏，常年云雾缭绕，清气洋溢。据《周宁县志》记载：全县年平均云雾达 92.5 天，尤以春季为甚，时而如轻纱拂面，时而似棉絮罩地，人生活在这里几乎天天都在云端之上。"山"字加个"人"旁，山人为仙。云端之上的周宁人皆仙也。一个以生产鲜茶浓缩液为主的食品科技有限公司就诞生在这个多云多雾的"仙国"里，因而取名为"仙洋洋"。

"仙"的由来

"仙洋洋"这家食品科技有限公司的创办人并非专家，亦非科研人员，而是地地道道的农民子弟周绍迁。

他出生于宁德市蕉城飞鸾的小山村，从小跟随父亲在附近茶山行走，对白马山上的仙山茶叶情有独钟。这座仙山海拔 800 米，毗邻东海，多雾多云，气候独特，这里生长的茶叶叶片明显地比一般茶叶厚，经过采摘加工，香气袭人，而且耐泡，品饮之后，回味无穷。然而，这样的好茶却在当地难以推销，卖价低廉。高中毕业回乡的周绍迁看在眼里，记在心头：北方不产茶叶，何不推销到北方去？因此他产生了到京城去闯荡的念头，他的想法得到了老父亲的首肯。

20 世纪 90 年代初，刚满 20 岁的周绍迁，只身提着两大袋仙山茶叶，乘火车直达北京。举目无亲的小伙子，谁信他说的"仙山好茶"呀！茶叶没卖出，身上揣的50元盘缠很快花光了，最便宜的客栈也没法住。幸好认识一位门卫老爷爷，他帮老人跑腿买酱油醋，老人让他在门卫的角落里过了一夜。小周的厚道、诚实与勤快让老人看上了，就热心地向他介绍卖茶叶应乘哪路公交车，该到什么地方去，那里有人喜欢买茶叶……周绍迁——记在心上，照着老人的指点，他很快把茶叶卖出去了。周绍迁欣喜若狂，自此与卖茶叶结上了缘。那几年，他频频地南下北上，生意越做越好，结识的人也越来越多，甚至同北京的新闻界、文艺界、影视界的知名人士都交上了朋友。他在京城闹市区里开了一家"憩园茶室"，几乎天天高朋满座。有了人气聚集，便有了信息交流，更有了提升机会。周绍迁在以茶会友、以茶敬友、以茶交友的过程中，不仅了解到祖国首都的茶产业信息，而且了解到全国的茶叶市场和国外茶产业的状况。于是，他把"憩园茶室"扩张为"北京憩园茶叶有限公司"，经营的规模扩大了，经销的品种增多了，销售的门路拓展了。仅在北京的专卖店、专柜、老字号及各超市的销售点就有800多家，年销售额近亿元。

要在茶叶市场的海洋里畅游，周绍迁深感自己力不从心，专业的理论与知识、管理团队的实践与经验，对他来说，依然是白纸一张。但他早已下定决心，边卖茶叶边攻读相关的理论与知识，哪里有培训班，他就往哪里挤；哪里有研讨会，他就赶往哪里听；白天时间不够用，就夜里加班加点补。废寝忘食、夜以继日。功夫不负有心人。短短几个春秋的拼搏，他不仅获得了北京经济管理学院的毕业文凭、厦门大学硕士研究生学位，学到了不少茶叶生产、销售的专业知识，而且还去日本考察过，接触了一些海外茶友，了解到世界的许多茶叶行情。

雏鸟羽翼渐丰，思维行为贯通。周绍迁确定了自己的人生坐标——努力做好做强中国的茶产业！他对友人说："中国是茶的故乡，我的老家是好茶的产地，我们既要千方百计让茶农们富裕起来，更要想方设法让消费者喝上好茶、品到名茶！"语惊四座，掷地有声。

周绍迁毅然把家乡仙山茶场的"仙牌"亮出来，向国家市场监督管理总局申报注册"仙洋洋"食品科技有限公司。意在让仙山的茶叶喜洋洋，让广大的消费者喜洋洋。

慧眼识茶英。2000年春天，正当茶山碧绿、繁花似锦之时，国家市场监督管理总局批复同意成立福建仙洋洋食品科技有限公司（以下简称仙洋洋公司）。此时此刻，身为公司董事长的周绍迁不是踌躇满志，了却夙愿，而是思绪万千，想得更多……

"仙"的安家

随着社会不断进步，生活水平的日益提高，人们对食品的健康消费、安全消费意识日益增强，更加青睐健康安全的食品。周绍迁瞄准市场，追寻一个新目标：做有机茶！这是国际公认的高品质、无污染、纯天然的饮料，其标准高于绿色食品和无公害食品。

选定目标，付诸行动。周绍迁看准的事，认定的路，九头牛也拉不回他。他果断离开京城，在家乡朋友的热忱招商中，选择了最适合生产发展有机茶的周宁县。当地党委、政府十分欢迎这家来自北京的企业到此落户，他们以最优惠的价格、最便捷的手续引进仙洋洋公司，并在城关为仙洋洋公司划出60亩增值无限的好地块。这里独特的高山环境、多云多雾的天然气候，具备有机茶生产的绝佳条件。周绍迁和他的助手们立即紧张地投入有机茶的基地建设，日晒雨淋，春去秋来。不到三年时间，基地上的有机茶通过了国家有机茶认证中心的认证。

一石激起千层浪。有机茶培育成功，带动了远近的茶农们，基地把茶苗一批批地送出去，一个个新的大小基地像雨后春笋般在闽东山区出现。茶叶的质量普遍提高了，茶叶的销路越来越广了，茶农们的经济收入显著提高了，仙洋洋公司上交给国家的利税也越来越可观了。周宁县委、县政府把"仙洋洋"当成金娃娃呵护，企业有求必应，有难必帮。刚安家落户那阵子，正遇上干旱缺电。"仙洋洋"的车间建设常因停电而无法施工，时任周宁县委书记唐颐得悉此情，立马赶到仙洋洋公司，召集各有关部门负责人到现场"会诊"，决定停掉当地多家企业的生产，一定保证"仙洋洋"公司顺利投产。此后，历任县委、县政府的领导都一如既往地给"仙洋洋"以关爱。如公司科研需要从外地引进高端人才，但被引进者的家属就业有困难，时任县长官明辉当即拍板，予以解决……

一件件、一桩桩，用真情帮助企业解决了难题，从而留住了人心。"仙洋洋"得此天时、地利、人和，怎能不为当地百姓造福呢？几年间，仙洋洋公司投资扩展到闽东地区，不仅创建了周宁县七步有机茶基地、罗源县仙山有机茶基地，还创办了宁德市仙山茶厂，拥有 2 万亩有机茶基地和 3 万亩无公害茶园。尤其是这些冠以"仙山"的有机茶园常年绿意盎然，生机勃勃。茶树真正成了茶农们的"摇钱树"。

山城深夜，万籁俱寂。周绍迁在床上辗转反侧，难以入眠：仙洋洋公司虽然在周宁安了家、落了户，建立了有机茶基地，但不能安于现状，裹足不前；必须在"食品科技"四字上做深文章、做大产业，这样才不辜负国家市场监督管理总局的支持，才对得起家乡父老的热切期盼。

多年在国内茶叶行业摸爬滚打的周绍迁意识到，全国许多茶区的生产发展普遍上了新台阶，然而，由于总体的科技投入不足，茶叶的资源开发与利用远远落后于形势；对于茶叶深加工产品，以及高附加值的开发更显滞后。他认为，茶饮料的发展前景十分广阔，而生产茶饮料的原材料需求量也将大大地增加。思前想后，他居然打起了生产茶浓缩液（粉）产品的主意。

"癞蛤蟆想吃天鹅肉！""全省还没有一家茶企业生产浓缩液呀！""不要再攀高啦，能把几万亩有机茶基地管好就不错啦！"一时流言四起，但周绍迁与他的同事们对此并不认可，他们铁了心！

"仙"的发展

世间第一个吃螃蟹的人不仅要大胆、勇敢，更应懂得对那张牙舞爪的东西如何吃。周绍迁就是这样的吃"螃蟹"者，他用自己与同事们的聪明智慧战胜了科研上的一道道难关。

仙洋洋公司班子成员经过分头调研考察，发现我国茶饮料市场迅猛发展多以茶粉为原料，而日本和我国台湾地区茶饮料多以茶浓缩液为原料，后者的优点在于加工方便，还可最大限度地利用茶叶中的有益物质和芳香成分。选定科研课题之后，如何把它变成生产力？

人才是关键！

大批量的茶叶进入车间后变成合格的浓缩液，其中基建安装、设备流程、科学提取等工序与环节都凝聚着许多人的心血，都闪烁着科学技术的光芒。

"科技含量越高的产品就越体现科研力量的重要性。"周绍迁如是说。他自认定公司坐标之初起就把重视科研、引进人才放在最重要的位置。仙洋洋公司长期与中国发酵研究所、北京食品研究所以及浙江大学、福建农科院茶研所等科研机构合作，引进了大批高技术水平的专业人才，具有中、高级以上职称的专业人员就有 30 多名。从中国科学院甘肃生物研究所引进的、享受国务院政府特殊津贴的专家郭洪涛，曾任兰州科技工程研究院山区研究所常务副所长，他从事食品饮料工业工作 20 余年，主持研发的"胱氨酸母液生产氨基酸口服液"（保健品），填补了国内空白，并为食品、饮料企业制定了近 50 个产品标准，先后荣获中华人民共和国农业农村部、福建省科学技术委员会的高奖。他自应聘担任仙洋洋公司总工程师、技术总监以来，尽心尽责地投入研发工作，设计完成了"茶叶芳香自然成分"回收装置等课题，在工业上结合日本"冷沉"技术与酶处理技术，为我国茶叶深加工、茶饮料主剂及植物饮料主剂做出了重大贡献。

资深的专家为仙洋洋公司起飞奠定了基础，年轻的科技人员也为仙洋洋公司的起飞创造了条件。出生于河北保定、毕业于天津科技大学的研究生郭振忠，26 岁离校就被引进到周宁有机茶生产基地担任厂长，他把研究生毕业的妻子叶一力也带到周宁安了家，一个负责生产，一个负责研发，夫唱妇随，志同道合。笔者看到这对小夫妻安心在周宁工作，快乐地生活，真是喜洋洋呀仙洋洋！

在重视引进科研人才的同时，仙洋洋公司还培养了一支管理与营销的人才队伍。我所认识的仙洋洋公司总经理徐焱，就是一个打着灯笼也难找的"好少总"。她生在北京，长在北京，父母都在北京。她毕业于北京理工大学，获得工商管理学硕士文凭，却心甘情愿地舍弃京城优越的生活条件和舒适的工作环境，来到周宁山区，一干就是 10 年。远离都市的小山城，物质条件艰苦，气候水土也与北京相差很大，创业伊始历尽艰辛，折磨得她皮肤变黑了，双手变粗糙了，可她脸上灿烂的笑容依然没变。她看中的是闽东山清水秀的好茶区，看中的是胸有抱负、敢闯敢干的好领头，看中的是仙洋洋公司这块前景无限的金招牌。出任总经理以来，她一方面练好内功管企业，一方面组建团队搞营销，亲自率领队伍不辞劳苦地奔走于全国各地的饮料生产厂家之间，让仙洋洋公司的产品得以推销，让仙洋洋公司的知名度得以提高，让仙洋洋公司脚踏实地走向全国！

"仙"的腾飞

科研为仙洋洋公司插上了腾飞的翅膀。

拥有自己独立的研究所和技术研发中心的公司，为各项产品的研究与开发提供了强有力的技术保障。在科研攻关中，以基地无公害有机茶为原料，由于采用低温长时浸提、过滤，经过低温膜浓缩和超高温瞬间杀菌等工艺，最大限度地保留了茶汁的原味，使其茶香浓郁，口感纯正，甘醇透亮。同时，通过一系列的高科技生物技术，解决了饮料生产中易出现的沉淀或冷后浑浊问题。近几年来，公司生产的鲜茶、绿茶、红茶、花茶、乌龙茶浓缩汁及其粉末，先后通过 ISO9001 国际质量体系认证、美国食品安全管理体系认证（HACCD），还首批通过了 ISO22000 认证和美国农业部颁发的认证（NOP），被授予"国家高新技术企业""省级农业产业化重点龙头企业"等荣誉称号。

科研不是做花样文章，而是有看得见、摸得着的成果的。2009 年初夏，仙洋洋公司与天津科技大学合作建立"产学研"基地，就是这样凭借自己与合作的科技力量，取得了鲜茶浓缩液工艺的开发研究科技成果，主要有利用膜分离和膜浓缩技术提取鲜茶浓缩液、低咖啡因速溶茶粉产业化生产技术；白茶浓缩液生产工艺；高香低成本茉莉花茶浓缩液工艺等 15 项。成果转化率达 90% 以上。拥有自主知识产权的"膜分离和膜浓缩"核心技术获得 6 项国家发明专利。

无怪乎，在 2010 年举世瞩目的上海世博会上，仙洋洋公司生产的"茶浓缩液""茶粉"夺得了金奖。

无怪乎，"仙洋洋"商标连续三届被授予"福建省著名商标"。"仙洋洋"正在申报国家驰名商标，这也是顺理成章的事。

"仙洋洋"要起飞啦！

2011 年隆冬，山城天寒地冻。在仙洋洋公司生产车间里是热气腾腾，一派繁忙景象。年轻有为的郭振忠厂长陪同我们参观了崭新的生产场地，这是在老车间旁扩建的一万平方米的标准车间。两年前，追加投入亿元人民币，引进美国海德能膜浓缩及瑞士阿法拉伐的高速离心机等先进设备，生产能力从原来的年产 2000 吨剧增到现在的 2 万吨，预计产值可逾 3 亿元。由于解决了粗老茶叶的出路问题，显著增加了社会经济效益，仅利用粗老茶、提高茶叶附加值这一项，可为茶农们增收超过亿元。仙洋洋公司真让广大茶农喜洋洋！

而今，这家企业不仅成为福建省唯一，同时也是中国最具规模的现代化生产茶浓缩液的制造商。

值得骄傲吗？

是的！

但以周绍迁为领军的"仙洋洋"人在骄傲、自豪的面前，却从不自满。他们的眼光更远，视野更广。为了让仙洋洋公司生产的茶浓缩液、速溶茶粉和金银花等植物提取物，更广泛地应用于茶饮料、茶食品、茶日用品、茶医药保健食品等企业，他们的团队早已出动，与康师傅、娃哈哈、达利园、香飘飘等食品企业展开深度合作，并与可口可乐、联合利华、肯德基等多家跨国公司达成合作意向。部分产品已首度出口美国和我国的台湾地区。

不满足现状，不松懈斗志，方能持续奋进。仙洋洋公司在"十二五"规划的开局之年又加大投资、扩大产能。他们把目光聚焦在高速公路互通口的蕉城漳湾工业集中园区，圈地面积230亩，规划总投资5亿元人民币，拟建一处崭新的生产基地，计划在3年内快速建成10万吨茶浓缩液和功能性饮料生产线，同时配套建设茶博园、研发基地、仓储物流、博士后流动站等基础设施和科研设置，建成集人文、科研、教学、生产、观光于一体的茶产业园，将拥有几千年悠久历史的中国茶文化浓缩在这里，加以发扬光大，让世人在品茶中感受茶叶的自然与健康，享受茶文化的熏陶与洗礼。

我们看到：如今的"仙洋洋"腾飞了！

我们有充分理由相信："仙洋洋"会飞得更好、飞得更高！

2012 年 4 月

硒浦山生态农场启示录

何　英

时令已是初夏，西兰乡甘厝村仍然如初春时节，凉意轻轻地包裹着人们，感到特别惬意。硒浦山生态农场的蔬果棚和餐饮棚点缀在青山绿水之间，显得很特别。一群带着孩子来这里自由采摘西红柿、黄瓜的年轻人悠然自得，他们或提着菜篮子，或自带着提袋就像到了自家的菜地。在孩子们的欢笑声中，人们的心情也被他们感染了。餐饮棚的大门口，摆放着一小盒一小盒刚采摘的小西红柿，15元一盒，可现买现食。

哦，这就是城市人期望的休闲天地——硒浦山生态休闲农场。

罗源，地处福州东侧一隅，与闽东接壤，素有福州"后花园"之称。然而，在现代工业潮席卷全球的时代背景下，这里被无情地边缘化了，部分农民随着经济大潮的驱动，纷纷抛弃传统农业，抡起了铁锤铁锹，挖山开石，将大自然馈赠给自己家乡的大山挖掘得满目疮痍，哺育了世代祖先的山水被无情地破坏了。如今，走进农村看到的是一座座小洋房拔地而起，一垄垄的农田却荒芜了，"能吃会跑"的青壮年人大多离开乡村到都市闯荡去了，就连孩童也被带到条件较好的城里去上学了，"空壳村""空巢老人"随处可见，甚至不少乡村农民日常所需的蔬菜也得"进城去买"。

所幸的是，走进硒浦山生态农场，让人眼睛一亮，农村、农业如何转型升级，似乎可以在这里得到启示。

甘厝村也是"空壳村"

甘厝村地处西兰乡西北边，东邻上洋、坑里村，西邻飞竹刘洋村，北邻飞竹上地村，南邻飞竹马洋村。

这里有得天独厚的地理优势：中亚热带山地气候，平均年降雨量1100毫米，海拔平均 600 米以上，气候适宜，地形多变；该地区土壤有机质含量高、土层深厚、土壤肥沃，环境无污染，适宜多项农作物及高山反季节蔬菜的种植；交通便捷，运输方便，距离罗源县城约 25 公里，距离福州约 75 公里。独特的地理位置具有发展生态农业、旅游休闲农业的市场条件和自然条件。

西兰乡十几个行政村，在市场经济大潮的"大开发"时期，全乡农民几乎都去挖山开石，曾经在福州建材市场红极一时的"罗源红"就源自这里。因此，在二十世纪九十年代因"石板材行业"，催生了该乡成为"全县经济最发达的乡"。甘厝村也不例外，在市场经济的推动下，全村 300 多户农户、1200 多人，其中 90% 的人像赶海潮一样外出谋生从事"石板材"生意，连小孩也都带到城里去了，留在村里的是清一色的老人，成了典型的"空壳村"，农民世世代代赖以为生的农田，几乎全抛荒了。

近年，由于政府推行生态文明建设，"转产""转型"的号角拨动了人心，原本从事石板材行业的人员正急于"找出路"。但是，转产转型的出路在何方？不少人似乎还没有找到合适的方向。

转产转型，要"请"能人

硒浦山生态农场的前身，是 2010 年由甘厝村村主任甘泉亨带领村民共同创办的"绿阳农家蔬菜农民专业合作社"。

在改革开放之初，甘泉亨也和千千万万的农民一样，抛妻别子到城市闯世界去了。他的第一站，就到了上海的蔬菜批发市场。种蔬菜、搬运蔬菜成了他的家常饭。凭着自己的辛勤劳动，"闯荡"多年后，他掌握了城市蔬菜销售的行情，也为自己积累了第一笔人生的财富。但是，他总觉得，虽然身处繁华的大上海，自己仍然是一株生长在大上海的小草，找不到自己的根，那繁华的大都市不属于自己。

于是，凭他在上海负责绿色蔬菜种植销售多年的经验，他横下一条心，杀回老家组织留守在村里的村民种植绿色蔬菜，一方面解决了村民的劳动力出路问题；另一方面，通过种植蔬菜，解决了部分人的生活问题，自己还可以在老家照顾家庭。

第一步，甘泉亨从上海带回了适宜家乡种植的蔬菜种子。他组织村民，播种城市人喜好的反季节蔬菜。

第二步，村民种的蔬菜，甘泉亨负责销售。这样一来，村民种植的蔬菜有了好的销路，都非常乐意。几年下来，村民的劳动力有了出路，口袋里的钱也多起来了，就连村子里的老人也因为身边有人照顾，脸上也挂满了笑容。慢慢地，村民对他产生了信任感，选他任村委会主任。1995 年，甘泉亨荣获福州市劳动模范称号。

第三步，甘泉亨将农民组织起来，以"自愿入股"的形式成立农民合作社，发动村民有规模地扩大种植反季节蔬菜，他期望与村民共同致富。2010 年，在上级有关部门的支持下，甘厝村成立了属于村民自己的蔬菜生产合作社，并正式进行了工商登记注册。在甘泉亨的提议下，村民们以"自愿集资"的方式，由六十多位农民集资了 521 万元资金，创办了西浦村"绿阳农家蔬菜农民专业合作社"。

在甘泉亨和村民们共同努力下，"合作社"取得了好成绩。

2011 年被福州市商贸局纳入市蔬菜种植基地、罗源县农业局高山反季节蔬菜种植示范基地；

2013 年被福建省农业厅、林业厅纳入省级示范社；

2014 年被福建省农业厅授予"福建无公害农产品蔬菜基地"。

然而，这种小型的合作社，没能解决甘厝村的土地抛荒问题，全村的农田仅使用 200 来亩，"空壳村"的冷清面貌仍然没有得到彻底的改善。

转产转型依靠知识青年

甘庆佺，也是土生土长的甘厝村人。他 1979 年出生，2001 年福建师范大学计算机信息管理专业毕业后，在福州银海化工有限公司工作。两年后，又跳槽到福州外星电脑科技有限公司工作，不久担任部门经理。2006 年至 2010 年，被派往福州外星电脑科技有限公司全额投资的中山市小霸王教育电子有限公司工作，任市场销售总监。在那里，他勤奋努力，得到公司领导和员工的信任，不久又被公司派往所属的中山、深圳和广州等销售点任职。他在公司从普通员工做起，直到担任全国市场销售总监。2011 年至 2013 年，又被公司调回福州外星电脑科技有限公司，担任九阳事业部经理，负责"KA"（商场超市），3C（电器卖场）渠道的全域系统经营管理。

在中山小霸王电子有限公司就职期间，甘庆佺经常在公司的季中或年终，

硒浦山生态农场启示录

组织管理层员工到中山市周边的农家乐或者休闲农场开展"组织团队建设"的拓展活动、"60秒领导力培养"、月度、季度以及年度的工作计划与总结的活动。他在各种充满朝气的年轻人的活动团队中,注意到员工们在活动中,每个人的心情都很放松,在与大自然最近的接触中,每个人都是发自内心地把自己的工作与生活上的困难以及工作中好的经验分享给集体,让人们在相互的交流中,心向自然,心情非常自在,心理无羁绊,身边无藩篱,人的心情和思维得到最大的放松。而且,他发现此时大家在一切活动中都非常理性,就连平时性情急躁的人,也不知不觉地放松了心情。他还发现,在这种环境下,所有参与活动的员工,态度都非常认真、理性,并且都能很好地完成自己的工作。他回顾说:在这三年时间里每年都组织管理层员工到农村的休闲处所去开展活动三四次,在那里开展活动,工作最有效。而且,这三年因为开展这类活动,公司的业绩每年都有惊人的增长!

于是,甘庆佺觉得自己的老家,正是适宜创办这类活动场所的好地方。

转产转型呼唤新型农民

2014年春节,甘庆佺回老家过年。他在同父辈的交谈中,将自己这几年在外拼搏闯荡的心得体会讲了出来。并直截了当地表示要回西兰乡来创业、回报乡亲们。家人听了都非常支持他。

这时,甘庆佺的爷爷劝他说,既然想回家乡来创业,就应该"一竿子插到底",回到甘厝村。一是家乡的父老乡亲还比较穷,都希望有人带领他们发家致富;二是你们年轻人上了大学,有知识有文化,要做对社会、对家乡有利的事;三是你是在甘厝村出生长大的,家乡的山水哺育了你,家乡的父老乡亲培养了你,现在理应报效家乡;四是你自小出生长大在家乡,对家乡的山山水水情况熟悉,对创业有利;五是目前家乡已经有人创办了"农民专业合作社",有了基础,你可以将这接过来办下去……

甘庆佺自小在爷爷身边长大,对爷爷特别尊重。在他的成长中,爷爷常常教育他做人要踏实,读书的目的是更好地为社会、为人民做事。在爷爷的言传身教下,甘庆佺自小就热爱农村、热爱家乡,熟悉农村一年四季的耕作规律。于是,在返回广州前,他还悄悄地到西兰乡各村去考察了一番。

经过一番思考,2015年3月甘庆佺回家乡来了,他还邀另外3名大学生一起回乡创业、带动村民劳动致富。回到家乡这片热土，开始了回报乡亲的创业之路。

回到村里后，甘庆佺真诚地和村民商量，开诚布公地谈了自己创业的想法。庆幸的是，绝大多数的投资者都支持他。于是，他一揽子接过"绿阳农家蔬菜农民专业合作社"的事务，并将合作社扩大为"生态休闲农场"。

目前，甘庆佺已将原合作社的租赁、流转的农田由原来的二百多亩，扩大到 576 亩，同时还租赁山地 500 多亩，投资 1100 万元，带动农户 28 户。

甘庆佺接管农场后，一是针对土地硬化状况，采用有机耕作方式，扩大经营项目，从原来基本靠单一种植蔬菜的合作社，发展成种植二三十种蔬菜、水果和养殖鸡、鸭、鹅、火鸡、豚鼠（也称荷兰猪）等动物的休闲农场，以吸引城市人在忙碌之余，带着家人来这里采摘、烧烤等，过休闲生活，放松一下身心。二是针对本地耕地抛荒的现状，将周边甘厝、上洋、坑里、坑门里和埕下自然村的部分土地用"流转"的方式转让到农场。但是，由于受到资金和规模的限制，甘庆佺估计，目前甘厝村归农场耕种的土地也仅占全村土地的 30% 左右。三是针对本地的土质硬化的现状，请有关部门的技术人员对该地进行科学检测。在检测的过程中，发现本地的土质含有"有机硒"。这种微量元素，是当下人们非常乐于接受的。于是，在专家的指导下，农场种植适宜本地种植的蔬菜水果，同时适当扩大种植适宜休闲采摘的各种水果。四是所种植的农作物，一律用"生态农业"来种植，不使用农药和化肥。

很快，硒浦山生态休闲农场就试营业了。在试营业期间，吸引来了四面八方的游客。紧接着，农场于 2016 年 5 月 2 日正式对外开放，截至 2017 年 5 月 30 日共计接待游客 4 万人次，其中罗源的游客占 85%，福州与宁德的游客占 15%。

此外，硒浦山农场于 2016 年 8 月办了一场车友会，当天共接待游客 350 人次、102 辆自驾车浩浩荡荡开到硒浦山农场。昔日冷清的山村，第一次迎来了长龙般的车阵。这天，甘厝村沸腾了，甘厝村的村民欢笑了。不少上了年纪的村民说：从来没看到那么多的车开到我们甘厝村来，也从来没看到那么多的游客喜欢我们甘厝村！

此次车友会为硒浦山在福州的游客市场奠定了基础，2016 年福州的游客比例达到 30%。同时，这次活动为宣传罗源县的农业特色和系列产品，以及罗源都市特色农业的产业形象、推动农业产业发展的交流搭建了平台。

紧接着，2016 年 11 月 5 日由罗源县人民政府与福州市农业局主办，西兰乡人民政府与罗源县农业局，在硒浦山生态农场成功举办了罗源县首届甘薯节，莅临现场的嘉宾有 500 多人。社会各界对这一活动的评价颇高。县有关部门借助这个平台，在这里举行了农业产业宣传长廊，着重宣传推介罗源甘薯及甘薯系列产品。

两年来，硒浦山生态农场又有了新的进步。2015 年被定为福州市休闲农业示范点；2016 年被定为福建省级休闲农业示范点和罗源县青年创业示范点。

新型农民追梦的地方

甘庆佺深情地告诉我们："是这一方美丽的山水养育了我，因此，我对这里有着深厚的故土情怀。如今，在城镇化日益推进的社会大趋势下，各地农村大量村民离开故土，留下大片土质良好的耕地和菜园。村民搬离，土地被抛荒，这是非常令人惋惜、也是非常令人担忧的事情。但是，这对有志于开发农村、发展农业的人来说，却是一个整合农村闲置土地、打造生态有机农业的良好机会！于是，我们来了，怀着对故土的眷恋之情；我们来了，怀着年轻一代对父辈的崇敬之情和对故乡的感恩之情，带着对现代生态有机农业的理性认识和互联网的思维来了。我们希望通过努力，同时学以致用能够为自己的家乡贡献一分力量；为当地的农民增加收入、共同脱贫贡献一分力量；为社会提供优质安全的食品贡献一分力量。我为我现在所从事的苦逼的农业事业点赞，我们骄傲！"

西兰乡甘厝村是罗源县的"山沟沟"，甘庆佺们昔日从村里走出去，如今揣着浓厚的乡土情怀又回到村里来了。用两年多的时间，农林兼作，种养结合，又兼园林化建设，将原有的绿阳农家蔬菜农民专业合作社，变成硒浦山生态休闲农场，以多元一体的现代农业模式激活乡村生态农业，壮大合作社成员，解决了村民的就业问题，走出集体致富新路径。这是一条年轻人的创业之路，一条现代农村、现代农业的转型之路。

甘庆佺绘声绘色地告诉我们，如今的硒浦山生态休闲农场：火热的夏天，这里仍然凉风习习，举目皆景，久居城镇的人们在这里充分享受到大自然的馈赠。在这里，人们可以放下紧张、劳累的心情，看一看孔雀、山羊、火鸡的呆萌或灵动；闻一闻混杂着蔬菜和瓜果清香的空气；试一试溯溪、垂钓、烧烤、户外素质拓展等丛林项目；品一品特色农家菜。还可以带孩子来，在农场专业人员的指导下，让他们体验农耕文化，在窄窄的田埂上跑过，采摘辛勤劳动之后的成果，感受轻柔的风和温暖的阳光……

是的，现代农业与自然风光、休闲娱乐相结合，这是社会发展的新趋势。面对近年来，越来越多的生活在都市里的人，对农村田园风光的向往，周末节假日欢愉地走进乡村，来到农村去领略自然风光、品尝农家绿色食品。也让更多有知识、有理想，怀揣创业理想的甘庆佺，看到萧条的农村经济中有可激活、可汹涌的一股全新活力。

坐拥优质的山水，生产高品质的农特产品，怎样才能增加农民收入？这就是甘庆佺和他的年轻朋友们回乡创业路上一路追寻的答案，也是他们回乡追梦的地方。

不断创新，农场明天更美好

甘庆佺 2015 年 3 月回乡后，就如何接管"绿阳农家蔬菜农民专业合作社"，真诚地上门与原合作社的每一位乡亲商量，征求他们的意见。凡不想继续保持股份的，甘庆佺以现金的方式全部归还。凡愿意留下来的，甘庆佺仍然以股份制的方式继续合作。同时，对留下来的股东，以公司员工的方式每月领取报酬。在他真诚的说服下，有 80% 的原合作社员表示愿意继续参股。

为了回报乡亲，2017 年 5 月甘庆佺通过产业扶贫对接了 10 户贫困户。同时，农场还参与福州市社区支持农业（CSA）政策制定，并申报试点，力争为城市人生态休闲提供标准化的示范。农场还联系专业人士对土地进行检测，并获得商品一标认证，通过农场采摘、品尝的体验平台得到消费者的认可。另外，农场已和罗源城关的 6 个小区开展了合作，根据会员需求，每周配送"生鲜蔬菜礼包"（8 种时令蔬菜自由搭配），让绿色农产品从田间直达餐桌。目前，硒浦山 CSA 操作模式得到市农业局的认可，还作为示范点被深入推广。

借力互联网，推出私人定制，是甘庆佺的又一创举。他们经过摸索，推出了"私人订制"农场项目。据说，该项目让很多城里人想当"临时农户"。接下来，农场会按个人或社区组成的"临时农户"的意愿，提供相应"菜单"（涵盖全年数十种农作物及十来种禽畜）定制种植或养殖，让他们随时可到农场里照顾自己的农产品，体验劳作的艰辛和收获的快乐。同时，农场还将打造"体验配送中心、农业物联网、社区电商服务、农业休闲体验"四个平台，搭上"互联网 +"的快车。

甘庆佺还告诉我们，下一阶段硒浦山农场试图通过"倒易空间"、创办"罗源湾商城"来带动周边产业，为村民的农产品提供销路。整合修缮周围的五六座古民居，发展民宿，让游客在这里可以吃农家菜、娱农家乐、宿农家屋，领略不同于城市生活的乡野情趣，也让农民在家坐收生态农业的余利。

我们期待着，转产转型后的硒浦山生态农场的明天，一定更美好。

2017 年 10 月

一尾鱼激活一个产业

胡增官

光泽之"泽"乃水聚集的地方，110多条溪流，200多条泉涧，把光泽群山峻岭、峰峦沟壑装点成一座人欢鱼跃庞大的生态盆景。"一滩高一丈，光泽在天上"，清凌凌的水映着清亮亮的天，"天上"光泽万涓奔流汇入27座中小型水库，汇成闽江源头，汇成福建北部闽赣交界处一颗水系明珠。近年来，在上级和县里一系列扶持惠渔政策激励下，光泽县淡水养鱼已然构起一张密织的致富网，全县水产养殖面积3.4万余亩，年水产品总产量1.3万吨，每年实现渔业经济总产值1.8亿元。现代渔业已经成为光泽农业产业结构中的一个支柱产业和农民增收的亮点。

养鱼大户傅少根的成长史

在崇仁乡洋塘村招德大垄，面对如明镜照天的鱼塘，等候塘主傅少根时，县农业局水技站站长黄志平便说起傅少根从鱼贩子到养鱼大户的成长史。待见到傅少根，我已了解其大略。

傅少根约莫50岁，人高马大，脸膛黝黑，一双大眼神情笃定，是见过世面和风雨的沧桑人物。傅少根打小家境贫寒，14岁出外闯荡学修钟表，靠修钟表辗转邵武、乌鲁木齐、哈尔滨等多地。20世纪80年代中后期他回到光泽搞西瓜、豆子等农产品批发生意，1988年23岁的傅少根成了家，多了妻子做帮手，大脑活络的傅少根便盯上贩鱼这一行当。

光泽虽偏，却有福建最早的一条出省铁路——鹰厦铁路过境设站。这条修建于20世纪50年代的战备铁路，直至1998年以前仍是福建由南至北唯一出省干线。当年，傅少根思绪追随这条而今已然老旧的铁路驰骋，120公里外的江西鹰潭成了他掘金的起点站。那时堪称水乡泽国的光泽，活跃着江西鱼贩子，他于是瞄准光泽铁路站，搭上光泽贩货帮开始跑江西，从鹰潭等地漏夜贩来一篓篓鱼，乘上返程火车，凌晨5点多至光泽站，由等候站台的妻子用板车接货拉到市场。傅少根在市场设点批发零售，长年累月夫唱妇随打拼，后来鸟枪换炮，雇货车购货车做起大宗鱼类买卖，生意溢出鹰潭和光泽，做到武汉、慈溪和福州、南平、武夷山、邵武等地。一路渔歌欢唱，高歌猛进，一干近20年。

"那时有自己的货车和一群合伙人，我不但翻盖了老家旧屋，还在光泽城里建起一栋大房子，"傅少根自豪地说，"前几年光泽城里搞旧城改造，老房被征用分了三套商品房。"

那么，傅少根又是如何完成从鱼贩子到养鱼大户的转型？

"光泽好山好水，却闲着山水不养鱼，长时期少有养鱼户，等着吃外面运来的鱼。有这么好的水资源，养鱼多少都不愁销路啊！"于是，2002年底，年逾不惑的傅少根再次做出一件令旁人不解的大胆决定——躲进山沟沟养鱼，在光泽止马镇杉关村承包了一片近百亩的鱼塘，一年下来，收入10多万元。

"光泽水质好，养出来的鱼没有土腥味，在市场上特别受欢迎。"傅少根找对了路子，尝到了养鱼的甜头。

傅少根这次华丽转身，也成就了他光泽第一个养鱼大户的美名。利润跟名声一起飞扬，事迹上了省地报纸电视。

傅少根等几个养鱼户的成功范例，点燃光泽县决策者思路。2009年，光泽县开始实施"一尾鱼工程"，加大对标准化水产养殖池塘改造扶持力度，并争取得到省上支持。农民每改造一亩池塘，可享受省里补助1500元，乡（镇）村也适当配套优惠。这项政府扶持现代渔业的政策，让傅少根意识到机会来了。他投资100多万元，承包村里招德大垄一片山垄田和抛荒地，改造出86亩标准化水产养殖池塘，注册成立公司。

"标准化鱼塘产量高，效益好。"傅少根说，"在标准化鱼塘内，一尾25克左右的鱼苗经过2个月的生长，可达1斤至1斤半，产值是传统养殖的2倍。"

但是，命运弄人，天年不顺，傅少根标准化鱼塘建成第二年——2010年6月22日晚，光泽突如其来的一场洪灾，使傅少根鱼塘遭受重创，22口鱼塘只剩下2口。好在政府"一尾鱼工程"政策扶持，傅少根不仅渡过难关，还摆脱天灾困境，一步步步入佳境，也扶持起一批养鱼户。众望所归，傅少根被推选为村主任，成为名副其实的致富领头羊。

傅少根得意地说："以前我从江西、湖北贩鱼卖到福建，现在我们把鱼卖到江西去了。"

"80后"刘斌的科技养鱼追求

"光泽县现代渔业较快发展是近4年的事，走标准化生态养殖路子，以提高科技含量为前导。"头发业已花白的农业局水技站站长黄志平思忖着说。他叫来了第二个采访对象——"80后"刘斌。

刘斌是个敦实富有朝气的青年，有一张憨憨而稚气的脸，笑眉笑眼，实诚亲和。在傅少根鱼塘前，刘斌管傅少根叫大哥，也是傅少根示范带出来的"鱼二代"大户，却有着青出于蓝而胜于蓝的潜力，说白了他比傅少根有知识懂文化，具备直接吸收现代科技养鱼前端知识的能力。

刘斌带我去几里地外的河边，看他在河滩地上拦堵河水修出的两口合计48亩的天然大鱼塘。

光泽崇仁乡这处接近县城难得的平原开阔地，阡陌河流纵横，蔬果水稻葳蕤，生机勃勃。此间，一河贯穿奔流，清凌凌的水，澄澈透亮。河滩独立又贯通的两口大鱼塘，如天然生就的模样，微微流动的水面不时泛起鱼儿唼喋的涟漪。

今年35岁的刘斌，是崇仁乡良种场的"80后"农民。高中毕业，他在光泽县城学了3年汽车维修后南下深圳，投靠一家汽车维修店做了3年维修工。有了一笔积蓄后，刘斌于2003年回到光泽购下一辆农用车跑运输，他把运输赚来的钱，作为养鱼的投资，2009年挖了20亩鱼塘，搞起了水产养殖。

谁知好事多磨。刘斌以标准化建设的鱼塘，鱼儿长得慢，还动辄上演鱼儿七晕八倒的惨剧，令刘斌头疼不已。

"俗话说鱼离不开水，但光有水远远不够，"刘斌说，"书上找不到答案，我就去向农业局水技站请教老师，照着他们说的去做，果然效果好，鱼病好了，也大得很快。"可好景不长，刘斌还没捞到养鱼的第一桶金，与傅少根一样，便遭遇了2010年6月那场大洪水，20亩鱼塘里的鱼全部开溜了。

"我亏大了，当时真想洗手不干，"刘斌指着我身边的农业局干部黄志平说，"好在县乡村干部关心，陪省水产部门领导来鼓励我，加上每亩标准化鱼塘1500元的补助，我挺了过来。"

领导干部的鼓励，给刘斌注入强心剂，他誓欲东山再起，凭着报纸上看来的知识，利用活水养鱼，便选择河滩地建起48亩天然活水鱼塘，等于在河里放养鱼苗。一招鲜吃遍天，刘斌收获的商品鱼鱼质好，销路俏。几年下来，平均每亩鱼塘卖鱼的年纯收入都在 3000 多元，年养鱼总纯收入均达十四五万元。今年，刘斌把眼光放远，放弃养殖传统草鱼、鲢鱼、鲤鱼等低价位鱼儿，瞄准市场高品质高价位的名贵食用鱼，放养了"中科 3 号"异育银鲫、厚唇鱼、黄颡鱼和"浦江一号"团头鲂。

"市场上黄颡鱼 1 斤 40 多块钱，还有好价格的'中科 3 号'异育银鲫、厚唇鱼、团头鲂，你想想利润比养殖传统鱼种是不是要翻几番！"刘斌兴致勃勃地说。

这些我听起来稀奇古怪的鱼名，在刘斌嘴里却如数家珍。这得益于刘斌对知识的渴求。2013 年，刘斌报名参加厦门海洋职业技术学院淡水养殖专业大专函授，至今年 7 月毕业了。三年里，知识帮助其成长，也成就了他科技养鱼的初步构想。

2012 年下半年，刘斌看到市场上每公斤卖价五六十元的泥鳅时常卖到脱销，便动念养泥鳅，挖了几亩塘试养。原本土生土长的泥鳅，他打小见到它们在田畴泥沟间蠕动钻行，如若不是生态改变了泥鳅生存空间，泥鳅越来越金贵，哪有养殖泥鳅这回事。可谁知贱生贱长的泥鳅养起来却娇贵脆弱，小苗投下好几万，成活的却不多。原来除了泥鳅自身有烂腮、肠炎等疾病，还有泥蛇、鸟类等致命天敌。他养殖泥鳅因此受挫。

"养泥鳅是门大学问，我就想着念大学求学问，用知识武装现代渔业。"刘斌说，由此开启了刘斌边养鱼边学的历程。2014 年上半年，他投入 28 万元筹建泥鳅育苗场，并正式挂牌成立"信义养殖家庭农场"，他就读的厦门海洋职业技术学院也把这里设立为"新型水产养殖职业农民培训基地"。泥鳅育苗场于今年初投入使用，在保持恒温的 400 多平方米育苗场里，18 个大水泥池里刚孵化出来的泥鳅苗在水中畅快颠趓。

"这是我头一回用大学学来的知识搞工厂化育泥鳅苗，至少有 80 多万尾，按一亩 3 至 5 万尾计算，起码可养 20 多亩塘。"面对一口口水泥池，刘斌介绍，"原来土养泥鳅不顺利，除了缺乏科技技术，种苗靠鱼贩子从湖北贩来，水土不服。想要大规模养殖，解决种苗来源是关键，可靠的种苗只有自繁自养，抓来本地泥鳅做种，搞工厂化育苗。"

刘斌作为光泽现代渔业一名新型养殖户，是光泽渔业未来的力量和希望。三年函授，刘斌在养殖实践中遇到的难题都一一迎刃而解，他已动念传帮带，带动更多的人养泥鳅致富，把良种场做成养泥鳅专业村。

外来户的大鲵繁殖经

我采访光泽现代渔业的第三个对象是个外来户，他叫宋清华，福建莆田人。他成立的福建天马山大鲵发展有限公司坐落光泽县鸾凤乡中坊村和顺自然村铁罗坑水库下游天马山脚下。这处环境幽邃静谧，植被葱郁茂盛，水源充足的高山峡谷，是大鲵生长的理想境地。宋清华在此利用林边、山涧、溪流等生态自然资源建成配套设施齐全的大鲵仿生态驯养繁殖场。眼前，一组水源流畅，秩序井然的繁殖池和养殖池铺排出一道别样景观。

天马山大鲵发展有限公司作为光泽发展现代渔业县引进的特色养殖项目，将分三期投入 1200 万元。总经理宋清华见到我，不急着谈项目效益和前景，而是向我普及俗称"娃娃鱼"的大鲵知识，去除我"娃娃鱼怎么能吃"的顾虑。他说，大鲵是现存最大的珍稀两栖动物，属国家二级保护，自然寿命可达 130 余年，人工饲养寿命长达五六十年，被称为"寿星鱼"。大鲵既具旅游观赏和科研价值，也是一种食用价值极高的动物，含有优质蛋白质、丰富的氨基酸和微量元素，被誉为"水中人参"。

"近年来，湖南、湖北、四川等大鲵适生区把培植大鲵产业作为促进农民增收致富路子和当地支柱产业来抓，各项效益十分明显。"在大地方做过房地产和钢筋水泥生意的宋清华看好大鲵养殖前景，2012 年转战山区生态县光泽，依法取得福建省海洋与渔业厅颁发的"水生野生动物驯养殖繁殖许可证"，躲进山沟沟折腾起集大鲵仿生态养殖繁育为一体的这家独资企业。2012 年底，公司引进的 30 组大鲵亲种已有 9 组大鲵成功自然产卵 9 窝，产苗 4800 余尾；2014 年底又成功产苗 8000 余尾。

据介绍，这是目前南平市唯一一家持有大鲵驯养繁殖许可证的企业，也是福建省大鲵仿生态繁殖产苗数量最多的企业。

"发展大鲵养殖事业，首先要消除人们对食用娃娃鱼的恐惧心理和大鲵是价格昂贵的高端消费品的误解，它具备较大量繁育养殖条件，自可走进中等消费水平百姓家，目前市场价格在六七百元一斤，与一些较高价位海产品相当，是不愁消费人群。"宋清华这位精明的莆田人信心满满地说。

其实，善于筹谋的宋清华早在公司成立之初就与福建省淡水水产研究所建立技术合作，以研究所的科技实力支持公司大鲵人工仿生态繁殖。2014 年又与厦门水贝自动化科技有限公司、厦门海洋职业技术学院建立技术协作伙伴关系，应用它们国内领先的现代微生物技术、循环水系统技术等多项技术实现商品鲵工厂化、集约化养殖，并正在申请国家专利。

宋清华谈到近期打算时说，公司大鲵仿生态繁殖取得初步成功，下一步企业将继续引进优质种鲵，解决周边大鲵养殖所需苗种供应难题，突破发展瓶颈，做大做强大鲵养殖产业，并按法律规定科学地、适时地开展大鲵人工驯殖放流活动，保护大鲵物种资源，维护生态平衡和物种多样性。

光泽现代渔业蓄势待发

现代渔业建设在光泽远村近乡蓬蓬勃勃进行，因地制宜地四处开花。鸾凤和华侨等乡镇建立近万亩垄田、浅滩养殖区，又在高海拔地区建立冷水养殖区，养殖经济价值高的特种鱼；在止马、李坊等河道平缓地区进行河道放流增殖，培育渔业资源，促进生态平衡。这得益于近年来光泽县实施"一尾鱼工程"，抓住中央把光泽列为中央财政支持现代渔业建设县的有利契机，精心组织、科学规划现代渔业建设，实现渔业增长方式转变，培育出"亿帆""鸿建""天源""富源"等 36 家水产养殖规模企业和傅少根、刘斌等一批水产养殖能人，还吸引外来企业主改弦易辙投资现代渔业建设。全县新建和改造标准化池塘 6000 余亩，拥有省级"水乡渔村"4 个和国家级休闲渔业示范基地 1 个，建成封闭式循环水工厂化养殖鳗鱼 3000 平方米，封闭式循环水工厂化养殖大鲵 3300 平方米，另在建封闭式循环水工厂化养殖鳗鱼 3300 平方米；建有 1 座水产良种场，注册了商标"光泽溪鱼"。全县渔业规模生产与经营比重达到 70%以上，水产养殖面积扩大到 3.4 万亩，其中大水面人工放流增殖面积 2 万亩，标准化池塘 0.8 万亩。亩产量由以往少有超过 500 公斤提高到亩产量 1000 公斤以上，亩利润超过 3000 元，有的突破万元。年水产品总产量 1.3 万吨，实现渔业经济总产值 1.8 亿元。

现代渔业不仅成为光泽农业的支柱产业，还为旅游业增设风景，农庄式休闲渔业异军突起，先后出现鸿建、亿帆、霞阳水库等休闲型养殖企业，既丰富渔业增长方式，还带动当地旅游业发展。

光泽现代渔业建设起步较迟，还存在多个短板，如水产品加工基础薄弱，仅靠销售鲜活鱼，面临当地市场饱和却未能远程配送，以及品牌建设滞后，"光泽溪鱼"商标空置等问题。由此可见，光泽现代渔业发展空间相当广阔，潜力蓄势待发。

于是，我们有理由期待光泽现代渔业：鱼翔浅底耀光泽，鱼跃光泽会有时！

2015 年 8 月

人生谁能"无患"子

——记周宁无患子事业及领头人谢世春

康延平

无患子是什么？

"用无患子自制肥皂，这是一个过去的故事。今天，我们将这故事变成绿色科技产业，让人们方便使用纯天然的清洁产品，为地球、为我们下一代，留下人间净土！"

这是周宁农民的儿子谢世春写在福建春源生物科技开发有限公司宣传单上的话。他是这个公司的董事长。

哦，原来无患子是树名。

采访谢世春后，我认为，无患子应该有另一个解释——无患于子子孙孙。

一、无患子的昨天

无患子，《本草纲目》叫木患子，别名好几个：圆皂角、皮皂子、洗手果、油患子、菩提子、黄金树、肥珠子，最土的名字叫肥皂树。

突然，从儿时的记忆中跳出一个片段：我的太外婆曾用龙眼肉一样的东西直接搓搓揉揉就用来洗头洗澡洗衣裳！

对，就是它。

可惜，在科技不够发达的过去，上天赐给我们再好的东西，老祖宗也只能粗粗地使用后扔掉。

后来，化工行业异军突起，许多天然物质都被不够天然的化工原料替代，比如无患子的天然洗涤功能，就让油脂加碱加松香的肥皂取代了。肥皂色、香俱佳，素面朝天的无患子，只能黯然神伤退到幕后。之后，更有妖艳如妃的香波、沐浴露等粉墨登场，取代着有点土有点过时的肥皂，无患子呢？被打入冷宫无人认识了。

不过，这些年被化学化得土头灰脸几成化学人的人类，又聪明起来了，从吃到用都在寻找原生态，于是乎无患子从冷宫复出，被高科技手段一体检，哈，它才是真正的洗涤皇后！

高科技还显示，无患子全身都是宝：果肉除了提炼日化皂苷用以制造洗涤剂等之外，还能提炼医用皂苷用于内服外敷；果核的用途更是惊人，可提炼生物柴油，说不定还能用来开飞机呢！果核的残渣还能加工成生物饲料和电熔活性炭，后者是一些先进国家急需的产品。

难怪老祖宗给无患子那么多美名！

说完植物界的无患子，再说说人世间的无患子，他，就是谢世春。

谢世春，1966 年出世，那时，全中国有文化的人都在忙着搞"文化大革命"，这个农民的儿子，书才念到初中一年级，就辍学了，为什么？家里没钱，他呀，"人小意志坚"，决定靠自己的智慧和双手，改变自己没有零花钱的命运。

12 岁始，他就做起了无本生意——满山遍野采摘野杨梅，拿到镇上卖，用量米的竹升子量，一升 5 分钱，薄利多销。那是 1978 年，"实践是检验真理的唯一标准"正被大讨论，少年谢世春无缘加入大讨论的行列，却敢用实践检验着自己是否天生做生意的料。

野杨梅给了少年谢世春从几分到几毛再到几块钱的收入，钱多不烧手，他没舍得立即花在买零食上以满足自己很馋很需要食物的嘴巴，而是扩大再生产，从镇里批发西瓜挑回村里卖。就这样倒腾来倒腾去，少年谢世春有了第一桶金，当然，那桶非常小，里头的金大多是分币和角币。

16 岁，父亲严肃地告诉这个小贩子，技在身吃四方，去当小木匠。小贩子慑于父亲的威严不敢反抗，于是，某个木匠师傅的眼皮底下，立即竖起了一个非常矮小的身材。谢世春幼时没多少可供长个子的东西吃，只能长得矮矮瘦瘦的。

师傅人好，一天有 3 元的收入，就分给他 1 元。别小看这 1 元钱，在1982 年它可是个大数目，那时人均月收入才几十元哩。谢世春没出师就能月入二三十元，快赶上工农兵大学毕业生的收入了，说明什么？说明除了师傅人好，这个徒弟也不赖。

会帮衬家里了，父亲暗喜，谢世春却暗愁。因为生性好动好闯荡好行走江湖好做买卖的谢世春，实在不愿意像师傅那样一辈子拿着墨斗推着刨刀耳朵上夹着一根香烟。

两年后他终于逮住一个机会，放电影去！父亲反对无效，他一意孤行。

20世纪80年代中叶，是中国电影业焕发生机的岁月，可农村山高路远交通不便进城看电影仍属奢侈，这就是小谢看到的商机。小谢把卖野杨梅的第一桶金和当小木匠的第二桶金两桶并一桶，还向朋友借了些钱，不是娶老婆而是娶了放映机外加跑片的二手吉普。整整1万元哩，他真舍得出手！要知道，当时报纸杂志是用"万元户"称那些先富起来的那群人的！

自然，小谢又赚了。

1992年，干得正欢的小谢发现一个名叫"电视机"的东西来抢他的饭碗，他立即与时俱进，把电影机换成了录像投影什么的，但情况仍旧不容乐观，随着村村通公路，娱乐只分档次不分城乡啦，他赚不到理想中的钱了。

不过，善于在夹缝中挤出希望的谢世春眼睛一眨巴，又峰回路转了：不是很多人喜欢进城吗？一天一班次的小客车满足不了人们的需求，我就买辆中巴补充补充吧。人家一天跑一趟，我可以多跑几趟。

小谢的性格有点特别，想做什么就马上去做，他的"市场调研"就是从小练就的"春江水暖鸭先知"的直觉。

介绍到这里，有点心酸，因为有个话题，绕不过去。

90年代中叶的某一天，是谢世春最不愿回想的日子。那天老天爷估计打了瞌睡，让他的两个儿子同时溺水夭折！

这样的打击，谁受得了啊！那段时间，谢世春睁眼闭眼眼前浮现的都是两个幼儿的笑脸，可真正又看不到摸不着，他太痛苦了！

不知熬过多少痛苦的日子，谢世春终于振作起来了，和朋友一头扎向了缅甸，那里有一个赚大钱的机会。他告诉自己，要赚很多很多的钱！

赚那么多钱做什么？他心里知道，不对人讲。因为这事太早讲了，只会成为人们茶余饭后的笑谈。

他对自己说，是的，我要赚很多很多的钱，这样才有本钱带领大家改变家乡的面貌。要让更多的男人回老家创业、和妻小团圆，而不是像现在这样，男人像风筝志在四方、妻小放"风筝"苦度时光。

谢世春和几个伙伴跨国承包了当地的林地，创办了德龙木业开发有限公司，生产木地板。凭借着诚实和肯干，他的企业拥有70多名员工，年收入开始大幅度增长。

2005年，出于对家乡老小魂牵梦萦的思念，也出于感觉这桶金有点分量了，他决定回乡创业，干的还是老本行，跑运输，这回是拉货，自然，"运输"二字也与时俱进改称"物流"了。

离家近了，对家中的老少关照多了，鱼和熊掌便可以兼得了。

这个从12岁开始圆"创业梦"的人，做了跨国生意后经验多了胆子壮了思维也更活跃了。他专跑福州、泉州、厦门、温州，这些地方商业气息浓，门槛高，值得认识的东西多。

果然有一天，在给一位台商拉货时，他撞上了生命中的第一个贵人。

二、无患子的今天

那是2008年，谢世春途识台湾老板黄三福，黄老板建议他种无患子树，并ABCD讲了许多好处，环保低碳绿色朝阳……总之，全身都是宝，前途无量。谢世春听着听着，突然眼睛一亮，无患子核也能榨出生物柴油？美国人不是用玉米用大豆榨飞机燃油么？咱用无患子核榨，显然比他划算！

朴实得像无患子的谢世春立即回乡考察，发现周宁的乡村道上也零星有过无患子树，它树壮果多结实耐旱，如果合理开发充分利用，确比油茶、锥栗、桃李等更有发展前途。他权衡了一下，很快做出决定，将十几年积累下来的500多万元人民币，一分不留地投进这个项目。

黄三福乐得满脸是牙，夸谢世春有眼光。其实作为伯乐，黄老板更有眼光——他当下表示技术入股15%。

2009年3月9日，福建春源生物科技有限公司呱呱坠地了。有人替谢世春头皮麻了一下：500万元用于自家一辈子吃喝玩乐，差不多也够了，全数倒进无患子基地，万一……

谢世春没有万一。这个充其量只有初中文凭的人，靠几十年走南闯北积累的经验和胆识，决定干周宁没人干过的事，而且不设"万一"。

他邀请了几十位专家教授充实自己的团队，他们分别来自中科院广州化学研究所、福建中医药大学、福建省林业科学研究院，其中教授高工13人，单单博士就有12人！有了这些人加盟，他就能稳稳地从周宁纯池镇福山村的万亩基地开始，向泗桥、狮城、咸村、七步等乡镇进军。

到目前为止，他已投入3800多万元，种植了3万多亩地，每亩50棵，就是150万棵，还有育苗基地1000亩！乡亲们不但从他手里陆续领到200多万元的工资，还从漫山遍野的无患子树看到了自己的未来！

应该说谢世春很懂得利用天时地利人和。

天时，不用说了；地利，就是家乡那大面积的抛荒田园和留守着的"386199"部队（妇女儿童老人）。说到这里，有人可能会问，这也算地利呀？是的，在谢世春眼里，这些都是地利，人和呢？不用担心，因为这个农民之子最懂得农民的事情该怎么办。

他采取的是"公司＋科研机构＋合作社＋基地＋农户"的经营模式，他要让乡亲们用最短的时间拿到最多的好处。

乡亲们出让抛荒地，签下合同后，就在自己的土地上种无患子树，公司不但提供树苗技术，还出工资，不管男女老少，只要出工，每天都能拿到100元现金！

乡亲们开头不相信，在自己的家门口、在自己的田园里干活还有人管工资？

——当然，拿到工资就相信了。

乡亲们开始追随谢世春，一锄头一锄头地改造起了自己的家乡。年纪大的，把谢世春当作自己的儿子；年纪小的把他当成大哥；随着无患子基地的扩展，谢世春只能屁股底下弄四个轱辘，几个乡镇来回跑，这样也只好走到哪吃到哪了。

当然，乡亲们会把最好的东西留给他吃。

说起合作社，60岁以上的人都有点儿印象，20世纪50年代有过。但谢世春的合作社与之不同，是以当地农民自主组织起的50人为一群的单位，这些人以土地入股，收益后与公司四六分成。土地不算租金，打工仍旧一天100元。像泗桥合作社，有4000亩土地入股，社员们现在是在自己的田园里打工挣钱，再过三五年，树结果了，他们就可拿到40%的分成！

就目前来说，仅打工，最多的一户年收入可达5万多元。谢世春说，农民要的就是这种实实在在的眼皮底下的收入。

除了入股这种形式，更多的是采用租赁形式。荒山火烧山，每亩年租金10元；抛荒田抛荒茶园，每亩年租金100元；地处平川的，像育苗基地，每亩年租金为400斤谷子（时价）。谢世春说，最贵的就是水田了，一共有586亩，年租金就要二三十万元。

带着乡亲们奔小康，有福同享有难自担，这就是谢世春最聚人气的"人和招数"。问他没有劳力的家庭怎么办，他说，目前他财力不行，只能逢年过节送去几百元慰问金什么的。

在天时、地利、人和中，人和最重要。谢世春强调，无患子基地都在乡亲们的房前屋后，所以要靠他们维护这个事业。企业家做公益，看上去是在帮别人，其实也是在帮自己。

难怪谢世春在无患子这个项目上还没赚到钱，就舍得花200多万元做慈善。

泗桥乡下西坑9个自然村的路灯是他安的；凡是种了无患子的地方，水渠是他修的、公路是他扩的、沿河的防护栏是他做的；还有学校，需要硬化操场、需要修缮教室，他都掏腰包支持。

值得一提的是：谢世春没有忘记曾经启蒙过他的泗桥赤岩小学，今年他的母校重建，在他目前都是投资且企业没有任何效益的情况下，却慷慨捐资16万元。

还有周宁县今年贯彻省委、省政府关于发展林业的精神，浦源镇等几个乡镇为了完成造林任务却缺少苗木，谢世春二话不说，带领公司人员到育苗某地拔苗，前后无偿提供无患子苗木50多万棵，换成人民币就是100多万元！

万事开头难。3年最艰难的时光过去了，问谢世春渐入佳境了没有，谢世春皱着眉头说，科技局、发改委对他很关心，很支持。他现在最需要的是贷款。这几年都是投入，没有产出也就没有利润、没有税收，问题就出在这里，贷款的表格要填这些数字，他目前没数字可填。

这时我想起房贷按揭，脱口而出："不是还有抵押贷款吗？"

谢世春摇摇头，眼里闪着难言之光，被逼急了，最后才说，树种得再多，林权证没做下来，那山那林都不算数，照样贷不到款。

那你为什么不去做林权证？我着急了。谢世春苦笑道，你以为我不急呀，我腿都跑细了……

看样子，"有钱男子汉、没钱汉子难"的戏路照样在响当当的农民企业家谢世春身上重演。

有人劝他，先"做"一些材料报上去，说不定就能贷到款。但朴实的谢世春不愿意，他说了，做人做事最重要的是诚信。

望着有困难也有困惑的谢世春，我心里在咚咚打鼓。做农民难、做农民企业家更难、做真正的能带领乡亲们脱贫致富的农民企业家，难上加难！

但，建设社会主义新农村，最需要的，无疑就是这种遇到困难而敢于拼搏的人！

三、无患子的明天

站在无患子育苗基地上，一阵风吹过，秋黄的叶子忙着向我招手，并露出一脸的灿烂，好像在说，欢迎欢迎。

有一个无患子树的树墩，黑着脸告诉我，几年前它就被砍了身材做了家具，但不死心的它，仍旧努力积蓄力量以待再生，果然，前年它终于抽枝了！再果然，它被有心的谢世春移植到这里作为本地良种悉心照料了起来。

望着这根从树墩中挣扎出来的树枝，我想，它多像谢世春呀！

无患子是可再生能源树种。

谢世春如数家珍娓娓道来：

第一，它是上好的绿化苗，一年四季都有风景可换，春天，它抽出新叶嫩芽，漫山遍野看过去，绿油油的；夏天呢，开了白色的花，漫山遍野看过去白绿相间，漂亮极了；秋天到了，一串串果实像龙眼，黄黄的，树叶也由绿转黄，阳光一照，漫山遍野金灿灿的；冬天呢，果实收成了，叶子也掉光了，这时的树虽然光秃秃的，可那树杈却像一支支笔，往蓝蓝的天幕写着字。作为风景树，它真的很美。而且无患子特耐旱，不争水。第二，它的嫩叶可制成菩提茶，清凉解毒，还能醒酒。第三，从它身上提取的药用皂苷，可治疗咽喉疾病，还能做成美容洁身的天然护肤清洁剂。第四，用它的树根炖猪脚，既能治病也可美容。第五，因为它又名菩提树，所以它的果核成为寺庙佛珠的最佳选择。第六，它的核子可榨取生物燃油，还能做成润滑剂。第七，榨油剩下的核渣，还可以做成生物饲料和电熔活性炭，出口到日本、美国去。

总之，无患子全身都是宝，难怪古人叫它黄金树、菩提子！

更让谢世春钟爱的是，无患子很坚强，成活率都在98%左右。2010年初，周宁遇大雪受冰灾，除了很小的苗被冻死，移植出去的基本存活。

谢世春还给我算了一笔细账，按一亩地种植50棵计算，成年后可产果实一吨左右，每吨保护收购价初定四五千元，一户只要拥有两三亩无患子树，一家人吃饭穿衣问题就能基本解决。

纯池福山村是示范基地，经过3年的努力，第一批树有部分已结初果。看到很嫩的枝头挂满了很沉很大的果实，谢世春朝着目标前进的脚步，越跨越稳。

采访快结束时，谢世春带我到位于周宁城郊的工业区看看，看那片已开始平整的土地，他说他的厂房即将建在这里。当然，他希望厂房的有关手续快一点办下来，那样他的心里就会更踏实。一旦投产，第一期的4000户农民将直接受益。

福建春源生物科技有限公司无患子产业按10年（2010～2020年）发展规划，分5期完成，建设种植基地30万亩，良种繁育基地0.3万亩，在周宁县（虎岗）工业集中区，规划建设占地20多亩、建筑总面积1.6万平方米的标准化加工厂房及其配套工程，引进国内外（含台湾地区）生物医药、生物能源、天然日化和有机食品等先进生产线，建成集科研、加工、营销和办公于一体的公司产业中心。

谢世春太有理想了。

我看他是化身为人类的无患子，不然，他为什么那么意志坚定、要把无患子事业做到顶级？

从生产到加工再到市场，统统抓在自己手里。他再也不蹲在"微笑曲线"的底端把百分之八九十的利润拱手相让给老外了。他要让"微笑曲线"从底端到两端，都握在咱中国人手里，让"微笑"变成大笑，笑在咱中国农民的脸上！

挥手告别谢世春，我默默地祈祷，希望周宁抛荒的山头、田头、路旁、屋旁都能种上无患子树，希望周宁的农民都能因为无患子而受益，更希望这个钟灵毓秀的小县城因无患子而更扬名。

受谢世春及无患子故事的启发，我感觉到，建设新农村，还得靠更多的本土"和尚"，并用本地话"念经"。

2012年4月

人生谁能无患子

"还山退海"换取"金山银山"

——罗源着力发展绿色产业蓝色经济

罗 杰

20世纪90年代，依山面海的罗源县，民间支柱产业主要有两大块：海面水产养殖与石材生产加工。鼎盛时期，从事这两个行业的人员达到全县总人口26万的一半以上，年产值逾百亿元。然而，在经济发展的同时，生态环境的破坏问题愈益突出地摆到了人们面前。罗源县积极响应中央的号召，认真贯彻福建省、福州市的工作部署，打破旧有的经济发展模式，着力保护绿水青山，以换取"金山银山"。

"挂图作战"，全面完成退养

2018年5月29日，笔者在碧波万顷的罗源湾海面上看到，曾经密密麻麻的鱼排、网箱已不见踪迹。据碧里海区负责人陈武介绍，经过近两年拉网式清理，至去年6月底，已全面完成网箱养殖退养工作，共补偿清退3541户、13.4万标准箱，支付补偿款约10.66亿元；无偿清退新增网箱约4万标准箱。随着罗源湾海域网箱全面清空，清除吊蛎、海带、紫菜、江蓠养殖等工作也已接近尾声。

为发展罗源湾蓝色海洋经济，保障海域航道畅通，罗源县于2014年10月份启动网箱养殖退养工作，涉及松山、碧里两个乡镇31个行政村、5.08万人，前期工作遇到了前所未有的阻力，曾一度陷于停滞状态。2016年，罗源县抽调有关乡镇、县直部门人员80多人，组成9个工作组，进驻松山、碧里的一线乡村开展退养工作。为使该项工作尽量做到公平公正，县里制订出台《罗源县罗源湾海域水产养殖退养总体工作方案》，从制度上保障退养工作有章可循。随后，各驻村工作组以"挂图作战"的方式，分别轻重缓急，抓进度、抓实效。

负责碧里海区的工作人员范东耀介绍，补偿标准出来后，工作组严格按照"航拍固定—核查登记—数据公示—协议签订—设施移交—设施拆除—支付补偿及奖励金"的工作流程实施，并组成一支由 18 人组成的专职监管队实行全天候海上巡查。与此同时，建成蝴蝶山、鸡笼屿、岐佃山高空瞭望高清监控系统，设立监控指挥中心，对涉及退养的违法行为，做到及时发现、及时制止或打击，近两年先后查处海上私拉养殖设施 80 多起，查扣新增网箱 2400 多箱、管理房 20 多座、渔船 7 艘，清理新增的海带和江蓠藻等藻类养殖 200 多条。

"攻坚清盘"，关停石企矿山

对于遍布各地的矿山和石材企业，罗源县坚持"堵疏结合、综合整治"，稳步推进。至去年 6 月份，全县 167 家石材企业和 112 座矿山已全部关停。

罗源县矿山石材业始于 20 世纪 80 年代。经过近 40 年发展，石材行业已占据全县经济的半壁江山。这些企业分布于起步、洪洋、白塔、西兰等 6 个乡镇，形成矿山开采、石材加工、销售安装等一系列产业链。到 2015 年，全县共有石材加工企业 167 家、矿山开采企业 112 家，年产值 52.79 亿元，创税 1.1 亿元。全县矿山石材行业直接从业人员近万人，在外从事销售及其他衍生产业链的从业人员近 10 万人，约占全县人口的 40%。但是，石材产业产生的环境污染问题，也一直困扰着罗源县。

同时，石材行业的"野蛮成长"，严重阻碍了该县产业升级。如何解决发展和环境保护问题，特别是保护敖江流域生态环境，还福州"二水源"一江清水，成为县里亟待解决的头等大事。

2016 年 7 月，新一届罗源县委、县政府下决心解决矿山石材行业问题。刚刚到任的县委、县政府主要领导马不停蹄地赴各石材乡镇，密集开展工作调研。同年 8 月 20 日，召开全县石材矿山综合整治工作动员大会，并成立石材矿山综合整治指挥部，以全面统筹矿山石材行业转产关停工作。

指挥长肖永健说，按照县里提出的"攻坚清盘"总要求，县政府在财力困难的情况下，自筹 10 亿元资金，建立石板材加工企业关停补偿机制，兼顾广大从业人员和企业利益，统筹推进矿山清理封闭和石材加工企业转产关停，实现广大从业人员有序转产转业。至当年年底，全县完成所有石材加工企业和矿山的关停工作，累计发放补偿款 9.18 亿元。

"还山退海"，加快绿色发展

"还山退海"之后，罗源得到了什么？答案令人欣慰。该县以超常的力度和速度完成了罗源湾退养及矿山石材业的转产关停工作之后，当地的生态环境大为改善，罗川大地又见山清水秀，一片盎然生机。

关停后，曾经的从业人员怎么生存？目前，罗源县正加大力度，积极推进石材加工企业转产升级。县商务局有关人员介绍，接下来，县里将做好关停后石材厂房的综合利用，按照合理布局的思路，将招进一批绿色、生态、环保的企业项目，以保证剩余劳动力转岗不下岗，转业不失业。同时，积极争取上级生态补偿，实现经济可持续发展与环境保护的和谐统一。

为解决退养渔民的就业问题，该县已在鉴江镇引进现代化陆上养殖技术，并提供技术培训，实施工厂化养殖；推进鉴江海域3000亩养殖新区建设，引导罗源湾退养户迁入养殖；调整渔业产业结构，发展休闲渔业、旅游业、餐饮业、娱乐业等消费性服务业；继续引导帮扶，鼓励到县外、省外和境外发展养殖，目前已有1000多养殖户落实湾外养殖。

"还山退养"的明显成效还表现为"腾笼换鸟"的效应。今年初以来，一批经济效益优、环境友好的海洋产业和以装配建筑、新型建材等为龙头的大企业开始在罗源湾一带安家落户。同时，光伏发电、工厂化食用菌栽培、竹木精深加工等一批绿色生态企业也入驻旧矿山和石材厂房。

近年来，罗源县致力打造千亿"冶金城"，形成了东南区域钢铁基地，以宝钢德盛、闽光三钢等为代表的冶金企业，通过优化布局，在节能减耗中提升企业品质，形成了市场竞争力，去年产值双双突破百亿大关，大大提升了在罗源企业干事创业的雄心与信心。

"还山退海"有利于罗源更好地融入新时代的发展大潮。在中央提出"一带一路"伟大发展战略中，致力于发展绿色产业、蓝色经济的罗源县，决心依托台商投资区、一类口岸获得批复等有利条件，做足"海"文章，即以港口建设为突破口，对接大战略，实行大开放，引进大项目，着力发展蓝色海洋经济，把罗源湾建设成为福州新区北翼的新增长极。

2016 年 7 月

一只手圆了绿色致富梦

林 盛

　　1997 年，25 岁的赖鼎地，因一次意外事故右手受伤致残。这时，上有父母需要赡养，下又有嗷嗷待哺的一双儿女，他是家庭的顶梁柱，失去了外出打工的机会，只能待在山区老家做点事。妻子胡美芳鼓励他：一只手没了也一样奋斗。在妻子的鼓励下，他多次参加了各级各类种植技术知识专项培训，掌握了许多实用的种植知识后，决定走以山养山，发展特色林业经济，脱贫致富的新路子。

　　2005 年，赖鼎地拿出自己家里所有的积蓄，投资 38 万元，承包了村里的一片 70 亩山地，签订了 35 年的承包合同。而后，全身心地投入到了迟熟杨梅的种植中去。他亲自跑到浙江运回迟熟杨梅苗，再雇工挖穴、种植。事无大小，他都亲力而为，虽然辛苦，却感到创业欢欣。赖鼎地心里明白，要想种出个大、果甜的高山迟熟杨梅，还必须学会种植与管理，而种植与管理需要科学知识。从此，他夜里埋头看农林科技书籍，或是上网查阅资料，从中懂得：种好杨梅必须从施肥、治虫、管理等环节抓起。但世事难测，他种的杨梅发生了虫害。怎么办？他请农林科专家到自己的果园诊断，给予治虫技术上的指导。在赖鼎地精心管理下，杨梅树长势喜人。经过几年努力，他种植的近 100 亩杨梅投产了，由于比其他地方的杨梅迟熟半个月左右，填补了市场的空白，年创产值近 20 万元。

　　为了充分利用杨梅资源，每逢杨梅收获季节，赖鼎地在自家的果园里办起杨梅观光采摘活动。果园里个儿大、鲜汁多的杨梅每天都吸引来上百名福州、厦门、三明的游客观光与采摘。杨梅飘香，游客满园，成为夏日山区旅游观光一道亮丽的风景线。

　　随着杨梅种植面积的不断扩大，赖鼎地敏锐地意识到充分利用林下土地与空间的重要性。他开始在林下套养茄子、玉米、辣椒等反季节蔬菜瓜果，探索多种林下经济发展模式。他投入 8 万元资金，实行多种经营，既提高了林地使用率，又促进林下经济快速发展，实现增产增收。如今，他的果蔬园占地面积达到 200 多亩，每年有几十万元的收入。

"吃水不忘挖井人，致富不忘众乡邻"。赖鼎地一直很感谢他身处困难时乡亲们对自己的帮助，决心以实际行动回馈乡亲。2012 年，他牵头成立了汤川乡金艳猕猴桃专业合作社，投入 60 多万元种植了猕猴桃 3000 余株，面积 80 多亩；2013 年；他又投资 8 万元种植了太子参 10 亩；再投资 5 万元种植了苹果、柿等 10 亩；还流转 100 亩土地，种植了桂花、香樟等珍贵乡土树种。2013 年 3 月，汤川乡成立了残疾人自助组。为了帮助这些成员，在招聘工人时优先给予照顾，赖鼎地先后为 30 多残疾人创造了就业机会。

今年 45 岁的赖鼎地，凭着不懈努力，成为远近闻名的致富带头人。他被人称为"用一只手，擎起了自己创业梦想的人"。

2017 年 6 月

武夷山市有支养鹅娘子军

熊慎端

武夷山市的"岚谷熏鹅"已有数百年历史。近年来，随着武夷山市旅游业蓬勃发展而闻名海内外的武夷山岚谷锦绣园农民专业合作社精制的"岚谷熏鹅"，受到中外游客好评。这个位于武夷山岚谷子乡横墩村的合作社是以徐丽妹和她的姐妹们组成的养鹅娘子军。她们的创业之路十分艰辛，事迹非常感人。

20世纪60年代中期，徐丽妹出生于福安市坂中乡，少年时跟随姑姑、姑夫来到武夷山下，学做缝纫，后来摆地摊卖衣服，当酒楼服务员，开起了自己的小店。结婚后，她放弃城市安逸的生活，来到岚谷乡横墩村丈夫家，过着农家日子。小夫妻俩看到村里还有许多农户生活比较困难，有心帮助乡亲脱贫。于是，他俩认真筹划，利用当地传统而悠久的养鹅优势，组织村民办起了一家农民养殖专业合作社。

锦绣园，地处离岚谷乡政府3公里的山坳里，山清水秀，虽然山路崎岖，交通不便，却是一个种果养鹅的好地方。在乡政府和村民支持下，徐丽妹一边用打工开店积攒的60万元，修路和承包农田、购买设备等，一边动员村里妇女姐妹参加种果养鹅。2006年，锦绣园农民专业合作社宣告成立，成员以农民为主体，地位平等，自愿入社，实行民主管理，利润按交易额比例分成。

合作社初期，由于主攻方向不明确，又急于厚植基础，2008年，徐丽妹租赁土地230亩种植西瓜，养鱼7000多尾，以及饲养了一批土鸡等，受台风袭击，损失40多万元。但她没有气馁，接着尝试种植仙草，因面积过大，缺乏市场，再次以失败告终。

痛定思痛。徐丽妹和姐妹们经过反复调查和酝酿，选择了全市闻名的岚谷白鹅养殖为主业，并学习传统的岚谷熏鹅制作技艺，供应日益兴旺的武夷山旅游市场，事业获得成功。

然而，扩大再生产缺资金、饲养业又有风险。这时，镇政府正在大力扶贫，了解到徐丽妹和她的姐妹们创业有困难时，岚谷乡乡长吴小平以个人名义，为锦绣园办妥了 3 万元小额贴息贷款。有关部门也向她们伸出援手，比如，武夷山市妇联，在开展"我与姐妹拉家常"活动中，积极争取省市农村妇女创业资金扶持，也为徐丽妹提供小额贴息贷款，连续 5 年总贷款额达 50 万元，解决了锦绣园资金短缺问题。同时，为提高妇女创业致富的能力，市妇联通过科技结对，送科技下乡，妇女创业培训班，现代女性大讲坛等平台，邀请农业、科技、金融等专家授课，引导和帮助锦绣园姐妹们掌握国家政策和各类信息，推动妇女科学创业。几年间，合作社先后派几批人员到北京、天津、山东及本省漳州等农业示范基地参观取经，学习先进生产、管理技术和现代营销本领。"他山之石，可以攻玉。"实地观摩回来后，徐丽妹和姐妹们增强了立足山区创大业的信心和勇气，也有了搞好事业的本领与底气。

去年 10 月，在前年组织 500 多名妇女分批培训的基础上，徐丽妹邀请青岛农大食品科学与工程项目学院王宝维教授到合作社授课，对白鹅育种、孵化、产蛋、预防、加工等向合作社职工进行深入浅出的讲解，并现场指导。同时，徐丽妹带领姐妹们建起 5000 平方米的鹅舍和 2000 平方米的孵化室，安装 4 台 360 度旋转摄像头，实现了养殖园区的可视化监测及远程操作，并配备白鹅生长环境采集设施，大大提高了劳动效率。合作社还建起一座面积 6000 平方米的综合楼，用于办公与培训。通过培训，妇女养鹅积极性十分高涨，目前，合作社拥有 200 多个会员，年养殖千只以上白鹅，去年合作社实现销售收入 1200 万元。

精准扶贫，共同致富。这是锦绣园专业合作社一项义不容辞的责任。她们统一向周边乡村妇女供应鹅苗，待鹅出栏后才回收苗款。对低保户、残疾人一律优惠供应，减轻他们的负担。近年来，有 50 户残疾人常年得到合作社的鹅苗价格减免。周边乡村有 500 多名妇女加入养鹅队伍。她们的影响范围还在扩大，现在武夷山 10 个乡镇、街道及建阳、浦城、邵武等乡镇妇女纷纷仿效养鹅，鹅的总存栏数达 15 万多只。近年来，合作社还吸收家庭困难的低保户进入锦绣园当熏制工，扩大就业人数。

徐丽妹和她的姐妹们创办养鹅业越来越红火。去年，在崇安街道村尾建立大型白鹅养殖基地，并在武夷山市区设立 3 个销售网点，还在度假区开辟新窗口。锦绣园农民专业合作社在前年获全国巾帼现代农业科技示范基地称号基础上，近日又获评全国农村妇女岗位建功先进集体的重要养殖、制作和销售基地。徐丽妹也获得南平市"三八红旗手"称号。

2016 年 6 月

红菇村的故事

朱谷忠

一

　　红菇是大田的一种珍稀的野生菌，因营养价值高、口感清甜而日益走俏。这些年，在脱贫攻坚的决战中，它走出深山，走进许多家庭餐桌，一直被当作滋补的上品，倍受人们喜爱；特别是盂坂村的红菇，伞盖深红惹眼，姿态丰盈，甚至被喻作"红颜"。正是这种原生态，使它的身价逐年攀升。

　　但红菇产量少，人工栽培是世界难题。大田东风农场副场长章进权在陪同我去盂板红菇村采访途中告诉我：原三明真菌研究所黄年来等专家曾探索过红菇人工栽培技术，至今未能攻克。采访前，我从一份资料中看到，永安市贡川镇一位陈姓老农曾到红菇生长点，完整挖取表土，放进培养袋进行客土培植，长一批红菇后就不再长了。目前，红菇人工栽培已实现纯菌丝分离，但分离出来的菌丝无法培育种植，这是攻克红菇人工栽培的关键。

　　在车上，章进权介绍说，如今红菇价格不菲，过去一斤八九百元还能买得到，近些年，每斤价格已经突破 1500 元 / 斤。有一年，央视《绿色时空》栏目组到大田制作了《野生红菇也成了香饽饽》的专题片，片中解说员惊呼：大田的红菇，它无花无种，如何繁衍；大田的红菇，它价值千金，博人眼球……

　　听到这里，我问章进权，红菇到底是怎么种出来的呢？他笑笑："其实不是种，全是野生的。无花无种，却有传宗接代的老菇穴，采菇者年复一年可以在同一个老菇穴上采到红菇。这么说吧，红菇生长点比较分散，很少成片连片，只要不把生态环境破坏，今年这里会长，明后年这里还会长……"

　　说话间，车子拐进了深山老林中的盂板村。山上重峦叠嶂，四围竹林甚茂，松杉滴翠，在古老悠远的宁静中显现一派自然的欣欣向荣。远观四下诸峰，山色葱茏，青烟缭绕。行走其间，一路树荫匝地，鸟飞蝉鸣，虽然是炎炎夏日，但是阵阵山风吹来，顿觉神清气爽，令人物我两忘。看着路旁山坡上潮湿的泥土和碧绿的草木，听着不知名的虫子有节奏的长鸣，感觉是那么陌生又那么亲切。

来到山上东风天然菌业合作社简易的办公室，合作社理事长苏光地和监事长郑其才正等候我们。坐下泡茶时，我问苏光地："听人说，你是少有的能找到上百个红菇老菇穴的一个高手？"苏光地没有回答，坐在他身边的郑其才笑道："这是老苏家族的秘密，曾一代代口口相传。"郑其才当过教师，他不紧不慢地说："我们盂坂村的留山，产红菇的历史悠久，在南宋，有关资料就有记载。现在拥有阔叶林 3600 多亩。留山上产菇林区达 2600 多亩。"说到这里，他才回答了我刚才的提问："我们村是公元 1132 年从仙游迁移过来的。为了讨生计，多少年后才积累了采菇的经验，许多人都跟老苏一样，过去怕暴露，只能连夜去采红菇，茫茫森林里，老菇穴究竟隐藏在哪里，哪里才是红菇落脚的地方，他心中有数呢。"

真没想到，这个村的人，竟是我的老乡呀！我"啊"了一声，报了自己的籍贯，连忙上前重新握了握手，好久才感慨地说："老乡，你慢慢讲！"

这时，苏光地自己介绍："确实是这样，但也不是秘密了；央视也报道过：在上千亩的山林里找如此小又珍贵的红菇，犹如大海捞针。但许多村民都有经验，知道红菇生长的特征，山林里有米椎树、青冈栎树、栲树，这些树底下就长红菇，海拔 200 米到 900 米之间的山林，以混交林为主，但青冈栎树下红菇产量最高，品质最好。采摘时，开散的红菇味道不错，鲜美，但价格不好；长相、卖相好的，价格最高；有的太小不能采；走路时要小心翼翼，后脚跟先着地，别踩到红菇。老树林长得少，青壮树林长得多。红菇长得特别快，一天能采摘两次。如何鉴别红菇真伪？方法有三：一看伞盖；二看菇杆；三看菌褶……"

苏光地不护短，他直言说："不过在以前，我们村民也乱采乱摘，破坏森林生态，致使红菇越来越少！我非常痛心，难怪有记者说我苏光地是冲冠一怒为'红颜'，我也的确发誓要保护好祖祖辈辈传下来的好东西，保护好山林。"原来那些年，在合作社成立之前各家各户都是各顾各家。一到红菇采摘季节，深山里起码有上百号人，几乎家家户户都有人采红菇。为赶在红菇出土前守候，许多人进山时间秘不宣人地一早再早。

"以前清晨5点进山，后来改3点，还有的半夜12点就去。"苏光地说，"为什么半夜就去采红菇？就怕别人知道'红菇窝'（红菇生长点）。"

他说，不少"红菇窝"是家族秘密，一代代传给子孙。为了防止外人知道视为家族秘密的"红菇窝"，有农民采取了"踢窝"的方法毁坏红菇生长点。一些老采摘户为了独占"红菇窝"，把很小的红菇也连根拔起。要知道，红菇还没长大，散落在外的孢子就少，就会影响红菇的产量。有的为了不让别人发现"红菇窝"，还毁坏了采摘现场，这样一来，红菇的产量自然就上不去。

苏光地看到因过度破坏，红菇的天然生长环境越来越差，产量一直不高。虽然红菇目前无法人工栽培，但若农民采摘户一直各自为政，长期采取这种毁坏式的采摘方式，红菇的产量可能越来越少，甚至可能绝迹。要避免这一现象延续下去，就得找到一个解决的办法。

说服吗？怎么说服？

制止吗？红菇是林间自然长成，自古以来都可以自由采摘呀！

2006年的一天，苏光地听朋友说了农村可以成立合作社，马上就到县经管站去了解成立合作社的具体细节，回来就跟村领导及好友郑其才等人共同探讨交流。他们一致认为，摆脱贫困，终究要靠大家的辛勤奋斗和创造实干，因而他们一拍即合。

第二天，他们召集全体村民开会，宣传有关成立合作社的精神，并就成立合作社问题展开了讨论。

苏光地等人认为，只有组织起来，才能形成合力；只有组织起来，才能对红菇进行有序、合理的采摘；只有组织起来，合理分配，才能以强带弱，同时维护好生态，消除贫困，共同走上富裕的道路。

然而，方案刚说完，就被村民否定了，理由是"红菇窝"自古以来就是各家的秘密，采菇由个体，集体采摘没听说过。再说劳动力有大有小，分工不一，菇片有远有近，怎么搭配？还有，财权谁来把控？将来怎么分配也是大问题。于是不少人不同意加入。针对这些问题，村里几个领头的统一了思路，觉得事先动员做得不够，决定分头再去做工作，还把《合作社法》的书本发放给各个村民，让他们对成立合作社的好处更加了解。到第二次会议就收到了成效：全体村民都同意成立合作社并制定了章程。曾当过村主任的苏光地连夜召开会议，虽说气氛有些凝重，但道理讲清了，前景看明了，于是一纸合同上按下36个（户）红手印。不过，当时谁也没料到这按下的36个红手印最终竟引领他们打开一个财富之门。

这一年，是 2006 年。

成立合作社，对孟板村确是新鲜事。全村 36 户 136 人，分为四组，红菇林分为 4 片，按片管理。每年 8 月下旬到 9 月上旬是采红菇的最佳时间，大家团结一心，十里一哨，百里一岗，在东风农场和当地派出所的全力支持下，严加看管自家的红菇，每天 24 小时吃喝拉撒都在山上，防止红菇被偷。第一年，每家的收入都是往年的好几倍。

尝到甜头的村民就开始想道：红菇不能人工种植，那就想方设法扩大面积和产量吧！这一想法也得县、乡和农场的支持。不过，搞农业、林业科技的人员下来告诉村民，要想保护好红菇，首先要保护好红菇赖以生存的树林，特别是共生树种不能被破坏，除此，要想让红菇长得多、长得好，还要劈除林内的杂草、杂灌木和藤本，这样才有利于通风透光，有利于红菇的生长，提高产品的产量和质量。红菇喜欢湿润、高温的环境，因此有太阳雨的时候，红菇出得最多，有些要留在林地作为繁衍的种源，这样也有利于来年长菇。还有，采红菇时要注意，土里有长成红菇的菌丝，带走的土越多，菌丝损失就越多。这些科技知识一讲，村民心里就更豁朗了。合作社因此订了一条"土要留在原地，采菇不带走土"的铁打纪律。再一个就是红菇的烘烤，过去一般用煤炭，但苏光地他们用木炭，可以减少二氧化硫，提高红菇质量。而对一些过于衰老的林区，他们在农场首肯下，进行有计划的间伐，重点把一些死树砍掉，种上幼年的共生树种，对稀疏的林区则种上新的共生树种。

苏光地回忆说："那些日子虽然忙累，但算了一下，每户可赚七八万元，高峰期时一户一天能赚一万多元。取得经济效益之后，老百姓更加自觉，也更加热心保护好天然林。"

一席介绍，给我上了新鲜的一课。不过我还有个疑问：合作社 36 户分为 4 组 4 片管理，可能存在每一片内的老菇穴数量不一样，因而每年红菇产量、收益多少也不一样的现象？苏光地说："我们采用红菇林管理的每年轮换一次，每组成员经过 4 年轮换，就可经营到各片山场，这样就解决了分配不均的问题。"

二

午后 4 点钟光景，我们走进山中小路。迎眸移步，但见半山直到峰顶，一片片树荫浓密，阴凉沁人。边走边看中，苏光地告诉我："这里树下有很多红菇窝点，但现在还不是出红菇的时节，所以看不到。"顿了顿，他又说道："合作社发展到今天，无论从修路、配电、供水，以及资金支持、项目配套还是品牌创建等，当地政府和农场都给予大力支持，让我们可以安心干事、创业。"

这时，走在前面的章进权回头对我说：这主要是他们勇闯新路的结果。近年来，"林下经济"这个词儿不断冲击人们的眼球，在社会经济发展中扮演着越来越重要的角色，既保护生态，又促进农民增收，具备生态和经济的综合优势，成为现代林业发展的一大特色。盂板村以自己的果敢和智慧以短养长，以林护农，保护了森林生态，走上了"不砍树也致富"的路子。

边走边看中，他们又向我讲述这样一件事：

由于红菇市场的旺盛需求，激发了不少贫困群众护林的积极性，三明市林业局曾组织召开了一场红菇专题座谈会，林业部门、农业部门、工商部门、食用菌研究专家、村民代表多人参加。会议明确提出"红菇产业化"概念，探讨红菇产业化的前景。林业部门还现场给出多项扶持红菇产业发展的政策。

与会人员认为，三明不少红菇产业处于自产自销的自然经济状态，市场化程度低，营销混乱，真假混杂，未形成品牌，附加值也不高，做大做强，存在诸多难题，尤其是红菇纯菌丝人工培养难度堪比数学界的"哥德巴赫猜想"，已难倒几代食用菌研究专家。但三明市有 500 多万亩天然林，做大做强红菇产业有独特的现实和技术优势。然而，因为过度破坏，红菇的天然生长环境只减不增，产量一直不高。若农民采摘户一直各自为政，长期采取这种毁坏式的采摘方式，红菇的产量可能越来越少。许多专家认为，红菇共生林是出红菇的必备条件，要发展红菇产业，必须摸清共生林面积，确定共生林的具体位置，这是做大红菇产业的第一步。

听到这里，我连忙问苏光地："这个会你参加了吗？"

苏光地说，他参加了。就在这次会上，他介绍了八峰天然菌业合作社的经验。然而，合作化引入红菇采摘的可行性，成为会上争论的一大焦点。随之，他又详细介绍了他们的具体做法。

"没有合作社，盂坂村红菇做不大，单位产量也提不高。"苏光地铿锵有力地说，"规范发展后，红菇共生林得到保护，采摘规范起来，烘烤出来的红菇品质更高。"

但有些人却存疑："盂坂村小，红菇共生林面积不大，红菇生长相对集中，具有一定的特殊性。"不过，不少人却听得津津有味，有关领导也在会上表示：孟坂村以合作社发展红菇的做法取得成效，可以稳妥推广。会后，一些人拉住苏光地，要他详细讲讲前后经过。刘光地告诉他们说，要做这事，就得铁了心。他说，当初他动员了同村的一些老伙计，一道拿起纸笔，进村入户，开始奔走。"每一个字，每一个数，都是我们走东家、串西家，用脚底板'走'出来的。还得准备接受挨个问、逐个核。比如，如果划片、如何管理？还比如要修多长的路、能架多长的水电？这都得事前去实地查看，有不懂的，找人问呀。碰到说法不一致，还要不怕麻烦，多次去县里有关部门核校。"

"其实，山区老农民对农业对森林有感情，而年轻的新农民有文化、会经营，他们都是扶贫、脱贫的重要力量，要想方设法依靠他们，得到他们的全力支持。"

在大家前后的讲述中，我也大致了解了合作社主要管理方法，这就是：健全制度、创建品牌、规范管理。首先，他们制定章程及采菇、烘烤技术标准，注册"仙峰"牌商标，结合当地资源禀赋，探索了一种办法，就是采取"六统一"，即统一管护（对现有林木每年统一清理杂草、统一除防火林带），统一采摘（可采摘红菇按统一标准采摘，提高红菇产量），统一烘烤（提高红菇质量），统一包装，统一商标，统一销售。同时成立合作社护林组，每天安排2人巡山，在巡山终点处设有护林员签到表，每月检查一次。每年2至5月份进行劈草清山，要求达到三阳七阴通风透气的效果，在红菇生长的季节，划分出3个小组，由3个小组长负责分工安排，组内设有巡山组、蹲点组、采菇组、烘烤组、后勤组，分工明确，提高生产效率。

苏光地说，成立合作社之前，红菇只有三四百斤，价格两三百元，销售也成问题；成立合作社后，在全体社员的共同努力下，红菇产量从之前的几百斤到现在的3000多斤，价格也从几百元到目前每斤2000元，人均收入达到15000～18000元。

我问："有社会效益吗？"

"有！"

这时话语不多的郑其才回答说："一是增加了农村劳动力的就业机会；二是实施红菇人工促进增殖技术研发提供基地，提高红菇产量，起到示范的带动效果作用；三是核心区的示范范围不断扩大，上级有关单位领导及科研院校的专家亲临指导。有关团体、企业、个人来参观学习，宣传和辐射效果显著。"

而在生态效益方面，表现也很明显。合作社成立后，一是杜绝了人为对森林的破坏，调动社员护林的积极性，生态阔叶林得到保护，可以防止水土流失，保护土壤表层，避免水土流失；二是食用菌的科学栽培，可以充分利用稻草、木薯杆渣、杂草等栽培蘑菇、香菇，增加社员收入。

脱贫、振兴，任重道远。盂板村近来提出了产业兴旺的目标，他们看到：产业单一问题需要重视。因为，一旦这个产业遭遇自然灾害或者价格大幅波动等市场风险，村民的"钱袋子"就会"瘪"下去，日子就会吃紧甚至返贫。因此，建立完善产业风险防范机制，或者因地制宜适当多元化发展产业分散风险，必要且紧迫。

"生态环境保护既是衡量高质量发展成效的重要标尺，也是推动高质量发展的强大力量。"他们表示，全村将继续在推进经济快速发展的同时，重视环境保护，让两者和谐共生，走出一条既有"含绿量"又有"含金量"的新路。

其实，早在2013年9月，八峰天然菌业合作社就新创办了大田县欣欣休闲农场，由福州博川旅游规划设计有限公司和台湾社团法人中华社区产业永续发展协会共同编写社区产业发展规划项目报告书。其要点：一是修建防火带、路等，既保护了生态天然林，又提高了林下红菇产量；二是开展一些试验、示范，引进珍稀植物和药材品种，发展林下经济；三是探索天然林生产红菇管理生产技术，推广红菇增值技术促进红菇基地面积不断扩大；四是改进烘烤技术，不断提高红菇品质和质量；五是进一步带动周边群众林下生产红菇的技术，每年开展技术培训2期70多人次以上，促进珍稀食用菌产量、质量、效益明显提高。

之后，在省市县各级部门的关心和支持下，他们向省林业厅成功申报"2014年度福建省林下经济林菌示范基地建设"项目，争取到项目资金投入100万元，建成了供电建设、筹建烤房、订购烘烤设备、开通了红菇步道、巡山便道。科学检测表明：这里的红菇每斤富硒0.28毫克，确系精品。他们立马把八峰天然菌业合作社打造成具有红菇品牌、传统文化及农产品富硒之地、红菇之社、健康之村。

令人高兴的是，八峰天然菌业专业合作社的经验传开后，也给各地有益的启示，如大田县桃源镇桥山村、梅山乡璞溪村这两个红菇产地，认为可复制盂坂村的做法。两地已提出申请，准备成立红菇专业合作社。不过他们也懂得，盂坂村的做法有借鉴意义，但不能简单复制。县有关部门也积极介入，普查红菇生长资源，挖掘具备成立红菇合作社条件的红菇产地村，确定重点村，引导村民成立红菇专业合作社。而三明市林业局更是出台了几项鼓励措施，其中包括，在林业专业合作社项目、林下经济项目、品牌创建工作中，重点扶持红菇专业合作社。

"十几年前红菇送到北京、上海，因为菇脚沾着泥土，被当垃圾扔掉。"

下山时，苏光地告诉我："如今红菇价值倍受重视，北京、上海市民也开始接受红菇。红菇要产业化，推广不可缺少。"

的确，创建品牌是红菇产业化的必由之路。这时，章进权又插话说："大田八峰天然菌业合作社成立之初，就为所产红菇注册'仙峰'商标，此后申报并被列为'绿色食品'。三明市对创建红菇商标品牌、开设红菇专营店给予奖励。"他还说，如今政府对红菇生产重视，有望全面激发红菇发展潜力，使红菇产业化迈出了关键的第一步。

青山绿水，成就美味食材，这当然是大自然的厚爱。但关于人工栽培红菇的梦想，却一直在人们心头挥之不去。对这个问题，我这个门外汉不敢多问。因为我从他们给我的一份资料中看到，目前，在红菇人工栽培实现之前，农户和研究人员可研究红菇增殖技术，能够分享和总结的主要增殖技术：一是培育与红菇有共生关系的壳斗科树苗，植树护山，培育菇地。二是疏枝清草，调适共生林的光照通风。三是引水喷雾，根据气候和红菇需求，降温增湿。

快到村子时，苏光地又兴奋地告诉我："不用多久，盂坂村红菇就会长出了。都说今年年景好，预计能长两季。"

由于时候不早了，原想去村里拜访一位老人未能实现。来之前，大田县作家颜全飚向我介绍：盂坂村有个79岁老党员黄其流，有3个儿子、8个孙子。两个儿子早年从企业下岗，日子过得很一般。近年来，黄老得益于红菇合作社，分红的钱送两个孙子读大学，还都考上了国家公务员。2016年，他们家获得合作社分红10多万元，住了几十年的老屋翻建成了3幢水泥砖房，日子过得红红火火。

"除了股份分红，社员在巡山、护林、采摘等管理上也获得了劳务收入。"苏光地说，"盂坂村家家户户都建了新房，有合作社家底支撑，年轻人放心在外经商，个个小有成绩。村子生态环境良好，近10年来，人均寿命达89岁，可是个长寿村了。"

难怪，曾多次来过这里的颜全飚在他的一篇文章里热情洋溢地写道：红菇盛名，引来乡村旅游热。盂板村不但创办了"八峰源森林人家""农家民宿"等旅游产品，下一步，合作社还将打造红菇文化、观光、农家生活体验等生态旅游项目。小小红菇村落，孕育着一个个幸福美丽梦想。

2019 年 2 月

城东村纪事

黄文山

　　1978 年，安徽省凤阳县小岗村 18 位农民以"立下生死状"的决绝之心，冒着巨大风险在一份由村里自行起草的大包干契约文书上按下手印，决定将村集体土地"分田到户"，从而拉开中国农村改革的序幕。这一创举如星星之火，迅速燃遍全国。大包干催生了以家庭联产承包责任制为基础的农村基本经营制度，极大解放了农村生产力，调动了广大农民生产经营积极性。至今，陈列在博物馆里的这一份盖着一只只鲜红手印的文书，仍让人慨叹改革起步的艰难。

　　现在，在我的面前，也摆放着这样一份文书，同样盖满了鲜红的手印。我是在三明市三元区城东村的村委会办公室里看到这份文书的。文书上标注的时间是 2010 年 9 月。不同的是，在这份文书上按手印的比之小岗村涉及的人数更多，达七百多之众。2010 年 9 月 30 日，城东村村委会郑重组织了一次全体村民的票决活动。根据统计，当年城东村人口为 1131 人，发出票决票 898 张，收回 895 张。其中赞成票 745 张，不赞成票 145 张，弃权票 5 张。这俨然是一次全体村民的公投。再者，票决的内容也已不是分田到户，而是要成立股份经济合作社，将原先分到每个村民手中承包的土地，以及村里的集体资财以股份的形式入股合作社，统一经营管理。

　　票决的投票、开箱、计票地点设在城东村委会 3 楼会议室。开箱计票时间为 9 月 30 日 11 时 30 分。会场专设主持人、唱票人、计票人和监票人，当场唱票，并公布票决结果。会场气氛热烈而凝重。票决之时，已经过了平时午饭时间，可是没有一个人离会，赞成的不赞成的全都屏声静气，等待着最后公布的结果。

　　在小岗村率先掀起中国农村改革浪潮 22 年之后，我国的农村又发生了怎样的变化？为什么在三明市城东村会出现这样一次由村民自发举行的公投活动？公投的结果，表明了大多数村民的意志。但也有相当数量的不赞成票，说明反对的声音依然存在。

陪同我前往城东村采访的是城东乡武装部长熊开明和城东村党支部书记林正康。熊开明当过兵，身上仍然保持着军人习气，说话行事干脆利落。城东村正是他包点的地方，说起城东村的这场改革，脸上还是流露出掩抑不住的兴奋。而林正康则是土生土长的城东村人，也是现在村党支部的掌门人。但他们都没有立刻正面回答我的问题，而是带着我，先去走访城东村经济合作社的几个有代表性的经营点，好让我对合作社的形式有一个感性的认知。

我们先来到富兴堡兄弟物流场。这处经营场地有150亩，原先是村里的一片菜地，由于土壤前些年被周边工厂废水污染，已无法种植蔬菜而沦为荒地。经政府有关部门出面，招商引资，引入兄弟物流公司，也给城东村引来经济活水。步入物流场内，只见车来车往，工人们正在紧张地装卸货物。光看这一片火热场面，就知道企业运行良好。

第二站是城东饭店。城东饭店是一栋老建筑，盖于1986年，属于早期的村集体财产，但过去一直经营不善。自经济合作社聘请村里能人邓长希承包经营后，饭店生意开始越来越红火。我见到了饭店承包人邓长希，一个十分精明干练的中年人。他是本村村民，有多年经商的经验，走南闯北，见多识广，谈及城东饭店的经营，很有现代企业管理思想。

林正康兴奋地介绍说："现在物流公司和饭店的经营状况都很好，收入很稳定。物流公司每年上交100万元，饭店承包款初定每年90万元，3年一递增，去年上交99万元，都已成为城东村经济合作社稳定可靠的经济来源。"

接着，我们来到新市中路。20世纪90年代，城东村在这里兴办下洋综合市场，但效益不佳，市场闲置了3年。近年合作社招商引资，引来了一只金凤凰，总部位于上海的美年大健康体检中心，与城东村签订了15年合作合同，每年也有100万元进账。

目前，城东村经济合作社年收入近千万元。村民正享受着改革带给他们的红利。村民男51岁，女46岁即可每月领取退休金。18周岁以上未找到工作的合作社发给一定数额的待业金。逢年节，每个村民还能领到不菲的过节费。

城东村的地域狭而长，土地沿沙溪河两岸绵延十数里，随着三明市城市建设发展和城镇化进程加速，已经成为名副其实的城中村。实际上，我们乘坐的车子跑了好一阵，还在城东村的地界上。现在的城东村大部分处于三元区繁华地段，村中的大片土地被征迁，成为马路、商场和住宅小区，昔日农村的景象早就荡然无存。仍然还属于城东村权属的土地，正零零落落地插身在闹市之间。现在，能显示他们真实身份的就只有那面城东村村委会的牌子了。熊正明告诉我，由于农村拆迁，村民户籍多样变动，加之土地承包长期没有调整，集体资产不明晰，从而引发各种矛盾，带来诸多隐患。传统的城乡二元土地管理制度，已经跟不上形势的变化。农村经济的弊端也逐渐显露。

城市发展了，城东村的农田、菜地不见了，但城东村的建制还在，城东村的原住民还在，他们的身份还在，他们的利益也就还在。为了城东村的集体资财不被流失，为了长久保障村民应得的利益，城东村果断选择了继续改革的道路。这就是 2010 年发生的城东村成立股份经济合作社事件，一夜之间，将农民全部变成股民。

林正康 2012 年出任城东村党支部书记，他也是这场农村新一轮改革的积极参加者。

林正康说，成立股份经济合作社，是大多数村民的诉求，而主导工作由村党支部组织进行。在区乡党委的具体指导下，村党支部成立股份制改革领导小组，先后召开多场座谈会，充分听取村民意见，接着进行实名制入户问卷调查。调查对象为全村 18 周岁以上的村民。

林正康这样介绍："农村集体资产本属农民集体所有。但实际上村民对集体资产有多少，自己应该占有多少并不清楚，因此也得不到个人应有的权益保障。农村股份制改革最根本的一条就是解决集体资产不清和分配到位的问题。把农民变股民，通过资产量化，股权到人（户），明晰股东在集体资产中的份额，同时也明确股东的权利和责任。"

由于农村集体经济形成年代久远，界限模糊、家底不清的现象比较突出。尤其是在农村城市化的过程中，这是一个绕不过去的难题。城东村的具体做法就是按照股份合作制的原则，将集体净资产全部按人口折股量化，并按股份进行收益分配。村委会将之前所有清理造册的房产、土地（含山地、林地、果地）和各项经营性收入，银行存款，有价证券等经济实体的总量，作为经济合作社的总资本额。对符合要求的村民权益固化，固化后实行"生不增，死不减，进不增，出不减"的原则，也就是说，个人权益和集体权益不再随人口增减而变化。新成立的股份经济合作社引入现代企业法人管理机制，已初步形成"三会"（股东大会或股东代表大会、董事会、监事会）运作机制，从而削弱了原来村干部对集体资财的控制权，使广大村民成为最大的受益者。改制后，在一定程度上实行"村委会"和"董事会"分开管理，使董事会成员可以集中更多精力抓发展。

林正康向我展示了他们印制的"三元区城东村村民管理证"和"城东乡城东村股份经济合作社"两本证件的样本，村民管理证是村民领取福利待遇的有效证件，而股权证注明持证人的股权数、股份额、股东分红、福利分配记录以及股权变动记录等等。但更让我为之动容的则是他们拿出的在多张 A4 纸上密密麻麻盖下的一只只鲜红的手印。

透过这一只只鲜红的手印，我仿佛听得见一位位村民的共同心声，听得到我国农村新一轮改革的浪潮正在奔涌前行。

2019 年 6 月